나쁜 것이 오지 않기를

WARUIMONO GA, KIMASENYONI

ⓒ You Ashizawa 2013, 2016
First published in Japan in 2013 by KADOKAWA CORPORATION, Tokyo.
Korean translation rights arranged with KADOKAWA CORPORATION, Tokyo
through Eric Yang Agency Inc, Seoul.

이 책의 한국어판 저작권은 EYA(Eric Yang Agency)를 통한
저작권사와의 독점계약으로 ㈜알에이치코리아에 있습니다.

나쁜 것이 오지 않기를

悪いものが、来ませんように

아사자와 요 장편소설

김은모 옮김

RHK
알에이치코리아

차 례

프롤로그   007

제1장   017

제2장   073

제3장   133

제4장   183

제5장   239

제6장   289

에필로그   333

프롤로그

기저귀를 벗기며 아기의 두 다리를 들어 올린 후에야 방금 기저귀를 갈았다는 생각이 났다.

아무것도 묻지 않은 기저귀 천을 잠시 바라보다 느릿느릿 기저귀를 도로 채웠다. 대체 뭘 하는 걸까. 깊은 한숨을 내쉬자 딸이 눈을 반짝 뜨고 나쓰코를 올려다보았다. 그 작은 이마를 손끝으로 쓰다듬었다. 물렁물렁하게 녹아내리듯 딸의 눈이 가늘어졌다.

웃는 형태로 풀어진 입가를 보고 나쓰코도 뺨에서 힘을 뺀 순간, 딸의 얼굴이 잔뜩 일그러졌다.

"으에에에엥!"

갑작스러운 울음에 배신당한 것만 같았다. 마음이 통했다고 느끼자마자 손바닥 뒤집듯이 싹 태도를 바꾸는 것에 이제는 익숙해질 만도 하건만, 이럴 때마다 허무함이 배어 나온다.

뜨륵, 하고 소리가 될락 말락 한 기척이 있은 후 전화벨이 시끄럽게 울렸다. 나쓰코는 흠칫 놀라 고개를 들었다. 뚜루루루. 으에에엥. 서로 부추기는 매미 울음처럼 점점 커지는 소리를 멈추기 위해 부랴부랴 집 전화에 손을 뻗었다. 수화기를 들면 적어도 전자음은 멎는다.

"네, 가시와기입니다."

"얘, 아이를 엎어서 재우는 건 아니겠지?"

밤 열 시가 지난 시간에 전화를 걸어 인사도 없이 꺼낸 용건을 듣고, 나쓰코는 물어볼 것도 없이 상대가 누구인지 알았다. 몸이 더욱 무겁게 축 늘어졌다.

"뭐야, 뜬금없이. 지금 몇 시인 줄 알아?"

"갑자기 왜 신경질이니. 가족끼리 통화 못 할 시간은 아니잖아."

엄마가 콧방귀를 끼는 소리가 더욱 커진 딸의 울음소리에 지워졌다. 신경질이라는 말만 귓속에 남았다. 나쓰코는 들으라는 듯이 한숨을 쉬었다.

"기껏 재워놨는데 엄마 때문에 깼잖아."

나쓰코는 잠깐 기다리라고 날 선 목소리로 툭 내뱉고 나서 수화기를 넓적다리 옆에 내려놓았다. 말하고 나자 정말로 그랬던 것 같은 기분이 들었다. 나는 기저귀도 갈았고, 젖도 먹였고, 잠도 재웠다. 해야 할 일은 전부 제대로 끝냈다.

나쓰코는 딸을 안아 들고 "어휴, 누가 그랬어! 괜찮아, 괜찮아." 하고 일부러 크게 소리 내어 말하며 딸의 등을 가볍게 토닥토닥 두드렸다.

"배고프니? 쉬했어?"

둥그렇게 부풀어 오른 엉덩이에 코를 가져다 대다가 어차피 엄마에게는 보이지도 않을 텐데 이런 짓을 하는 게 바보처럼 느껴져서 딸을 다리 사이에 내려놓았다. 모유로 더러워진 잠옷 단추를 끄르고 젖가슴을 꺼냈다. 벌게진 얼굴로 팔다리를 버둥거리는 딸을 말없이 내려다보다가 몹시 뭉쳐서 굳은 등을 부자연스럽게 구부렸다.

6개월이 지나니 갑자기 수월해지더라니까. 미화됐을 엄마의 몇십 년 전 기억에 매달리면서도, 나쓰코는 그런 날이 오긴 하는 걸까 의심스러웠다. 젖 먹이기, 기저귀 갈기, 안아

주기, 목욕시키기, 잠재우기. 오로지 똑같은 일을 반복하며 아이와 하루를 보내고, 그 하루가 쌓이고 쌓여 일주일이 지나간다. 요일 감각이 없어져 오늘이 평일인지 휴일인지 구분이 되지 않는다. 분명 생명을 키우고 있건만 비생산적으로밖에 느껴지지 않는 나날은, 돌이켜 보려고 해도 뿌연 안개가 낀 것처럼 밋밋하고 흐릿하게 덧칠되어 있다.

정말로 6개월이 지나면 갑자기 수월해질까. 나는 평생 이 아이의 엄마로 살아야 하는데? 입덧이 시작되기까지, 안정기에 접어들기까지, 태동을 느끼기까지, 정상 분만(임신 37주부터 41주 사이에 출산하는 것을 가리킨다. 그 이전에 출산하는 것을 조산, 그 이후에 출산하는 것을 과기산이라고 한다 - 옮긴이) 시기가 되기까지, 진통이 오기까지, 출산이 끝나기까지…… 임신 기간 내내 자꾸 재설정한 골인 지점까지 거리를 잼으로써 고통과 불안을 완화하는 방법에 효과가 있었던 건 그저 최종 목표가 보였기 때문임을 이제야 깨달았다.

나쓰코는 수화기를 어깨와 귀 사이에 끼고 오른손으로 딸의 뒤통수를 받쳤다.

"어휴, 정신없어."

엄마에게 그렇게 말하며 크게 벌린 딸의 입에 젖을 물렸다. 두 달도 넘게 나을 줄 모르는 손목의 욱신욱신한 통증이 팔꿈치까지 퍼져 나갔다.

"여보세요? 엄마?"

끊었나 싶었을 때 "정말 눈치 없는 애로구나." 하고 엄마가 중얼거리는 소리가 들렸다.

"기다리는 것도 공짜는 아닌데 말이야."

무슨 소리인지 몰라 반사적으로 "뭐?" 하고 되묻고 나서야 전화비 이야기라는 걸 알아차렸다. 얼굴 근육에서 힘이 쭉 빠져서 자신이 어느 정도 표정을 짓고 있었다는 사실을 깨달았다.

"어쩔 수 없잖아. 전화벨 소리 때문에 깬 거니까."

"그래, 그래. 어차피 다 내 잘못이지."

"그런 게 아니라."

나쓰코는 일단 아니라곤 했어도 실은 맞는다고 쏘아붙일 걸 그랬다고 후회했다. 내가 부정해 주기를 바라고 엄마도 일부러 그렇게 말하는 거잖아. 낫살이나 먹고서 무슨 양체 같은 짓이야, 라는 말도 떠올랐다. 아아, 이 말도 할 걸 그랬다.

"그래서? 음, 엎어서 재우는 게 뭐라고?"

가시 돋친 목소리로 화제를 되돌리자 "맞아, 그 이야기였지 참!" 하고 엄마가 목소리를 높였다.

"너, 애를 엎어서 재우는 건 아니겠지?"

"그건 왜?"

"아무튼."

"응, 안 그러는데."

"아, 그렇구나."

엄마는 숨을 푹 내쉬었다.

"그게 뭐 어쨌는데?"

나쓰코는 종잡을 수 없는 엄마의 이야기에 짜증을 느끼며 뭉친 허리를 살짝 젖혔다. 그 순간 딸이 이가 나지 않은 잇몸으로 젖꼭지를 세게 깨물었다. 찌르는 듯한 통증에 나쓰코는 소리 없는 비명을 지르며 허둥지둥 아이 잇몸 사이로 엄지를 쑤셔 넣었다. 젖꼭지를 빼냈지만, 그래도 여전히 찌릿찌릿하니 아팠다. 뭐 하는 거야, 라는 말이 턱밑까지 올라왔다. 말을 내뱉기 직전에 꿀꺽 삼켰지만, 다 삼키지 못한 다른 감정 때문에 가슴이 답답해졌다. 품에 안은 딸을 내던지고 싶은 충동이 몰려오자, 자신이 이 세상에서 가장 추한 존재로 느껴졌다.

아이를 낳기만 하면 엄마가 될 수 있을 거라 믿었다. 자기 자신보다 아이를 먼저 챙기고, 그러한 삶을 고생으로 여기지 않는 존재. 나도 연애나 일을 질릴 만큼 하고서 이제는 안정된 가정을 꾸리고 싶어 심사숙고한 끝에 아이를 낳았다면 좀 더 예뻐할 수 있었을까. 분명 그럴 것이라는 확신과, 몇 살을 먹어도 변함없을 것이라는 체념이 동시에 들었다.

"들은 이야기가 있어서 그래. 왜, 미우라 씨라고 알지? 아들이 영국으로 유학을 갔다는. 그 사람이 오늘 가르쳐줬는데, 아기를 엎어서 재우면 죽는다지 뭐니."

그게 무슨 소리야, 하고 되묻는 목소리가 자신의 것이 아닌 듯이 들렸다.

"숨이 막혀서 죽는다는 거야?"

"그게 꼭 그렇지만도 않대."

엄마는 목소리를 낮추고 이웃 사람의 소문이라도 이야기할 때처럼 어쩐지 즐거운 투로 말을 이었다.

"원인은 모르지만 실은 흔한 일이래. 방금까지 건강했던 아이가 갑자기 죽어버리는 거지. 울지도 않아서 알아차렸을 때는 이미 늦어. 엎어서 재우면 그런 일이 발생할 확률이 높아진다는 모양이더라고."

　남에게 얻어들은 엄마의 이야기에는 설득력도 현실미도
없었다. 하지만 나쓰코는 한 단어가 떠올랐다.

　계류유산. 임신 중에 수없이 듣고서 겁을 먹었던 단어였
다. 출혈도 통증도 없이 배 속에서 조용히 아기가 죽는 현상.
자각 증상이 없다고 해서 무엇보다 무서웠다.

　울지도 않아서 알아차렸을 때는 이미 늦어.

　이게 계류유산과 뭐가 다르단 말인가.

　"어째서."

　떨리는 목소리가 목구멍에 걸렸다.

　"원인은 모른다고 했잖니."

　엄마의 말에 나쓰코는 힘없이 고개를 저었다. 눈꼬리에
눈물이 맺혔다.

　"왜 나한테 그런 이야기를 하는 건데."

　"왜라니, 당연하잖아. 모르고서 엎어서 재웠다간."

　"아까 내가 엎어서 재우지 않는다고 했잖아!"

　움찔하는 엄마의 낌새가 숨소리로 전해졌다. 하지만 멈출
수 없었다.

　"그딴 이야기 듣기 싫었어."

"하지만."

"알아차렸을 때는 이미 늦는다며? 아무 방법도 없는 거잖아? 그럼 차라리 모르는 게 나은데."

"그렇게 신경질 부리는 것도 아이에게 안 좋은 영향을 줘."

엄마가 말허리를 끊고 독자적인 육아론을 늘어놓기 시작했다. 나쓰코는 느릿느릿 수화기를 귀에서 떼고, 거센소리만 인상적으로 울려 퍼지는 목소리를 가두듯 아래를 향해 바닥에 내려놓았다.

이 아이만 없으면, 하고 생각한 직후에 이 아이가 죽으면 어쩌나 겁이 났다. 이 아이가 없으면 나는 못 산다. 충동에 휩싸여 딸을 꼭 끌어안자 균형을 잃고 젖꼭지에서 입을 뗀 딸이 불평하듯 울음을 터뜨렸다.

불쌍한 아이. 아이는 엄마를 선택할 수 없어.

나쓰코는 몸을 웅크리고 오열을 토해냈다. 딸은 놀라고 무서웠는지 한순간 울음을 멈추고 눈을 동그랗게 떴다가 다시 엄마에게 달라붙어 한층 소리 높여 울었다. 엄마를 무서워하면서도 엄마에게 매달릴 수밖에 없는 딸. 나쓰코는 목이 콱 멜 듯 안쓰러운 마음으로 딸의 입에 젖을 물렸다.

이 아이의 앞길에 행복만 있기를.

나쁜 것이 오지 않기를.

나쓰코는 그렇게 되풀이해 기원하며 눈을 감았다.

제
1
장

1

이하라 사에

지금 당장 내게 아이가 생긴다면,

그러면 모두에게 축복받으며 일을 그만둘 수 있을 텐데.

사에는 불에 달군 바늘로 쿡쿡 찌르는 듯한 아침 햇살에 눈살을 찌푸린 채 수없이 되풀이해 온 생각을 다시 한번 멍하니 떠올렸다.

띵 하니 지끈거리는 관자놀이를 엄지로 꾹 누르며 탁한 한숨을 천천히 내쉬었다. 가방에서 휴대전화를 꺼내 전원 버튼을 눌렀다.

수신함을 열자 이하라 다이시라는 이름만 죽 나열됐다. 알았어, 라고만 적힌 남편의 메일에 답장하는 형태로 걸음을 옮기며 용건을 입력했다.

"좋은 아침. 지금 끝났어. 다음 근무는 내일 낮부터야. 퇴근하기 전에 연락 줘. 잘 다녀와."

첫음절을 입력하자 자동 완성 기능으로 필요한 문구가 차례차례 나타났다. 문구를 선택하는 사이에 문장이 완성됐다. 문장을 읽는 게 아니라 그냥 한 번 쓱 보고 나서 보내고 나니, 다이시도 늘 '알'까지만 입력할 것이라고 묵묵히 생각했다. 알았어. 어떤 메일을 보내도 변함없이 똑같은 답장.

목덜미와 이마에 들러붙은 머리카락이 기분 나쁘게 느껴졌다. 직장을 나서자마자 풀어서 느슨하게 다시 묶은 머리끈이 벌써 흐트러졌다. 막 갈아 신은 펌프스 앞꿈치 부분이 욱신욱신 아팠다. 하지만 레몬 옐로 색깔 플레어스커트에 운동화는 어울리지 않는다.

아홉 시 반에 집에 도착, 샤워하고 이를 닦고 열한 시에 취침. 사에는 중얼중얼 시간을 계산하며 의식적으로 발을 번갈아 내디뎠다. 어차피 점심때가 지나서야 잠들 수 있을 거라 생각하자 발걸음이 더 무거워졌다. 긴장을 풀면 쓰러질 것처럼 몸이 피곤한데도 정작 잠은 오지 않는다. 그렇다고 약을 먹으면 두통이 심해진다.

어느덧 사에는 휴대전화를 다시 들여다보고 있었다.

수신 내역 제일 위의 '가시와기 나쓰코'라는 이름만 보았는데도 관자놀이 안쪽에 엉겨 있던 피가 시원스레 흘러가는 듯한 느낌이 들었다.

또 낫 짱(친근감을 주기 위해 사용하는 호칭. 주로 여자나 어린아이의 이름에 붙여 사용한다 – 옮긴이)이야? 언니도 벌써 서른이잖아. 다른 친구는 없어? 여동생 마리에의 야유 어린 목소리가 머릿속에 되살아나 손가락이 굳어버렸지만, 그래도 발신이라는 글씨를 꾹 눌렀다.

호출음이 두 번 울리기도 전에 뚝 끊겼다.

"여보세요, 사에?"

"좋은 아침이야, 낫 짱."

"안녕. 일 끝난 거야?"

전화 건너편의 분위기가 확 풀어진 것을 느끼자 사에도 뺨에서 힘이 쭉 빠졌다. 응, 지금 퇴근하는 길. 맞아, 철야 근무. 물 흐르듯 자연스럽게 대답하다 사에는 문득 신기해졌다. 낫 짱은 어떻게 늘 이런 목소리로 말할 수 있을까. 한숨도 못 자고 일하느라 힘들었겠네. 고생 많았어. 어디 아프지는 않고? 부드럽게 위로하는 그 목소리는 언제 전화를 걸어도 변함없이 늘 일정하다.

"낫 쨩은?"

"음, 빨래 다 널고 왔어."

태평하게 대답하는 나쓰코의 목소리가 하품으로 흔들렸다. 빨래, 사에는 속으로 되뇌며 말을 이었다.

"리리 쨩은? 유치원?"

"이번 주는 오봉(한국의 추석과 비슷한 일본의 명절 – 옮긴이) 연휴라서 쉬어. 오늘은 이와세에 있는 할머니 집에 갔는데."

"아, 그래? 벌써 오봉이구나."

"더위라도 먹은 거야? 우리는 양력으로 쇠었지만, 사에는 시댁에 가봐야 하지 않아?"

나쓰코가 어이없다는 듯이 쓴웃음을 짓는 소리가 들렸다.

"시댁에는 이달 말에 가기로 했어. 은행에는 오봉 연휴가 없으니까."

"넌 조산원 쉴 수 있지?"

"음, 확실친 않아. 출산을 앞둔 환자가 두 명이나 있거든."

사에는 한숨을 쉬고 나쓰코가 평소 어떻게 생활하는지 생각했다. 식사 준비, 장보기, 청소, 빨래, 설거지, 육아. 무직에다 리리 짱도 유치원이나 남에게 맡겨놓고 집안일만 하면 되는 나날은 얼마나 평온하게 지나갈까. 이러한 생각이 순 억지임은 사에도 잘 안다. 남에게 맡겨놓은들 육아의 책임이 없어지는 건 아닐 테고, 육아라는 포괄적인 말 속에는 해야 할 일이 수없이 많이 포함되어 있을 것이다.

하지만 그 일이란 뭘까 상상하자 역시 따스하고 눈부신 나날이 떠올랐다. 밥을 먹인다, 놀아준다, 목욕을 시킨다, 재운다. 자신을 전면적으로 의지하는 아이와 함께 보내는 시간이 나쓰코의 목소리를 따뜻하게 만들어주는 것 아닐까.

"밥은? 먹었어?"

"아직 안 먹었어. 너, 일 끝나고 오기로 했잖아."

나쓰코는 당연하다는 듯이 말했다. 또 낫 짱이야? 마리에의 목소리가 또 머릿속에 되살아났다. 하지만 이번에는 아무렇지도 않았다. 언제든지 마음 편하게 연락을 주고받을 수 있는 사람이 있는 게 뭐가 나쁘냐고 속으로 받아쳤다. 괜히 부러워서 그러는 거 아니냐는 생각도 들었다.

"차로 데리러 갈까?"

"괜찮아, 버스 정류장에 다 왔어. 낫 짱을 기다리는 것보다 버스 타는 게 더 빠를걸."

"그래? 아 참 사에, 뭐 먹고 싶어?"

"음, 밤을 새웠으니 그렇게 무겁지 않은 게 좋겠는데."

그럼 리소토는 어때? 토마토랑 바질이랑 치즈를 넣어서 맛있게 만들어줄게. 거기서 버스 타면 30분쯤 걸리지? 버스에서 내리면 전화해. 나쓰코가 이야기를 척척 이어가자 사에는 응, 응, 하고 살짝 고개를 끄덕였다.

땀이 밴 귀에서 휴대전화를 떼고 종료 버튼을 눌렀다. 그 순간 뒤에서 나지막하게 으르렁대는 듯한 엔진 소리가 들렸다. 사에는 앗, 하고 무심코 외마디를 흘린 후 휴대전화 대기 화면에 눈길을 주었다. 8시 47분. 역시 버스가 도착할 시간이 되기 전이었다.

사에는 가방을 어깨에 고쳐 메고 100미터쯤 떨어진 버스 정류장으로 헐레벌떡 뛰어갔다. 오늘은 도로 상황이 괜찮았던 걸까. 달리면서 몸을 비틀어 버스에 타려 한다는 뜻을 운전기사에게 알렸다. 마음이 전달됐는지 버스가 속도를 낮추었다. 사에는 고개를 끄덕하고 걸음을 늦추었다. 10미터라쳐도 더 달릴 마음은 들지 않았다. 어차피 정해진 시각보다 일찍 왔으니 기다려줄 것이다.

그런데 다음 순간, 도롯가로 붙어서 속도를 줄였던 버스가 정류장 앞을 머뭇머뭇 지나쳤다.

눈이 동그래진 사에는 또각또각 소리를 내며 남은 몇 걸음을 재빨리 달렸다.

"탈 거예요!"

오른팔을 크게 흔들며 고함을 질렀다. 하지만 버스는 미안함이라도 떨쳐내듯 속도를 점차 높였다.

비틀거리는 발걸음으로 버스 정류장에 도착한 사에는 미간에 주름을 잡은 채 땀으로 미끄러지는 휴대전화와 시간표를 번갈아 확인했다. 역시 버스 도착 시간까지 아직 3분쯤 남았다.

"아, 짜증 나."

사에는 일부러 소리를 내어 불평했다. 그 순간 시간표 아래에 붙은 작은 종이가 눈에 들어왔다. 오봉 연휴 기간 버스 정차 시간 변경 안내. 8월 12일부터 16일까지 토요일 시간표로 운행합니다. 사에는 작게 혀를 차고 토요일란으로 시선을 옮겼다. 8시 45분. 그다음은 9시 18분.

사에는 다시 혀를 찼다. 요즘 혀를 차는 버릇이 생겼다. 지금 화가 났다는 뜻의 의사 표현. 누구에게도 전달되지 않을 그 행동이 가슴속에 투둑투둑 떨어져서 쌓여간다.

사에는 지글지글 타오르는 듯한 열기를 목덜미에 느끼며 내디디는 발걸음에 맞추어 숨을 내쉬었다. 앉음판이 갈라진 녹슨 벤치에 가방을 던지고, 그 옆에 앉자마자 펌프스를 벗었다. 굳은 발끝에 피가 통하는 느낌이 물결치듯 몰려왔다.

사에는 바싹 마른 아스팔트를 노려보며 화면에는 시선도 주지 않고 휴대전화를 조작했다. 호출음이 끊어지는 것과 동시에 나쓰코의 목소리가 귀에 날아들었다.

"사에? 무슨 일 있어?"

"미안해, 역시 데리러 오면 안 될까?"

말하면서 눈을 감자 오렌지색 빛이 막힌 시야를 가득 채웠다.

"이번에는 우산이 원인인 것 같아."

바로 뒤에 있는 나쓰코를 올려다보려고 턱을 젖히자 약간 누레진 얇은 비닐 가운이 죄어들며 목을 파고들었다.

"뭐야 그게?"

의아한 듯한 나쓰코의 목소리가 머리 위에서 들렸다.

"왜, 지난주 금요일 저녁에 갑자기 비가 내렸잖아? 그런데 걔는 우산이 없었나 봐."

"일기예보 정도는 잘 보고 다녀야지."

나쓰코는 짧게 콧방귀를 뀌더니 사에의 머리카락을 붙잡아 상태를 확인하듯 백열등 불빛에 끝부분을 비추었다. 그리고 머리카락을 마술사처럼 부채꼴 모양으로 펼쳐서 떨어뜨리며 숱가위로 세심하게 숱을 쳤다.

찰칵, 찰칵, 찰칵. 사에는 두피의 모공이 열렸다가 닫히는 듯한 감촉에 기분 좋게 실눈을 뜨고 1.5평쯤 되는 작은 욕실에 시선을 주었다. 샴푸, 트리트먼트, 보디워시, 클렌징오일, 면도기, 클렌징폼, 분홍색 나일론 수건, 잘록한 허리 일러스트가 들어간 마사지젤. 사에는 생활감이 꽉꽉 들어찬 붙박이 선반을 바라보며 입을 열었다.

"그래서 걔는 다이시에게 메일을 보냈지. 어머, 우산을 깜빡했네, 하고."

"어차피 차 타고 갈 거면서 웬 소란이람."

"주차장까지 젖지 않게 바래다 달라, 뭐 그런 뜻인가 봐."

"어휴, 가지가지 하는구나."

나쓰코는 사에의 머리를 양쪽에서 누른 채 거울을 들여다보며 톡 쏘아붙이듯이 말했다. 나쓰코가 균형이 약간 맞지 않는 두 눈썹을 치켜세우는 모습이 군데군데 하얀 거품이 들러붙은 거울로 보였다.

"속이 뻔히 보이네. 우산을 깜빡했으니까 데리러 오라는 말 대신 우산을 깜빡했다고만 말하고, 상대방이 데리러 가겠다고 말하길 기다리는 거잖아?"

불여우 같기는, 하며 입술을 일그러뜨리는 나쓰코를 보고 사에는 속으로 살짝 쓴웃음을 지었다. 불여우 같기로 따지자면 남편이 상간녀와 나눈 메일을 낱낱이 훔쳐보면서도 본인을 추궁하지 않고 이렇게 낫 짱에게 보고하는 자신이 훨씬 불여우 같으리라. 낫 짱은 화를 내줄 것이다. 상간녀를 욕해줄 것이다. 그걸 알기에 메일 내용만 보고 두 사람 사이에서 일어났을 일을 추측해 마치 사실처럼 들려준다.

사에는 거무스름해진 거울 구석을 시선으로 훑고서 어깨를 약간 으쓱였다.

"분명 그렇겠지."

"너희 남편이 알아서 말을 꺼내지 않아 싸움이 났다는 거야?"

"아니, 다이시는 그럼 갈까, 하고 답장했어."

"그런데 왜 싸움이 나?"

나쓰코의 목소리가 마치 꿈속에 있는 것처럼 흐릿하게 붕붕 울렸다. 사에는 욕실 바닥에 떨어진 애시브라운 빛깔의 머리카락을 내려다보았다.

"걔는 미안하니까 괜찮다고 했어. 슬쩍 튕겨본 거겠지. 그런데 다이시가 알았다, 그럼 조심해서 들어가라고 답장했거든. 그랬더니 진심으로 올 생각이 없었던 거 아니냐고 화를 냈지."

"엄청 성가신 인간이네."

나쓰코가 건조한 웃음소리를 흘리더니 사에의 앞머리를 이마 위로 들어 올리고 리듬감 있게 가위질을 했다. 사에는 눈을 내리깔고 잠깐 망설이다가 완전히 눈을 감았다. 그 순간 머리를 통째로 뒤흔드는 듯한 폭력적인 졸음이 몰려왔다. 까닥하다가는 잠들겠다 싶어 안간힘을 다해 다이시의 메일에 적힌 내용을 떠올리며 입을 움직였다.

"정말 걱정됐으면 내가 거절하더라도 오겠죠. 우산 없다고 했으니까 데리러 안 가면 비에 젖을 걸 뻔히 다 알면서. 그저 다정한 연인인 척 폼만 잡고 싶을 뿐 내 걱정은 조금도."

안 해, 라고 이으려 했던 말이 힘없이 사그라지고 고개가 푹 꺾였다. 어, 하고 놀라는 나쓰코의 목소리에 눈을 번쩍 뜨자 옅은 크림색 욕조가 시야에 들어왔다.

"어휴, 사에, 위험하잖아."

"미안해. 갑자기 졸려서."

"말하면서 자지 마."

나쓰코는 쓴웃음을 짓더니 앞머리를 한 줌 움켜쥐고 가위를 재빨리 두 번 찰칵였다.

"자, 다 됐다."

그러면서 사에의 어깨를 밀듯이 가볍게 두드렸다.

"좀 자고 갈래? 리리 데리러 갈 때까지 아직 시간 있는데."

"괜찮아?"

"나도 모처럼 같이 낮잠이나 잘까."

나쓰코는 사에의 목에 두른 가운을 솜씨 좋게 벗기고 아무렇게나 뭉쳐서 욕조 덮개 위에 내려놓았다.

"정리 좀 하고 갈 테니까 다다미방에 누워 있어."

시키는 대로 욕실을 나서자 신선한 공기가 얼굴에 닿아 숨 쉬기가 편해졌다. 숨을 들이마셨다가 내쉬니 머리가 조금 개운해졌다.

사에는 목을 뚜둑뚜둑 돌리며 어깨 위에서 살랑살랑 흔들리는 머리카락에 손가락을 대고 감촉을 확인했다. 손가락이 쑥 통과할 만큼 머리끝이 부드러웠다. 고개를 돌려 세면대 거울을 힐끗 보자, 살짝 안쪽으로 말린 가지런한 미디엄 보브 헤어가 샴푸 광고처럼 두둥실 떠올랐다가 가라앉았다. 조금 넓은 하관을 감추는 옆머리와 이마를 가리는 앞머리 덕분에 키에 비해 큰 얼굴이 작아 보인다.

사에는 옆으로 서서 거울로 목덜미를 확인한 후 감탄의 한숨을 내쉬었다.

"낫 짱은 참 대단해."

"뭐가?"

욕실에서 나쓰코의 목소리가 들렸다. 사에는 머리끝을 잡고 말을 이었다.

"집에 있는 가위랑 빗만 가지고도 이렇게 머리를 예쁘게 해주잖아. 일부러 번화가 미용실까지 가는 게 돈 아깝게 느껴져."

"너도 참, 무슨 소리인가 했더니."

쓴웃음이 섞인 나쓰코의 목소리에 샤워기로 욕실 바닥을 씻어내는 소리가 겹쳤다.

"당연히 그런 미용실이 훨씬 낫지. 난 미용실에서 일해본 적도 없고, 미용 학교에 다닌 게 전부인걸."

"그런 미용실에 가면 요즘 유행하는 스타일로 잘라주겠지만, 그게 나한테 어울리느냐는 별개의 문제잖아. 잡지에 나오는 모델이랑 똑같이 염색하고, 커트하고, 컬을 넣어서 얼핏 그럴싸하게 만들어줄 뿐이야."

사에는 단숨에 말하면서도 낫 짱은 다르다고 생각했다. 넌 쇄골 밑으로 내려오게 머리를 기르면 인상이 무거워져서 안 돼, 잘 뻗치는 머리끝만 잘라주면 헝클어지지 않아서 관리하기 편하지, 피부가 희니까 색깔은 애시브라운이 제일 잘 어울려. 그렇게 따져가며 내게 잘 어울리는 헤어스타일로 머리를 다듬어주는 사람은 낫 짱뿐이다.

"어, 머리가 왜 이래요?"

사에는 어처구니없다는 미용사의 목소리가 떠올라 얼굴에서 표정이 사라졌다. 6년쯤 전에 딱 한 번, 당시 다니던 직장의 동료를 따라 마지못해 명품 가게가 즐비한 오모테산도의 한 미용실에 갔었다.

통유리로 둘러싸인 공간은 마치 드라마에나 나오는 미용실 같았고, 미용사들도 전부 모델처럼 예쁘고 세련된 인상이었다. 그런데 그중 한 명이 사에의 머리카락을 잡자마자 기가 찬다는 웃음을 섞어서 말했다.

"어느 미용실에서 머리했어요? 설마 싸구려 균일가 미용실은 아니죠?"

사에는 일단 무람없는 말투에 놀란 후, 뒤늦게야 머리에 피가 거꾸로 솟았다.

"동네에서 했는데요."

이야기의 흐름상 나쓰코의 이름을 꺼내고 싶지 않아서 겨우 그렇게 대답했다. 미용사는 가느다란 손가락을 몇 번이나 사에의 머리카락 사이에 넣고 들여다보면서 우와, 하고 깔보는 목소리로 말했다.

"거기 정말 장난 아니네요. 미안하지만 이제 거기는 가지 말아요."

"왜요?"

사에의 얼굴이 굳은 걸 알아차렸는지 미용사는 부랴부랴 말을 덧붙였다.

"예쁜 얼굴이 아깝잖아요. 여기 좀 봐요, 끝부분이 전혀 가지런하지 않죠? 어느 미용실인지는 모르겠지만 그 사람 분명 아마추어예요. 다음부터는 꼭 우리 숍에 와요, 알았죠?"

아마추어. 미용사의 입에서 나온 말에 사에는 어안이 벙벙해졌다. 이 사람이 지금 무슨 소리를 하는 거람. 말마따나 낫 짱이 미용실에서 일하는 건 아니다. 하지만 미용 전문 학교에서 배워서 인정받은 기술을 가지고 있는데.

그렇게 생각하면서도 반박하지 못해 속상했다. 미용사가 머리를 만지는 내내 패션 잡지를 보는 척하며 침묵을 고수하다 판에 박힌 헤어스타일이 완성되자 8000엔을 지불한 후 정말 예쁘다, 역시 오길 잘했잖느냐고 떠드는 동료에게 애매한 미소로 답하며 미용실을 뒤로했다.

사에는 동료와 헤어지자마자 나쓰코에게 전화를 걸어 토해내듯이 불평을 늘어놓았다. 직장 내 인간관계 때문에 마지못해 갔다는 것, 미용사의 태도가 최악이었다는 것, 완성된 헤어스타일도 마음에 들지 않는다는 것, 그런데도 8000엔이나 뜯겨서 역시 나쓰코가 잘라주는 게 낫겠다 싶었다는 것. 나쓰코의 미용 실력을 부정당한 이야기는 빼놓고 불평에 열을 올리자 나쓰코는 쑥스러운 듯이 웃었다.

"알았어, 언제든지 내가 잘라줄게."

그 후로 사에는 미용실에 간 적이 없다.

다다미방에 들어가자 풋풋하니 뭔가 그리운 냄새가 코를 찔렀다. 부드러운 섬유의 감촉을 맨발바닥으로 느끼며 문득 정원에 면한 창문을 보았다. 구름이 거의 없는 탓인지 가느다란 창틀 속에 작게 담긴 푸른 하늘이 아주 멀게 느껴졌다. 검은 새들이 무슨 의식이라도 치르듯 떼 지어 하늘을 빙빙 도는 모습이 보였다.

잠시 후 다다미방으로 들어온 나쓰코가 벽장을 기운차게 열고 요와 이불을 한꺼번에 꺼내더니 방 한복판에 펼쳐놓은 이부자리 옆에 깔았다. 그리고 어이구, 하며 쓰러지듯 눕더니 팔을 다다미 위로 뻗어 리모컨 버튼을 눌렀다. 삑, 하는 전자음과 함께 형광등이 꺼졌다. 하지만 그래도 밝기에 거의 차이가 없을 만큼 방에는 이미 강한 햇살이 비쳐 들고 있었다.

사에도 옆에 드러눕자 나쓰코는 숨을 길게 내쉬었다.

"왜 다이시랑 헤어지지 않는지 모르겠어."

사에는 한순간 무슨 이야기인가 어리둥절해하다가 머리를 자를 때 했던 이야기였음을 깨달았다. 그러게, 하고 대답하며 천장의 나뭇결을 눈으로 훑었다.

스스로도 왜 헤어질 생각이 없는 건지 신기했다. 남편이 바람을 피우면 좀 더 충격을 받고 절망할 줄 알았다. 평생을 해로하기로 맹세한 사람에게 배신당했다는 사실이 슬프고, 다른 여자를 건드렸다는 사실을 용서할 수 없어서 가슴이 찢어지는 기분이 들 줄 알았다.

하지만 다이시가 바람을 피운다는 걸 알았을 때, 실제로는 하다못해 다른 날이었으면 싶은 생각이 들었다.

왜 하필이면 오늘이야? 그 여자에게 사정할 정액이 있으면 왜 나한테 주지 않는 건데.

적나라한 실망과 한 달에 한 번뿐인 배란일을 날렸다는 분노가 솟구쳤다. 사에는 갈 곳 없는 분노를 끌어안은 채 남편을 동정했다.

불쌍한 다이시. 그래서 다이시는 내게서 도망치는 거라고 어쩐지 냉정하게 분석하는 또 하나의 자신이 있었다. 왜 그토록 아이를 원하는지 스스로도 이해가 가지 않을 지경이었다.

친구들 대부분 엄마가 되는 바람에 서로 이야깃거리가 맞지 않으니까?

엄마가 되는 게 여자에게 주어진 사명처럼 느껴져서?

아기가 귀여워서?

직장에서 얕보이기 싫어서?

낫 짱이 아이를 낳는 게 여자의 행복이라고 단언하니까?

전부 맞고, 전부 틀린 것 같기도 한 기분이었다. 다만 이번

달도 절망적인 기분으로 생리를 치러야 한다는 것만큼은 실감 나게 상상돼서 예고편이라도 본 것처럼 절망적인 기분을 맛보았다.

다이시가 두 달 연속으로 배란일에 술을 마시고 아침에 들어온 것이 다른 여자가 있다는 걸 알아차린 계기였다.

매일 아침 여섯 시, 철야 근무를 한 날에도 몰려오는 졸음을 참으며 기초 체온을 재고 1회분에 700엔인 배란 검사약을 아낌없이 써서 알아낸 배란일. 그날을 위해 근무 시간도 변경했다.

그렇지만 오늘 밤이라고 신신당부한 날에 다이시가 돌아오지 않아 눈물을 참으며 몇 번이고 휴대전화를 확인했다.

오늘 밤이라고 압력을 가한 탓일지도 모른다는 생각에 더 이상 연락을 해서 재촉할 수 없었다. 곧 돌아올 거다, 지금 잠들면 말짱 도루묵이라고 스스로를 타이르는 동안 열 시가 지나고, 열한 시가 지났다. 배란일에 시간이 경과함에 따라 임신이 되는 확률을 인터넷으로 조사했다.

자정이 지났을 무렵 참다못해 "아직 일하는 중? 고생이 많네." 하고 최대한 조급한 티가 나지 않게 몇 번이고 고쳐 쓴 메일을 보내자, 30분쯤 후에 "미안해. 거래처 사람한테 붙잡혀서 한잔하게 됐어."라는 답장이 왔다. 서글프고 속상해서 앙갚음할 마음으로 다음 날 다이시의 휴대전화를 훔쳐보자 '미'라는 이름으로 등록된 인물이 보낸 메일이 사에의 메일과 교대로 이어져 있었다.

　이제 와서 이것저것 숨기거나 허세를 부린들 무슨 소용인가 싶으니까 내 마음을 솔직하게 전할게요. 다이시 씨가 "오늘 피곤하니까 집에 가도 돼?"라고 말했을 때 나는 지쳤을 때야말로 함께 있고 싶은 사람은 아니구나 싶어서 슬펐어요. 지금까지 많은 이야기를 나누어서 나름대로 서로를 이해하는 줄 알았는데, 속내를 터놓아 오해를 막는 노력이 아직 부족했는지도 모르겠네요.

　한 번의 불장난이 아니라 수시로 밀회를 거듭했음을 의심케 하는 내용이었다. 좋아한다는 둥 즐거웠다는 둥 서로 죽고 못 사는 메일보다 오히려 연인다워서 사에는 멍하니 휴대전화를 제자리에 되돌려 놓았다. 캐물을 생각은 들지 않았다. 그저 믿기지 않았다. 사랑에 빠진 10대나 나눌 만한 이야기를 자기 남편과 다른 여자가 하고 있다는 사실이.
　"네가 직접 말하지 못할 것 같으면 내가 대신 너희 남편한테 말해줄까?"

나쓰코가 사에 쪽으로 몸을 돌리며 말했다.

"무슨 말을?"

사에가 일부러 모르는 척 되묻자 나쓰코는 장난스럽게 어깨를 으쓱했다.

"너도 참 남자 운이 없구나."

말로는 너무하다고 반박했지만 사에는 못마땅한 기분이 든 건 전혀 아니었다. 나쓰코의 말투에는 부정적인 어감이 전혀 없었다. 어쩐지 친근감 어린 비하랄 공범 같은 느낌이었다.

"이제 그만 헤어져."

"그렇게 쉽게 말하지 마."

사에는 말끝을 길게 늘여서 대답하고 하늘색 바탕에 베이지색 물방울무늬가 들어간 이불을 끌어당겼다. 몇 년 전 나쓰코의 생일에 사에가 선물한 이불로, 똑같은 것이 사에네 집에도 있다. 그래서인지 사에는 자기 집에 있는 듯한 착각에 빠졌다. 눈을 감자 기분 좋은 잠기운이 천천히 스며들 듯이 밀려왔다.

"뭐 어때, 이혼하고 나랑 같이 리리를 키우면 되지."

"그게 어디 말처럼 쉽나."

대답하는 목소리가 윤곽을 잃고 부드러운 어둠에 녹아들었다.

사에는 조금씩 무거워지는 입매를 누그러뜨리고, 이불 속에 빨려 들 것처럼 온몸에서 힘을 빼면서 그것도 나쁘지 않겠다고 멍하니 생각했다.

나쓰코가 차로 집까지 바래다주었다. 집에 들어가자 푹푹 찌는 듯한 공기가 온몸을 감쌌다. 쉰 냄새가 코끝을 스쳐서 사에는 인상을 찡그렸다.

펌프스를 벗고 플레어스커트 지퍼를 내리며 부엌으로 가자, 뭔가 상한 듯한 냄새가 더 심해졌다. 싱크대를 내려다보니 음식물 쓰레기를 모아두는 망에 미트볼이 가득했다.

끈적끈적한 소스로 이어진 일그러진 모양의 갈색 구체를 보자 구역질이 났다. 사에는 반사적으로 숨을 참으며 생침을 꿀꺽 삼켰다. 싱크대 구석에 같은 색깔의 소스가 들러붙은 접시가 놓여 있는 걸 보고서야 일하러 나가기 전에 버렸던 기억이 났다.

미트볼은 다이시가 좋아하는 음식이다.

식탁에 차려놓으면 다이시는 언제나 기쁜 표정으로 미트볼에 제일 먼저 젓가락을 뻗는다.

"사에가 만들어주는 미트볼은 뭔가 달라. 아주 공을 들인 맛이랄까. 마트에서 파는 거랑은 완전히 맛이 다르다니까."

다이시의 칭찬이 기뻐서 사에는 간 고기를 부지런히 반죽했다. 일주일에 한 번은 저녁 반찬으로 내놓았고 도시락에는 늘 넣었다.

그러던 어느 날, 철야 근무를 마친 후에 미트볼 재료가 다 떨어졌길래 슈퍼 반찬 매장에서 사 온 미트볼을 도시락 반찬으로 싸주었다. 어쩐지 켕겨서 직접 만든 게 아니라는 말을 못 하고 있다가, 퇴근한 다이시에게 오늘 미트볼은 어땠느냐고 머뭇머뭇 묻자 다이시는 씩 웃고서 대답했다.

"아, 요리법을 바꾼 거지? 바로 알아차렸어. 난 이번 게 더 맛있더라."

그 후로 사에는 매일 퇴근길에 그 슈퍼에서 미트볼을 샀다. 식탁에 차려놓으면 다이시는 맛있다며 순순히 먹는다. 도시락 반찬으로 싸주면 남김없이 싹 비운다. 그래도 매일 한 팩씩 사면 남는다. 남은 미트볼은 랩을 씌워서 냉장고에 보관하고, 다음 날 새것을 사서 식탁에 내놓는다. 냉장고에는 오래된 미트볼이 점점 쌓인다.

사에는 그걸 먹지 않고 버린다.

야마모토 유지의 증언

어, 녹음하나요? 아, 그렇다면…… 제가 이야기했다고 기사에 나는 겁니까? 아니, 안 되는 건 아니…… 아, 실명은 공개하지 않는군요. 그렇군요. 아니요, 딱히 상관없습니다만.

그런 것까지 조사하다니 굉장하군요. 하긴 그러지 않고서야 저한테까지 이야기를 들으러 오지는 않겠죠. 말씀대로 사에 짱과 사귄 적이 있습니다. 옛날 일이지만요.

고등학교 1학년 때였어요. 계기랄까…… 그냥 어쩌다 보니까요. 네? 누구한테 들었습니까? ……흠, 뭐, 상관없습니다만. 제가 고백했다 쳐도 밸런타인데이 때 사에 짱이 먼저 초콜릿을 줬다고요. 저한테 이상형을 묻기도 했고요. 넌 어떠냐고 되물으니 발이 빠른 사람이라고 눈을 치뜨며 대답했죠. 아, 저는 당시에 육상부에서 단거리 주자였어요. 뭐, 제 착각일지도 모르지만, 지금 생각해도 그건 저한테 마음이 있다는 뜻 아니었을까요. 다른 녀석들도 다들 그렇게 말했고요.

고등학생 때는 단순하잖아요. 얼굴이 제법 예쁜 애가 저를 좋아한다고 생각하니 갑자기 마음이 싱숭생숭해서 저도 걔를 좋아하나 싶었죠. 그래서 결국 화이트데이 때였나. 주변에서도 고백하라고 막 부추겨서 행동에 옮긴 거죠.

네? 뭐라고 말했는지가 무슨 상관인데요? 우리 사귀자, 아마 그런 말이었겠죠.

인상? 음, 그렇게 오래 사귄 것도 아니라서요. 고작 반년쯤이었는걸요. 끝까지 진도를 나간 것도 아니고, 솔직히 인상은 흐릿하네요.

남자는 다 그래요. 아, 이건 기사로 쓰면 안 돼요. 알겠죠? 와이프가 질투가 심하거든요. 부탁 좀 드립시다. 더구나 이런 사건의 관계자와 그랬다는 걸 들켰다간 가만있지 않을 거예요.

헤어진 이유? 그건 좀…… 아니, 기억은 납니다만. 아니, 안되는 건 아니지만…… 저더러 가정교육을 제대로 못 받았다고 하더라고요. 네. 깜짝 놀랐다니까요. 사귀는 사람한테 그런 말 들어본 적 있습니까? 사랑이 식었다든가 마음을 써주지 않는다는 식의 불평이라면 이해가 갑니다만, 가정교육을 제대로 못 받았다니요. 남에게 그런 소리는 처음 들어봤는지라 화가 난다기보다 깜짝 놀라서 그게 무슨 소리냐고 되묻기까지 했다니까요.

그랬더니 낫 짱이 그렇게 말했다는 거예요. 정말이지 어처구니가 없더군요. 얘가 왜 이러나 싶었죠. 그렇잖아요? 하지만 그런 구석이 있었어요. 뭐랄까, 귀가 얇다고 할까, 수동적이라고 할까. 우리가 사귄 과정만 봐도 그렇잖아요. 분명히 마음이 있는데도 스스로는 말하지 않아요. 먼저 좋아하는 티를 내놓고 막상 이쪽이 고백하면, 자기는 그럴 마음이 없었지만 내가 고백했으니까 어쩔 수 없이 사귄다는 듯한 느낌? 참 성가시다니까요. 여자는 다들 그런 건가. 와이프한테도 그런 면이 있거든요. 아, 이것도 쓰지 마세요.

맞습니다. 걸핏하면 낫 짱, 낫 짱, 너 좀 이상한 거 아니냐고 핀잔을 주었더니 너무하다며 펑펑 울고, 그걸로 끝났죠. 그건 대체 뭐였을까요? 무슨 어린애도 아니고 고등학생이잖아요.

아, 그런데 5, 6년 전이었나 사에 짱한테 연락이 왔었어요. 네, 네, 메일로요. 아니요, 오래전이라 메일 자체는 남아 있지 않지만…… 뭐라고 했더라.

맞다, 이무라 교코가 결혼하니까 축하 메시지를 달라더군요. 이무라 교코는 고등학교 때 같은 반이었어요. 저랑 딱히 친했던 건 아니라서 의아했지만 반 아이들 전부의 메시지를 모으나 보다, 참 애쓴다고 생각했죠. 그래서 적당히 축하한다는 메시지를 보냈어요. 나도 결혼했다는 내용을 덧붙여서요. 그게 전부예요. 축하 메시지 고맙다든가 그런 답장은 없었어요. 뭐, 다 그런 거지 싶어서 마음에 두지 않았지만요.

다만 나중에 다른 친구한테 듣고 놀랐는데, 이무라 교코가 결혼한다는 이야기는 없었다더라고요. 네, 거짓말이었던 겁니다. 글쎄요, 그 친구는 제게 연락할 핑계가 아니었겠느냐고 하더군요. 다시 만나고 싶었는데 제가 결혼했다니까 단념한 것 아니겠느냐고요.

그 무렵은 아들도 막 태어났겠다, 어차피 만나지는 않았겠지만요. 하지만 왜, 살해당했다는 남편도 전 남친이고, 한 번 헤어졌다가 사에 짱에게 연락이 와서 재결합한 거잖아요?

그때 제가 결혼 전이라 메일을 주고받다가 오랜만에 만나자는 식으로 이야기가 진행됐다면…… 아니, 뭐 그래도 딱히 별일은 없었겠지만요.

2

가시와기 나쓰코

시민회관 소회의실에는 기다란 흰색 책상이 죽 놓여 있
다. 가시와기 나쓰코는 앞에서 두 번째 자리에 앉아 재봉함
뚜껑을 열었다. 바늘을 하나하나 시간을 들여 바늘방석에
꽂았다. 바늘을 전부 다 꽂자 하나씩 빼서 굵은 순서로 늘어
놓고 다시 꽂아나갔다.

"뭐야, 무슨 이야기인데?"

"이다음에 뭘 할까 싶어서. 또 한잔하러 갈까?"

나쓰코는 뒤쪽에서 나누는 이야기에 귀를 기울이며 피곤

해서 침침해진 눈을 깜박였다. "나쓰코 씨는 어떻게 하실래요?" 그렇게 말을 걸면 "아, 그거 좋네, 나도 갈까?" 하고 대답하려고 입을 '아' 모양으로 벌리고 배에 힘을 주었다. 총총히 다가오는 발소리에 등을 긴장시키고 기다렸다. 하지만 발소리는 아무 망설임도 없이 옆을 지나쳤다.

"가요코 씨, 좀 들어봐요."

이쿠노 미와는 대각선 앞쪽 책상에 앉은 시마다 가요코 앞에 멈춰 섰다. 미와는 기대듯이 양손을 긴 책상에 짚고 소리 죽여 웃었다.

"가요코 씨가 돌아간 후에 고노미 짱이 25도짜리 소주 한 병을 혼자 다 마셨다니까요."

"와, 진짜?"

"그럼요. 주정을 얼마나 부리던지. 장난 아니었어요."

"이야, 볼만했겠네!"

"아니요, 아니요. 그때 돌아가길 잘했어요."

미와는 끝부분만 분홍색으로 칠한 손톱을 입가에 대더니 실눈을 뜨고 목소리를 낮추었다.

"그게 말이죠, 고노미 짱이……."

소곤거려서 무슨 말인지는 못 알아들었다. 몇 초 후, 빵 터지는 듯한 웃음소리만 나쓰코의 귀에 와 닿았다.

나쓰코는 스키니진 아래로 보이는 검은색 웨지 힐에 눈길을 주며 마치 여고생 같다는 생각에 가슴이 답답해졌다. 끝을 모르는 비밀 이야기. 집단 속에서 더 작은 그룹을 만들려고 하는 습성. 여자는 몇 살을 먹어도 변함없다. 그리고 자신은 옛날부터 그 가운데 끼지 못했다.

시선만 들자 무리의 중심에서 손뼉을 치는 미와가 보였다. 팔다리가 가늘고 허리에도 군살이 없지만, 토실토실하니 둥근 뺨에 밀려 눈초리가 올라간 탓인지 통통한 인상이다. 등이 구부정하고 새치가 나서 얼핏 보기에는 30대 후반으로 느껴지지만, 이제야 20대 중반에 접어들었을 것이다.

마이 라이프 프로젝트는 병원이나 양로원, 복지시설에 머리를 깎아주러 다니는 자원봉사 단체로, 미용사 면허가 있는 회원도 적지 않다. 평소 미용사 일을 하다가 휴일에 활동이 있을 때만 참가하는 사람, 미용사로 일했지만 결혼이나 출산을 계기로 일을 그만둔 사람, 예전에 또는 이 자원봉사 활동을 위해 미용 전문 학교에 다녀서 그런대로 기술이 있는 사람. 상황도 다양하거니와 나이, 성별, 참가 빈도도 다양하므로 자칫하면 서로 거리가 생기기 십상인 단체를 아우르는 사람이 사무국장인 미와였다.

"아! 미와 짱, 그 이야기는 하지 말라고 했잖아!"

이야기를 들은 고노미가 소리를 높이며 달려왔다.

"괜찮아, 괜찮아. 이런 건 오히려 무용담이라니까."

미와가 가요코의 등에 팔을 두르며 깔깔 웃었다.

나쓰코는 재봉함 뚜껑을 닫고 오늘 만들어서 책상 가장자리에 놓아둔 휴대용 가죽 티슈 케이스를 집었다. 리리가 좋아한다기에 새겨 넣은 캐릭터 무늬를 손끝으로 만지작거리며 살짝 한숨을 쉬었다.

봉사 활동은 한 달에 한 번이지만, 마이 라이프 프로젝트는 매주 이렇게 모인다. 기모노 입기 교실, 전통 견직물 공예, 가죽 제품 만들기, 베이킹 클래스 등등 회원의 지인이 강사를 맡아 시민회관에서 가지는 모임은 자원봉사 단체의 회의가 아니라 완전히 취미 활동으로 변했다. 미와는 열정적으로 모임 날짜를 정하고, 장소와 강사를 확보하고, 모임이 끝나면 사람들과 술을 마시러 간다. 그러나 나쓰코는 뒤풀이에 참석한 적이 거의 없다.

권유하지 않으니까 참석하지 않은 걸까, 계속 참석하지 않으니까 권유하지 않게 된 걸까. 무엇이 먼저였는지는 모른다.

나이 차이가 많은 탓일지도 모른다. 게다가 리리도 있으니까. 나쓰코는 뺨에서 의식적으로 힘을 뺐다. 하지만 굳은 근육은 잘 풀리지 않았다. 눈앞에서 사람들과 친하게 이야기를 나누는 가요코는 나쓰코와 동년배고, 어린아이를 데려오는 회원은 나쓰코 말고도 있다.

참석하고 싶으면 권유하기를 기다릴 것 없이 가고 싶다고 먼저 말하면 그만이다. 나쓰코도 그건 잘 안다. 나도 가도 돼? 그런다고 싫은 내색을 하지는 않으리라. 그런데 도무지 그 한마디를 꺼낼 수가 없었다. 부탁해서 참석하는 건 꼴사나우니까? 부탁받는 형태로 참석하고 싶으니까? 나쓰코 생각에 그런 문제는 아니었다. 그럼 무슨 문제냐고 물으면 대답할 길이 없지만.

"오늘 한잔하러 갈 건데, 올 수 있는 사람!"

미와가 소리치자 주변 사람들이 손을 들며 대답했다. 갈 수 있는 사람이 아니라 올 수 있는 사람. 미묘한 어감도 마음에 걸렸다. 나쓰코는 못 들은 척, 재봉함을 다시 열고 비닐 지퍼백을 꺼내 책상 위에 흩어진 가죽 조각을 꼼꼼하게 주워 담았다. 아, 그거 좋다, 나도 갈까. 스스로를 격려하듯 머릿속으로 대사를 읊었지만, 미지근한 숨만 내뱉고 입을 다물었다.

이럴 때 사에는 어떻게 할까. 제일 먼저 손을 들까. 아니, 애당초 이야기에 끼어 있었을 것이다.

나쓰코는 힘없이 눈을 감았다. 사에는 남이 어떻게 생각할지 걱정하며 망설이지 않는다. 누가 제안한 자리인지는 아랑곳없이 가고 싶다면 가고 싶다고 떳떳이 말하리라.

낫 짱은 어쩔래? 가자, 뭐 어때, 차는 대리 기사를 부르면 되고 리리 짱하고는 내가 놀아줄게. 응? 낫 짱이 없으면 재미없단 말이야. 웃으며 그렇게 조르는 사에의 얼굴까지 떠오르는 것 같아서 나쓰코는 웃는 건지 우는 건지 모를 표정을 지었다.

"가요코 씨, 장소는 어떻게 할까요? 요전에 간 거기는 좁으려나."

들뜬 미와의 목소리가 무정하게 들렸다. 책상 위에는 더이상 정리할 물건이 없었다. 나쓰코는 하는 수 없이 재봉함을 닫고 노란색 퀼트 두루주머니에 넣었다.

꼭 가고 싶은 것은 아니라고 스스로를 타일렀다. 무엇보다 술을 마시러 가면 남편이 싫은 소리를 한다.

"자원봉사 활동은 제법 돈이 드는군."

마이 라이프 프로젝트에 가입하고 한 달이 지났을 무렵, 남편은 분명 그렇게 말했다. 새 회원 환영회 회비로 6000엔을 내야 한다는 이야기가 나왔을 때였다. 확실히 싸지는 않지만 생활비에서 변통하지 못할 수준은 아니었고, 얼마 전에 환영회의 주인공으로 환대를 받은 입장상 불참하기도 꺼려졌다.

나쓰코가 솔직히 사정을 털어놓자 남편은 냉랭한 웃음을 지었다. 가지 말라고 명령하거나 회비가 뭐 그렇게 비싸냐고 따지지는 않았다. 그러나 그 말투에는 분명히 모멸이 서려 있었다.

자원봉사라면서 문화센터와 거의 다를 바 없는 활동 내용, 교육을 받았다지만 앞날에 아무 도움도 안 되는 기술, 낮살이나 먹고서 여고생처럼 어울려 놀기만 하는 집단.

남편이 그렇게 깔보고 있으리라는 것이 쉽게 상상됐다. 왜냐하면 나쓰코 본인이 그렇게 생각하기 때문이다.

그래도 여기를 잃으면 내가 사회와 접점을 가질 수 있는 곳은 사라져.

나쓰코는 조용히 일어서서 자리를 정리하고 있던 회원 한

명의 이름을 불렀다.

"미안해, 리리도 있고 하니 나는 먼저 갈게."

"아, 네. 수고하셨어요."

길게 늘어지는 목소리를 등으로 받으며 회의실 구석에 마련된 놀이 공간으로 향했다. 회원이 데려온 네 살짜리 동갑내기 여자애와 소꿉놀이를 하고 있던 리리는 나쓰코를 보고 "아!" 하고 목소리를 높였다.

"여보, 손님이 오셨어요! 멜론 짱. 얼른 인사해야지."

리리는 아빠 역할을 맡은 아이와 손에 든 멜론빵 봉제 인형에게 새침한 얼굴로 말했다.

"안녕하세요."

봉제 인형에게 인사를 시키면서 자기도 고개를 숙이더니 작은 손으로 카펫을 탁탁 두드렸다.

"자, 앉으세요."

"리리, 집에 가자."

나쓰코가 쪼그려 앉아 팔을 잡자 리리는 천진하게 웃던 얼굴을 찡그리고 손을 뿌리쳤다.

"싫어! 더 놀 거야!"

리리가 봉제 인형을 꼭 끌어안고 온몸을 배배 꼬았다. 나쓰코는 리리의 두 어깨에 손을 얹었다.

"안 돼. 이만 집에 갈 시간이잖아. 자, 친구한테 안녕, 해."

"싫어!"

"리리, 이렇게 말 안 듣고 떼를 쓰는 아이였니?"

리리가 고개를 번쩍 들었다. 불안한 듯 흔들리는 눈동자가 나쓰코의 눈과 마주친 순간, 얼굴이 잔뜩 일그러지며 울기 직전의 표정으로 변했다.

커피, 보리차, 맥주가 밑바닥에 조금씩 남은 머그컵과 유리잔이, 토마토소스가 말라붙은 접시 주변을 둘러싸고 있었다. 테이블에는 펼쳐놓은 신문이며, 과자 조각과 가루가 튀어나온 과자 봉지가 널브러져 있었다.

"다녀왔어."

되도록 천연덕스럽게 들리도록 배에 힘을 주어 말하고 나서 나쓰코는 남편의 대답을 기다렸다. 일상 속에서 남편만 사라진 듯한 테이블 위에 식재료가 든 에코백을 내려놓았다. 쿵, 하고 맛술병이 닿는 소리가 묘하게 크게 들렸다.

다녀왔어, 하고 한 번 더 말하려다 입을 다물었다. 들리지 않았을 리 없다. 하지만 다카오는 커버를 씌운 책에서 고개를 들 낌새가 없었다. 당연히 "어서 와"라는 인사도 하지 않는다.

"늦어서 미안해, 리리가 자꾸 칭얼거려서……."

"밥은."

말허리를 끊듯 돌아온 대답은 그게 전부였다. 바로, 라는 말을 꺼내려다 목이 메었다.

"바로, 준비할게."

다카오가 길고 관절이 불거진 손가락으로 책을 팔락 넘겼다. 나쓰코는 부랴부랴 거실 안쪽에 있는 다다미방으로 가서, 아침에 나갔을 때와 똑같이 깔려 있는 이부자리 옆에 무릎을 꿇었다. 잠든 리리를 조심스레 이불 위에 눕혔다. 으응, 하고 리리가 불만스럽게 몸을 비튼 순간, 리리의 엉덩이를 받친 팔 안쪽에 따뜻한 감촉이 퍼졌다.

"아!"

무심코 소리를 지르자 품속의 리리가 움찔하며 몸을 웅크렸다. 뜨뜻미지근한 감촉이 배까지 다다르는 것과 동시에 리리가 눈을 떴다.

"어휴, 못 살아, 정말!"

나쓰코는 얼른 리리를 내려놓으려다가 이불에 얼룩이 번

지는 것을 알아차리고 허둥지둥 안아 올렸다. 자기가 무슨 짓을 했는지 파악하지 못한 듯 잠시 굳어 있던 리리가 불에 덴 듯이 큰 소리로 울기 시작했다.

"왜 말을 안 했어!"

나쓰코는 리리를 안은 채 고함을 지르며 다다미방을 뛰쳐나가 욕실로 달려갔다. 일단 리리를 욕실에 세우고 재빨리 옷을 속옷과 함께 벗겼다. 자극적인 냄새가 희미하게 코 속을 찔렀다.

"죄송, 해요."

아랫도리를 홀딱 벗은 리리가 훌쩍이며 거듭 사과했다.

"그만 울고, 얼른 윗도리도 벗어야지."

나쓰코는 블라우스 단추를 풀면서 후회했다. 왜 시민회관에서 화장실에 다녀오지 않았을까. 오후 다섯 시쯤에 마지막으로 소변을 뉘었으니 리리가 화장실에 가고 싶으리라는 건 충분히 예상이 가능했다.

기껏 기저귀를 뗐는데.

그렇게 생각하자 칭얼거리는 리리를 계속 안고 오느라 굳은 어깨가 더 무거워졌다.

"뭐 하고 있어?"

뒤에서 목소리가 들려 돌아보자, 다카오가 바닥에 뚝뚝 떨어진 오줌을 피하며 다가오는 중이었다.

"리리가 오줌을 싸서."

나쓰코가 짤막하게 대답하자 리리의 새된 울음소리가 한층 커졌다. 다카오는 눈살을 찌푸리더니 빨래 바구니에 던져 넣은 리리의 옷을 힐끗 보고 나서 한숨을 쉬었다.

"아이구, 가엾어라."

예상치 못한 다카오의 반응에 나쓰코는 눈이 살짝 커졌다. 지금까지 아이를 키우면서 위로를 받은 적은 거의 없었다. 남들 못지않게 무사히 키우는 게 당연하다. 말로 표현하지는 않았지만 다카오의 그런 사고방식이 느껴졌으므로 나쓰코도 고생스러움을 특별히 내색한 적은 없었다. 그런데, 싶은 마음으로 나쓰코는 다카오의 옆얼굴을 올려다보았다. 드디어 인정해 준 걸까. 기쁨이 겸연쩍음을 웃돌았다. 딱딱하게 굳어버린 어깨가 풀리는 기분이었다.

하지만 다음 순간 다카오가 말을 이었다.

"혼났니?"

나쓰코는 깜짝 놀랐다. 다카오는 리리를 보고 있었다. 아이구, 가엾어라. 그게 자기가 아니라 리리에게 한 말이었음을 깨달았다.

"역시 천으로 할 걸 그랬어."

한순간 무슨 소리인지 이해가 가지 않았다. 천. 남편의 입에서 나온 단어가 천 기저귀를 의미한다는 것을 뒤늦게 알아차렸다. 나쓰코의 안색이 변했음을 알았는지 다카오가 얼버무리듯이 헛기침을 했다.

"뭐, 이제 와서 말한들 늦었겠지."

다카오는 바닥에 무릎을 대고 몸을 세운 나쓰코를 밀어내다시피 하며 리리 앞에 쪼그려 앉았다.

"착하지, 착하지, 괜찮아. 그만 뚝 해야지."

나쓰코는 입을 벌리려다가 다물었다. 말이 나오지 않았다. 귀 뒤쪽이 뜨거웠다. 안쪽에서 조이듯이 목구멍이 꽉 막혔다.

종이 기저귀를 쓰면 오줌을 쌀 때 천 기저귀보다 불쾌감이 적으므로 확실히 화장실 교육이 어렵기는 하다. 오줌을 싼 줄 모르고 계속 채워두면 짓무르고, 일회용이니까 돈도 든다.

하지만 그러한 단점을 미리 전부 설명하고 동의를 얻었다. 요즘 종이 기저귀는 피부가 잘 짓무르지 않도록 개량됐고 돈도 그렇게 많이 들지 않으니까 고생스레 일일이 빠는 것보다 합리적이잖아. 응, 알아서 해, 이런 건 실제로 아이를 돌보는 사람 마음대로 해야지.

나쓰코는 웃으며 리리를 어르는 다카오의 옆얼굴을 시야에서 쫓아냈다.

남편은 아이를 키우면서 기저귀를 갈아본 적이 단 한 번도 없다. 안고 있다가도 아이가 울면 나쓰코를 불러 기저귀 갈아야 하는 거 아니냐고 말할 따름이었다.

나쓰코는 몸이 부들부들 떨리는 걸 참았다. 지금도 단물만 쪽 빨아먹고 아무것도 하지 않는다. 더러워진 속옷을 빠는 것도, 다다미방에서 욕실까지 바닥을 닦는 것도 전부 나쓰코가 할 일이다.

"나라고 처음부터 종이 기저귀를 쓴 건 아니잖아. 하지만 괜히 천 기저귀에 연연하는 것도 의미가 없고 힘에도 부치니까…… 그래서."

나쓰코는 겨우 목소리를 짜냈다. 내가 딸을 위해 내내 천 기저귀를 사용하며 애써왔음을 남편도 모를 리 없다. 그런데.

"응?"

다카오가 의아한 표정으로 돌아보더니 아, 하고 나지막한 목소리를 흘렸다.

"거참 말꼬리 잡기는."

다카오는 귀찮다는 듯 귀 옆에다 대고 손을 내저은 후, 울음은 그쳤지만 딸꾹질을 계속하는 리리에게 고개를 돌렸다.

"그것보다 빨리 옷 입혀야지. 감기 걸리겠어."

"그럼 당신이 입히든가!"

"왜 이렇게 감정적으로 나오고 그래?"

다카오는 인상을 찌푸리며 리리를 안아 들고, 불안한 듯 나쓰코와 다카오를 번갈아 바라보는 리리의 얼굴을 들여다보았다.

"자, 저쪽에서 옷 입자."

더 이상 나쓰코와는 눈을 마주치려 하지 않고 발가벗은 리리와 옷을 끌어안고 욕실을 뒤로했다.

나쓰코는 입술을 꽉 깨물어 고함을 지르고 싶은 기분을 참으며, 그럼 바닥을 닦으라고 말할 걸 그랬다고 후회했다. 걸레를 들고 바닥에 엎드린 모습을 보면 조금은 속이 시원해졌을지도 모르는데.

젖은 욕실 바닥에 손을 대고 발을 앞으로 내밀었다. 그리고 벽을 짚으며 일어섰다. 몸이 무거웠다. 일단 손을 씻어야겠다 싶어 비틀거리며 세면대로 다가가자 안색이 몹시 나쁜 여자가 거울에 비쳤다. 라인스톤이 하트 모양으로 박힌 딱 붙는 티셔츠, 그 위에 합성 사진처럼 자리한 거칠거칠한 피부와 일부가 허옇게 세고 헝클어진 머리. 이 여자는 누구일까. 내 얼굴이 이랬나.

왜 일을 하지 않은 걸까.

벌써 몇 번째인지도 모를 후회가 가슴을 꽉 채웠다. 일을 했으면 다카오가 나를 보는 눈도 달라지지 않았을까. 기껏해야 집안일. 기껏해야 육아. 기껏해야 자원봉사. 다카오가 그런 일들을 낮잡아 본다는 건 오래전부터 알고 있었다.

다카오와는 미용 전문 학교에 다니던 시절에 만났다. 다카오네 대학교 축제에 놀러 간 것이 계기였다.

나쓰코에게 전문 학교는 숨 막히는 곳이었다. 세련되고 개성적인 동기들 사이에 있으면 스스로가 별 볼 일 없는 존재로 느껴졌고, 언젠가 자기 가게를 내고 싶다고 서로 열변을 토하는 자리에는 잘 끼지 못했다. 뒤지지 않도록 경쟁하듯 꿈을 말하면서도 수업 후에 함께 놀러 갈 친구를 만들지 못했던 나쓰코는 학교에서 겉돌았다.

결국 미용사로 일할 때 제일 중요한 것은 미용 실력보다 의사소통 능력이라고 주장하는 강사의 말에 고뇌하던 나쓰코를 인정해 준 사람이 다카오였다.

그 강사 말은 틀렸어. 손님은 놀러 오는 게 아니니까 이야기는 재미있지만 실력이 없는 사람보다 과묵하더라도 실력 좋은 사람이 더 마음에 들겠지. 실제로 실력에 따라 받는 돈도 차이가 나잖아.

다카오의 사고방식은 신선해서 만날 때마다 좁게 닫혀 있던 세상이 넓어지는 듯한 기분이 들었다.

다카오가 도쿄 출신이라는 것도 나쓰코에게는 매력적으로 다가왔다. 이 남자와 결혼하면 여기서 나갈 수 있다. 더욱 넓은 세상에서 인생을 펼쳐나갈 수 있다. 그래서 아이가 생겼을 때는 불안감보다 기쁨이 더 컸다. 이제 다카오와 결혼할 수 있겠다 싶어서였다.

다카오와 사귄 지 반년쯤 지났을 때 나쓰코는 임신 사실을 알았다. 무슨 만화에서처럼 속이 메스꺼워져서 그러고 보니 생리가 늦다는 생각이 들었지만, 설마 싶어 일주일 더 기다렸다가 병원에 갔다.

대기실은 배가 남산만 한 임산부들과, 같이 와서 임산부용 잡지를 보는 보호자들로 가득했다. 혼자 앉아 있는 여자도 많았지만 하나같이 행복해 보였다. 아기 엄마가 된다는 자부심, 여자로서 남자에게 사랑을 받고 있다는 자신감이 배어 나오는 듯했다.

화장실에서 오줌을 받아 검사용으로 제출하고 잠시 기다리자 진찰실로 들어오라고 했다. 고개를 숙이며 들어가자 그럼 일단 속옷을 벗으라고 했다. 상대가 40대 정도 되는 남자 의사라 나쓰코는 저도 모르게 "네?" 하고 되물었다.

"진찰해야 하니까 저쪽에서 속옷을 벗고 여기 앉으세요."

의사는 안색 하나 변하지 않고 다시 말했다.

아, 네. 나쓰코는 당황했지만 고개를 끄덕인 후, 크림색 커튼으로 둘러싸인 반 평 크기의 공간에서 치마 속에 손을 넣어 속옷을 내렸다. 손이 떨렸다. 무릎도 춤추듯이 흔들려서 발을 빼낼 때 휘청거렸다. 벽에 손을 탁 짚자 여자가 놀란 목소리로 괜찮으냐고 물었다. 아, 네, 죄송합니다. 나쓰코는 반사적으로 사과하고 허둥지둥 커튼 안에서 나왔다. 간호사복을 입은 여자 뒤에 펼쳐진 하얀 방이 묘하게 밝게 느껴졌다.

의자에 앉아 배 위에 처진 흰색 천 너머로 다리를 활짝 벌렸다. 무심코 무릎에 힘을 주자 힘 빼세요, 하는 목소리가 들렸다. 고무장갑을 낀 손가락의 감촉이 느껴져 숨을 삼켰다.

"힘주지 마세요."

나무라는 듯한 의사의 나지막한 목소리에 나쓰코는 의식적으로 숨을 내쉬며 힘을 뺐다. 침묵이 흐르는 가운데 배 위에 쳐진 천이 살짝 흔들렸다. 뭘 하는 걸까. 물어보려고 입을 벌렸지만 목소리가 나오지 않았다.

됐습니다, 옷 입으세요. 나쓰코가 의자에서 내려와 바구니에 넣어둔 속옷을 서둘러 입고 커튼 안쪽에서 나오자 의사는 여전히 무표정한 얼굴로 말했다.

"임신입니다."

"아들인가요, 딸인가요?"

경황이 없는 와중에도 나쓰코는 물어보았다. 딸이 좋았다. 나보다 다카오를 닮은 귀여운 딸. 같이 장을 보러 가자. 연애 상담도 해줘야지. 마음이 급하시군요, 라는 목소리가 정면에서 날아들어 뒷부분은 입에 담지 않았는데도 뺨이 화끈해졌다.

"낳으실 겁니까?"

무슨 뜻인지 몰라 눈을 깜박이자 의사는 진료 차트 같은 종이에 시선을 떨어뜨렸다. 실례지만, 미혼인 분께는 일단 물어보게 되어 있어서요. 그 말을 듣고서야 낙태 의사를 묻는 것임을 알아차렸다.

"낳을 거예요."

나쓰코는 즉시 대답하고 나서 애초부터 낳을 생각밖에 없었음을 깨달았다. 그러자 의사는 문득 웃었다. 성별은 훨씬 나중에야 판단이 가능합니다. 나쓰코는 부드러운 말투로 설명하는 의사에게 고개를 끄덕이며 이 사람도 이렇게 부드러운 표정을 지을 줄 아는구나 싶어 놀랐다.

산부인과에 다녀온 후에도 나쓰코는 한동안 다카오에게 알리지 않았다.

"병원 다녀왔지? 정말로 괜찮아?"

응, 올해 감기는 독하대. 나쓰코는 입덧을 참으며 대답했다. 자신을 걱정하는 남자에게 하는 달콤한 거짓말. 그 달콤함을 만끽하고 싶었다.

언제 말할까. 어느 타이밍에, 어떤 이야기를 하다가 말을 꺼내는 게 제일 감동적일까. 다카오는 어떻게 반응할까. 어쩌면 울지도 모른다. 나쓰코는 상상의 나래를 펼치다 감정이 북받쳐서 울었다.

누군가에게 빨리 말하고 싶어서, 축하한다는 말을 듣고 싶어서 나쓰코가 제일 먼저 말한 사람은 엄마였다. 엄마도 분명 기뻐하겠지. 엄마에게 기쁨을 줄 수 있다는 사실이 기쁘고 자랑스러웠다.

하지만 엄마는 불같이 화를 냈다.

"아직 시집도 안 간 처녀가 임신이라니, 망측해라."

나쓰코가 어리둥절해하자 엄마는 타이르듯 말을 이었다.

"나쓰코, 너 속은 거야. 노리개 취급을 당한 거라고. 널 정말로 소중히 아낀다면 결혼도 하기 전에 그런 짓을 할 리가 없지."

그만해, 하고 나쓰코는 고함을 지르다시피 해서 엄마의 말을 막았다. 엄마는 늘 체면만 신경 쓰잖아. 옛날부터 그랬어. 망측하다니 뭐가? 별것도 아닌 일을 트집 잡아서 불평만 늘어놓는 엄마가 훨씬 망측해.

"왜 그렇게 고집을 부리는 거니?"

엄마는 양 팔꿈치를 끌어안으며 혼잣말하듯 중얼거렸다.

"엄마는 네가 후회하지 말았으면 하는 마음에서 충고하는 거야. 왜 그걸 몰라?"

집을 뛰쳐나온 나쓰코는 다카오가 사는 연립주택으로 향했다. 실은 무슨 기념일에 말하고 싶었다. 가능하면 다다음 주에 찾아오는 다카오의 생일에. 최고의 선물을 받고 기뻐하는 모습을 보고 싶었다. 하지만 어쩔 수 없다. 여자 친구가 갑작스레 찾아와 놀란 다카오에게 나쓰코는 단도직입적으로 말했다.

"나, 임신했어."

제일 먼저 무슨 말을 꺼낼까. 놀라서 굳어버린 후에 어떤 표정을 지을까. 하나도 놓치지 않고자 고개 숙인 다카오의 얼굴을 밑에서 들여다보았다.

나쓰코는 다카오의 얼굴에 맺힌 표정이 무엇을 뜻하는지 바로는 이해할 수가 없었다. 곤혹, 혐오, 공포. 떠오른 단어들이 실감으로 와닿은 순간 머릿속이 새하얘졌다.

다카오는 아무 말도 하지 않았다. 그러나 침묵 자체가 충분한 대답이었다. 다카오는 기뻐하지 않는다. 엄마 말대로다.

결국 다카오 부모님의 뜻을 받아들이는 형태로 아이를 낳기는 했지만, 지금까지 단 한 번도 다카오에게 기쁨이 담긴 말은 듣지 못했다.

그때 아이가 생기지 않았다면.

나쓰코는 그 후로 수없이 그런 생각을 했다. 아이가 생기지 않았다면 다카오가 다급하게 취직할 필요도 없었을 테니 도쿄에 갈 수 있었을까. 나도 다카오를 따라가서 미용사로 일할 수 있었을까.

나쓰코는 잔상을 떨쳐내듯 눈을 몇 번 깜박이고 물을 틀었다. 힘차게 쏟아져 나오는 물이 손등을 때리고 튀어 올라 뺨을 적셨다.

미야노 야스코의 증언

와, 에비스에서 오셨다고요? 저한테 이야기를 들으러? 아이고, 죄송해라. 그게, 여기는 아무것도 없는 동네잖아요. 어쩐지 미안해서요. 취재라니, 요 부근에서는 드문 일이거든요. 하다못해 미토나 가사마라면 가이라쿠엔(이바라키현에 있는 일본의 3대 정원 중 하나―옮긴이)이나 가사마이나리 신사가 있으니 텔레비전에 나올 때도 있지만.

물론 상관없지만, 기대에 부응할 만한 이야기를 할 수 있을지는……. 네, 맞아요. 쭉 여기 살았죠. 그래 봤자 우리 때부터니까 이 동네에서는 신입이지만요. 네, 남편 일 때문에요. 야마가타현에서 이사를 왔어요. 처음에는 자치회에도 금방 적응을 못 해서 고생했죠. 그래서 하세가와 씨네랑 친하게 지낸 것도 있어요. 그 사람도 타지에서 왔거든요. 그리고 요네하라 씨네랑 에구치 씨네요. 아이들이 또래라서 가족끼리 가깝게 지냈어요.

나쓰코 짱. 물론 기억하죠. 영리한 아이였죠. 뭐든지 열심히 하고 참을성도 아주 강했어요.

어릴 적에는 피아니스트가 되고 싶다고 했어요. 아, 맞다, 텔레비전에도 나온 적이 있다니까요. 미래의 스타를 밀착 취재한다는 취지의 방송인데, 피아니스트뿐만 아니라 축구 선수나 발레리나를 꿈꾸는 아이와 그 꿈을 지원하는 부모님을 다루는 특집 방송이었어요.

그러고 보니 취재는 그때 이후로 처음인 것 같네요. 그때는 훨씬 시끌벅적했죠. 사치요 씨, 그러니까 나쓰코 짱의 엄마네 집 앞에 커다란 승합차가 멈추더니 사람들이 기계를 막 꺼내놓길래 무슨 일인가 싶어 보고 있으니까 사치요 씨가 "방송국에서 취재를 나왔어요." 하고 기쁜 표정으로 설명하더라고요.

아니요, 비디오 같은 건 없는데요. 하지만 사치요 씨는 가지고 있지 않을까요? 음, 어땠더라. 옛날 일이니까요. 확실하게 기억나지는 않지만, 나쓰코 짱이 우는 모습이 방송된 건 기억나네요. 사치요 씨가 혼냈거든요. 좀 가여웠어요.

글쎄요. 피아노 실력이 특별히 뛰어났는지는 잘 모르겠네요.

그런 방송에 나올 정도니까 피아노를 잘 치지 않았을까 싶기는 하지만요. 하지만 그 방송에 나오고 얼마 지나지 않아 남편, 그러니까 나쓰코 짱의 아버지가 돌아가셨어요. 네? 일하다가 사고를 당했다고 들었는데요. 목수였죠. 높은 곳에서 작업을 하다 발을 헛디뎠나 그랬을 거예요. 맞아요. 그래서 피아노를 그만둔 모양이더라고요. 네, 피아노도 팔아버렸고…… 그렇게 부지런히 연습을 했는데, 참 안됐죠.

사치요 씨도 일을 하러 다녀야 했어요. 그래서 사치요 씨 부탁으로 나쓰코 짱을 봐주기도 했어요. 저녁을 먹이거나, 네, 제법 많았죠. 뭐, 저희 아이를 맡아준 적은 없지만요. 그런 걸 쩨쩨하게 따져본들 무슨 소용이겠어요. 다만 그 사람은 그런 면이 있었어요. 사치요 씨요. 뭐랄까, 세상 물정을 모른다고 할까요. 나쁜 사람은 아니지만 곱게 자랐다고 할까, 별로 고생을 안 해본 거겠죠. 세상 살아가는 상식을 모르는 구석은 있었어요. 남이 뭔가 해주는 걸 당연하게 받아들이는 정도는 아니지만, 고맙다고 한마디 하면 된다고 여기는 듯한 느낌? 네, 맞아요, 맞아요. 그래서 아이를 맡아줘도 딱히 성의를 표시한 적은 없었어요. 아니요, 저는 괜찮았어요. 그저 상식적으로 생각건대, 저러면 불쾌해하는 사람도 있겠구나 싶었죠. 뭐, 나쁜 사람은 아니었지만요.

사치요 씨도 가엾은 사람이기는 해요. 원래 같으면 집안일과 육아에 집중하면서 남편의 사무적인 일만 좀 도와줬으면 됐을 테니까요. 그런데 본인이 가장 역할을 맡아야 했으니.

그래도 남편의 직장 사람이 안타까운 마음에 일자리 같은 것도 많이 알아봐 주고 한 모양이에요. 하지만 사치요 씨는 애당초 바깥일에 적합하지 않았던 게 아니었나 싶어요. 아, 화장품 외판원이요. 저도 친분이 있으니 몇 번 팔아주기는 했는데, 워낙 양갓집 규수 같은 성격이라서요. 외판원보다는 고객에 어울린다고 하면 좀 그렇지만, 뭐 아니나 다를까 직장 생활이 순탄치 못했는지 자주 불평을 했어요. 누구누구가 심술을 부렸다고요.

글쎄요, 실은 어땠을지 모르죠. 하지만 설령 진짜로 그런 일이 있었던들 사치요 씨한테도 원인이 있지 않았을까 해요. 보세요, 심술을 부렸다는 말투부터가 어린애 같잖아요. 뭐, 사치요 씨답다면 답지만요.

네, 그래서 반대로 나쓰코 짱이 야무졌는지도 모르겠네요. 공부도 잘하고 말대꾸도 안 하는 착한 아이였죠. 우리 애도 좀 본받았으면 싶었을 정도였다니까요.

하지만 결국 이런 사건을 일으켰으니 속에는 울분이 꾹꾹 쌓여 있었던 걸까요. 그렇게 생각하니 어쩐지 어린애답지 않다고 할까, 명랑함이 모자란다고 할까, 그런 면은 있었어요.

사치요 씨도 자주 화풀이를 했고요. 네? 아니요. 학대랄까, 때리는 장면을 직접 보지는 못했지만…… 그랬을지도 모르겠네요. 그렇듯 위태위태한 분위기는 감돌았어요.

사치요 씨한테는 이미 이야기를 들으셨나요? 뭐라고 하던가요?

아, 그런가요. 뭐, 제가 사치요 씨 입장이라도 뭐라고 해야 좋을지 모를 거예요. 하지만 설명해야 할 부분은 확실히 설명해야 한다고 생각해요. 엄마잖아요.

제
2
장

1

이하라 사에

한층 높아진 매미 울음소리가 끈끈히 달라붙는 바이올린 음색을 지웠다. 사에는 헐떡이려는 것처럼 벌렸던 입을 다물며 두꺼운 분홍색 커튼이 처진 어스레한 분만실을 슬쩍 둘러보았다.

갈색 얼룩이 남은 다다미, 군데군데 거스러미가 일어난 흔들의자, 건축 사무소 이름이 큼지막하게 들어간 달력, 빛바랜 페이즐리 무늬 이불 위에는 광고지로 접은 바구니와 펭귄 봉제 인형이 놓여 있었다.

"정말로 잘못했다고 생각한다면 무릎 정도는 꿇는 게 도리지."

어쩐지 연극 조로 들리는 사와노 아야코의 까랑까랑한 목소리에 사에는 시선이 살짝 흔들렸다.

"아, 네."

사에는 두 발짝 물러나며 초점이 흐려지는 두 눈을 보고 아야코가 또 무슨 소리를 하지 않도록 고개를 숙였다. 저어, 죄송합니다. 그렇게 말하고 나서 무엇을 사과하는지 모른다는 걸 깨달았다. 이 사람은 무엇에 화가 났더라? 나는 무슨 잘못을 했더라.

"무릎을 꿇으라고 했을 텐데?"

아야코가 소리를 빽 질렀다. 아 참, 그랬지. 사에는 자세를 낮추었지만 무릎을 꿇기 직전에 팔을 붙잡혔다. 깜짝 놀라 고개를 들자 자국이 남을 만큼 팔을 꽉 붙잡은 사람은 여동생 마리에였다. 여기 나카쓰가와 조산원에서 조산사로 일하는 마리에는 쌍심지를 켠 눈으로 사에를 노려보았다.

"뭐 하는 거야?"

"마리에…… 사카이 씨."

사에는 평소처럼 부르려다 부랴부랴 고쳐 말했다. 마리에와 시선이 얽힌 순간 흐릿해진 초점이 와이퍼를 켠 것처럼 맑아졌다.

"그게."

"됐으니까 이하라 씨, 일단 일어서요."

마리에는 나지막하게 말한 후 사에를 등 뒤에 숨기듯이 일으켜 세우고 아야코 쪽으로 돌아섰다. 사에는 쭉 뻗은 마리에의 등을 몇 초 바라보다 눈을 내리떴다.

같은 직장에서 일한 지 3년 가까이 됐지만, 마리에의 '이하라 씨'라는 호칭에는 아직도 익숙해지지 못했다. 마리에는 설령 주변에 사람이 없더라도 직장에서는 결코 사에를 언니라고 부르지 않는다. 또한 사에가 마리에라고 부르면 반드시 성씨로 고쳐 부르라고 할 만큼 철저하게 굴기에, 사에는 공사 구분 이상의 의미를 느끼지 않을 수 없었다. 이하라 씨, 사카이 씨. 각자 결혼해서 성이 바뀌었을 뿐이건만, 그 호칭이 자매를 생판 남처럼 보이게 만든다. 그래서 사에는 마리에가 성씨로 부를 때마다 마음이 불편했다. 마리에는 나랑 자매로 여겨지기 싫은 걸까?

"사와노 씨, 예약도 없이 불쑥 찾아오시면 곤란합니다. 몇 번이나 말씀드렸을 텐데요."

"임신한 것도 아닌데 왜 예약이 필요해?"

긴 머리를 뒤로 잡아당겨서 묶은 마리에의 어깨 너머로, 살짝 올라간 아야코의 입꼬리가 보였다. 아야코의 시선은 이제 마리에에게 고정되어 있었다. 사에는 갈 곳을 잃은 시선을 창가에 놓인 관엽 식물에 주었다. 미역 다발처럼 구불거리면서도 위로 뻗은 두꺼운 잎을 보며 무슨 식물이었는지 기억해 내려 했지만, 첫 글자조차 떠오르지 않았다.

마리에가 작게 숨을 내쉬었다.

"말씀하신 대로 여기는 임산부가 오는 곳이에요. 사와노 씨도 아시잖아요? 임신 중에는 사소한 일로도 불안해지는데."

"당신들 탓이잖아!"

아야코가 대들 듯이 소리쳤다.

"당신들 때문에 우리 아이는."

"사와노 씨, 저희 조산원에서 사과드려야 할 일은 없었습니다."

마리에는 어린애를 타이르는 것처럼 또박또박 발음했다. 그 칼 같은 목소리에 사에는 뻣뻣한 고개를 돌려 아야코를 보았다. 입을 꾹 다문 아야코의 입술 양쪽 끝에 허연 거품이 묻어 있었다.

사에는 슬리퍼 신은 발을 한 발짝 내디뎌 그 자리에 버티고 섰다.

마리에 말로는 설령 아야코가 정말로 소송을 걸더라도 조산원 측이 잘못을 추궁당할 가능성은 거의 없다는 모양이다. 아야코의 아들이 선천성 난청으로 태어난 것은 분만 상황과 무관하다는 사실이 산소 포화도와 황달 수치 등으로 입증되었기 때문이다.

실은 아야코도 알고 있으리라. 어디서 낳든 누가 담당하든 피할 수 없는 결과였음을. 언어 발달 등 앞으로의 과제를 생각하면 원인 규명보다 치료와 훈련을 먼저 진행해야 한다는 것을.

그래도 아야코는 여기 오는 걸 그만둘 수 없다.

사과하면 안 된다고 마리에는 충고한다. 이번에는 생트집임이 분명하니까 다행이지만, 미묘한 상황에서는 잘못을 인정하면 재판에서 불리하게 작용한단 말이야. 그러면 이하라 씨가 책임질 거야? 못 지지? 그럼 쓸데없는 소리 말고 입 다물고 있어.

마리에의 충고를 이해하지 못하는 바는 아니다. 조산원 직원인 이상 아야코의 편을 들어서는 안 된다는 것도 안다.

하지만 사에는 신기하기 짝이 없었다. 어째서 마리에는 아무 망설임도 없이 생트집이라는 표현을 사용할 수 있을까. 여덟 달이나 매달 한 번씩 얼굴을 보아온 아야코에게 아무 정도 들지 않은 걸까. 아야코는 나카쓰가와 조산원의 환자였다. 여기서 태아의 성장을 지켜보았고, 아야코에게 영양 상태를 지도했으며, 진통을 달랜 끝에 아기를 받아냈다.

"……그런."

아야코가 뭔가를 말하려다 다시 입을 다물었다. 그러나 금방 마음을 바꾼 것처럼 마리에를 노려보았다.

"당신, 아이는?"

아야코가 턱짓으로 가리키자 마리에는 눈살을 찌푸렸다. 사에는 눈을 꼭 감았다.

"무슨 뜻이시죠?"

"잔말 말고 대답이나 해. 아이는 있어?"

아야코는 마리에의 말이 끝나기도 전에 목소리를 높였다.

"딸이 하나 있는데요."

의아함이 깃든 마리에의 대답에 아야코는 말문이 막혔다. 사에는 살그머니 눈을 뜨고 손에 시선을 떨어뜨렸다. 마리에는 이 대화가 무슨 뜻인지 절대로 이해하지 못하리라. 그러므로 마리에는 아야코가 돌아가자마자 금방 잊어버릴 것이다. 사에는 몸속이 급속도로 싸늘해지는 것을 느꼈다.

'아이도 안 낳아봤으면서 뭘 알아?'

지금까지 그런 말을 들은 경험은 한두 번이 아니다.

괜한 화풀이니까 마음에 담아두지 말라고 원장 나카쓰가와 히사미는 위로한다. 마음이 괴롭고 불안해서 감정의 배출구로 사용하는 것뿐이라고.

아무리 밉살스럽게 불평하던 임산부도 무사히 출산을 마치고 나면 다른 사람이 된 것처럼 환하게 웃으며 고맙다고 인사한다. 예의 없이 굴어서 미안하다는 사과도 빼놓지 않는다. 사에는 괜찮다, 축하한다는 대답과 함께 아기를 안겨준다. 그러면 정말로 마음속에 응어리져 있던 뭔가가 녹아내린다.

빛으로 가득한 미래를 탄생시키는 이 일이야말로 값지다고, 내가 이렇게 멋진 일을 하고 있다고 느낀다.

한편으로 사에의 머릿속에서 떠나지 않는 생각이 있다.

그렇게 싫거든 나한테 줘. 난 어떤 아이든 싫어하지 않을 텐데.

그렇듯 탁한 마음을 품은 내가 출산에 관여하지 않았다면 그 아이는 이 세상에 넘치는 온갖 소리를 들을 수 있지 않았을까.

아무 의학적 근거도 없고 이야기의 순서마저 이상한 그런 생각이 꼭 떠오른다.

"……당신이 내 기분을 어떻게 알겠어."

아야코가 쥐어짜 낸 듯한 목소리로 말했다. 왜, 하고 말을 잇는 목소리가 떨렸다.

"왜, 우리 아이가 이런 꼴을 당해야 하는데."

혼잣말처럼 중얼거리며 다다미가 깔린 바닥에 털썩 주저앉았다. 하지만 마리에는 달려가지도 위로의 말을 걸지도 않았다. 그저 갑질하는 손님 때문에 곤란하다는 것을 강조하듯 허리에 손을 대고 고개를 기울였다. 사에는 그 뒷모습을 바라보며 차가워진 손끝을 주먹 속으로 말아 쥐었다.

왜 나는 여기 있는 걸까. 왜 아무도 나를 보지 않는 걸까.

왜 마리에는 방패처럼 내 앞에 서 있는 걸까?

'언니, 기다려. 언니 어디 가?'

어릴 적부터 어딜 가든 뭘 하든 나를 졸졸 따라다니며 뒤에 숨어 있던 동생.

마리에는 언제부터 내게 뒷모습을 보이게 됐을까.

중학생 때부터? 도쿄의 대학에 입학한 뒤로? 사회인이 되고 나서? 하나하나 차례대로 생각했지만, 사에는 마음속에 이미 다른 대답이 있음을 알고 있었다.

　같은 직장에 다니게 되고 나서다.

　사에는 마리에가 입은 흰색 가운 자락에서 시선을 옮겨 자신의 몸을 내려다보았다. 작은 꽃무늬가 들어간 오픈칼라 셔츠에 감색 바지. 조산원에서 지급한 근무복은 더러워져도 티가 잘 나지 않는 대신에 몹시 촌스럽다. 하다못해 위에다 가운을 걸치면 좀 나을 것 같지만, 그건 안 된다는 걸 사에 스스로도 잘 알고 있었다.

　왜냐하면 사에는 마리에와 달리 조산사 자격증이 없기 때문이다.

　한 직장에 다녀도 혼자서는 환자의 몸조차 만지지 못하는 간호조무사에 불과하다.

　사에는 마리에의 옆을 빠져나와 아야코 앞에 무릎 꿇었다.

　"이하라 씨."

　뒤에서 나무라는 목소리를 무시하고 굳은 손을 아야코의 등으로 뻗었다. 마리에가 들으라는 듯이 한숨을 쉬었다. 개의치 않고 웅크린 등에 손을 얹자 아야코가 온몸을 확 펴며 사에의 손을 뿌리쳐냈다. 그리고 부릅뜬 두 눈으로 허공을 멍하니 쳐다보았다.

"……하다못해 좀 더 빨리 알려주었다면."

어중간하게 벌어진 입에서 중얼거리듯이 흘러나온 말이 끝을 맺지 못하고 사그라졌다. 사에는 숨을 삼켰다.

하다못해 좀 더 빨리 알려주었다면.

알려주었다면, 뭔데?

움직임을 멈춘 사에에게 아야코가 겁먹은 듯한 시선을 던졌다. 한순간 시선이 마주쳤지만, 아야코의 눈은 번지듯이 또 초점이 흐려졌다.

사에는 하얘질 만큼 꽉 움켜쥔 주먹을 멍하니 내려다보았다.

어째서 아이를 거부하는 아야코가 아이를 점지받은 걸까.

어째서 아이를 이렇게나 기다리는 나는 선택을 받지 못하는 걸까.

규칙적으로 줄지은 아야코의 등뼈를 하나씩 헤아리며 의식적으로 주먹에서 힘을 뺐다. 손을 다 편 후 말없이 아야코의 어깨뼈 사이에 손톱자국이 남은 손바닥을 댔다. 움찔하는 야윈 등에서 열기가 서서히 전해졌다.

사에는 거기 있는 무언가를 지워 없애려는 듯 정성껏 등을 문지르며 아이는 부모를 선택해서 태어난다는 말을 떠올렸다.

지난주에 신장개업한 국도 옆 패밀리 레스토랑은 오봉 연휴라서인지, 토요일 오전이라 그런지 가족 손님으로 자리가 거의 꽉 찼다.

어린애 특유의 높은 웃음소리, 카펫 위를 어수선하게 뛰어다니는 발소리, 유리잔이 쓰러지는 둔탁한 소리, 그걸 덮어버리는 호통 소리가 이어졌다. 금연석에 앉았는데도 공기가 뿌옇고 매캐해 속이 거북했다.

사에는 쿡쿡 찌르듯이 아픈 눈알을 화장이 반쯤 지워진 눈꺼풀 위로 문질렀다. 그 동작이 노인네 같은 기분이 들어 손을 멈췄다. 손끝에 묻은 암갈색 아이섀도를 내려다보자 자신도 이제 30대라는 실감이 몰려와 더 피곤해졌다.

어깨를 위아래로 움직이자 뚜둑뚜둑 소리가 났다. 요즘 철야 근무가 힘에 부친다. 하지만 나이 때문만은 아닐 거라고 어쩐지 남의 일처럼 생각했다.

사와노 아야코는 꼭 진료 시간이 끝나는 오후 네 시 반이다 되어서 오는 데다, 적어도 한 시간은 버티다가 돌아간다. 진료 차트 정리, 일일 정산, 업무 일지 작성, 입원 환자의 저녁 식사 뒷정리, 간호사 호출 대응, 아침이 되면 아침 식사 준비, 대기실과 분만실 청소, 뒤이어 자료도 작성해야 하므로 쪽잠을 자기는커녕 숨 한 번 돌릴 틈조차 거의 없었다.

"자, 리리, 이제 눈물 뚝 그쳐야지."

사에 앞에 앉은 나쓰코가 리리의 어깨를 가볍게 흔들고 어린이용 메뉴를 펼쳤다.

"와, 맛있겠다! 이것 좀 봐, 리리. 어린이 런치 맛있겠네."

리리의 얼굴 앞에서 사진을 가리켰다.

"전화! 전화!"

리리는 고개를 좌우로 흔들며 테이블을 탁탁 두드렸다.

"리리!"

나쓰코가 날카롭게 소리치자 리리는 작은 두 손을 꼭 오므리더니, 잔뜩 구겨진 표정으로 으아앙 칭얼거리기 시작했다.

"리리."

나쓰코가 나지막한 목소리로 다시 이름을 불렀다. 그 목소리에 자극이라도 받은 듯이 리리의 울음소리가 한층 커졌다.

"아, 나 화장실 좀 다녀올게."

마리에가 기름한 외까풀 눈을 한층 가늘게 뜨고 가게 안을 재빨리 둘러본 후 자리에서 일어섰다. 부랴부랴 서두르는 모습을 보고 사에는 눈살을 찌푸렸다.

"잠깐만, 마리에. 주문은?"

"새우도리아 시켜줘."

마리에는 돌아보지도 않고 어깨선이 약간 처진 흰색 민무늬 셔츠를 펄럭이며 바쁘게 걸어갔다. 사에는 석연치 않은 기분으로 한숨을 쉬었다. 그러자 그걸 어떻게 해석했는지 나쓰코가 고개를 들었다.

"평소는 이렇게 칭얼대지 않는데."

"어, 아니야, 아니야. 리리 짱이 아니라 마리에. 저렇게 달아나듯 자리를 뜰 건 없잖아."

아, 하고 나쓰코가 고개를 끄덕이고 나서 쓴웃음을 지었다.

"뭐, 그렇지. 하지만 평소 아이랑 같이 보내는 시간이 많이 없으니까 이런 모습을 보면 당황스러운 거겠지."

나쓰코는 전혀 아랑곳하지 않고 익숙한 손놀림으로 리리를 안아 올렸다. 엉덩이를 한 팔로 받치고 다른 손으로 등을 두드리며 얼렀다.

"리리. 엄마랑 오랜만에 밖에 밥 먹으러 나왔지? 울기만 하면 아깝잖아."

"으아앙."

"아아, 마리에? 괜찮아, 괜찮아. 금방 돌아올 거야."

"이잉."

"정말이래도."

사에는 나쓰코의 말이 없으면 의미를 띠지 않는 대화를 의식에서 밀어내듯이 물을 들이켰다. 입안에 들어온 얼음을 아득아득 씹으며 메뉴를 넘겼다.

"사에, 정했으면 주문해."

"낫 짱은 뭐 먹을래?"

"뭐 있는데?"

"음, 샐러드우동, 토마토리소토, 데리야키두부햄버 그……."

"아, 그거. 두부햄버그."

"알았어."

사에는 메뉴에 시선을 떨어뜨린 채 호출벨을 눌렀다. 딩동, 하고 경쾌한 소리가 울린 순간 테이블 옆에서 기척이 느껴졌다. 벌써 왔나 싶어 놀라서 고개를 들자 점원이 아니라 마리에였다. 양손을 뒤로 돌린 마리에가 장난스럽게 상체를 구부렸다.

"리리 쨩."

나쓰코 품속에서 울음을 거의 그친 리리가 고개를 홱 돌려 쳐다보았다. 마리에는 실눈을 뜨고 리리의 얼굴을 들여다보았다.

"자, 이게 뭐게?"

어, 하고 사에가 생각하는 것과 동시에 리리가 "아." 하고 목소리를 높였다.

"전화다!"

"착하게 잘 있었으니까 상이야."

그렇게 말하며 마리에는 계산대 앞에서 파는 휴대전화 모양 장난감을 리리에게 내밀었다. 사에는 냉큼 나쓰코를 돌아보았다. 나쓰코는 휘둥그레진 눈으로 입을 떡 벌리고 있었다.

"전화! 전화!"

리리가 나쓰코의 품에서 굴러떨어질 것처럼 몸을 쑥 내밀었다. 나쓰코가 말없이 의자에 내려주자 테이블 위로 기어오르다시피 하며 장난감에 손을 뻗었다.

"리리 짱, 고맙습니다 해야지."

마리에는 리리의 손이 닿기 직전에 장난감을 뒤로 뺐다.

"고맙쯥니다!"

리리는 무슨 뜻인지 거의 생각지 않는 말투로 안타깝게 소리치더니 낚아채듯 장난감을 붙잡았다. 그 모습을 만족스럽게 바라보는 마리에의 옆얼굴을 사에는 얼떨떨하게 쳐다보았다. 애써 참을성을 기르려는 낫 짱의 교육을 망쳐놓고, 억지로 감사 인사를 받는 데 무슨 의미가 있다는 말인가.

"마리에."

사에의 목소리에서 나무라는 느낌을 받았는지 마리에가 불쾌한 표정으로 돌아보았다.

"왜?"

"그렇게 응석을 받아주면 안 되지 않을까?"

"뭐가 안 되는데?"

마리에가 말끝을 끌어 올리며 눈살을 모았다.

"그게, 지금 낫 짱이 잘 달래서 기껏 울음을 그쳤는데."

"사에, 됐어."

"하지만 낫 짱, 이래서는 참을성 없는 아이로 자랄 거야."

"언니 아이도 아니면서 참견은."

마리에가 말을 막듯이 끼어들었다.

"그리고 만날 그러는 것도 아니잖아. 그렇지 리리 짱?"

"응!"

리리는 기운차게 고개를 끄덕이고 다시 장난감으로 관심을 되돌렸다. 사에는 버릇처럼 혀를 차려다 당황해서 그만두었다. 어린아이이니까 어쩔 수 없다는 걸 알지만 아무래도 신경에 거슬렸다. 리리 짱, 하고 부르려고 리리의 옆얼굴을 쳐다보다 오늘 만난 뒤로 한 번도 리리와 눈이 마주치지 않았음을 깨달았다. 사에는 가슴이 철렁해서 움직임을 멈췄다. 리리 짱은 나를 따르지 않는다. 그 사실이 뭔가를 꿰뚫어 보고 있는 증거처럼 느껴졌다.

사에는 나쓰코에게 시선을 돌렸다. 나쓰코는 어깨를 살짝 움츠리고 쓸쓸하게 웃었다. 사에는 굳은 얼굴을 그대로 숙였다. 왜 마리에를 이 자리에 데려온 걸까. 같은 시간에 퇴근했다고는 하나 따로 행동할 수 있었을 텐데.

"오래 기다리셨습니다. 무엇으로 주문하시겠습니까?"

점원이 오자 새우도리아와 어린이 런치라고 마리에가 짤막하게 대답했다. 나쓰코가 메뉴를 들고 뭐였더라, 하고 사에에게 물었다.

"데리야키두부햄버그."

"아 참, 그거였지. 사에는?"

"⋯⋯명란젓크림파스타."

"데리야키두부햄버그랑 명란젓크림파스타 그리고 드링크바 세 개랑 어린이용 드링크바도 하나 추가요."

나쓰코가 정리해서 주문하자 점원은 재빨리 복창한 후 '물도 셀프서비스입니다'와 '편안한 시간 보내십시오'를 같은 톤으로 말하고 물러갔다. 테이블에 침묵이 내려앉았다. 리리가 만지작거리는 장난감에서 흘러나오는 코믹한 전자음이 묘하게 크게 들렸다. 사에는 마리에를 슬쩍 훔쳐보았다. 음료를 가져오려고 일어서지는 않을까.

하지만 마리에는 리리의 손을 들여다보며 "리리 짱, 이 버튼을 눌러봐." 하고 손가락으로 가리켰다. 사에는 어쩔 수 없이 자리에서 일어났다. 그 순간 부었는데도 힐에 욱여넣은 발끝이 욱신거렸다.

"마실 것 가져올게. 뭐 마실래?"

"진저에일."

마리에가 고개도 들지 않고 당연하다는 듯이 대답했다.

"낫 짱은?"

"나도 갈게."

나쓰코는 함께 장난감을 들여다보는 마리에와 리리에게 눈길을 주고 나서 일어섰다.

"혼자서 네 개나 못 들고 오잖아."

그렇게 말하며 걸음을 옮기는 나쓰코를 사에는 따라갔다. 드링크바에 도착하자 나쓰코는 유리잔을 네 개 준비해 척척 얼음을 넣었다.

사에는 나쓰코에게 한 발짝 다가가 유리잔을 두 개 받았다. 나쓰코는 "그러고 보니." 하고 말하며 유리잔을 음료 기계 밑에 놓았다. 남실남실하게 진저에일을 받으며 방금 떠오른 생각을 꺼내는 듯한 투로 말했다.

"사에, 아이는 언제?"

사에는 얼음이 든 유리잔을 물끄러미 내려다보았다. 왜 지금 그 이야기를 꺼내는 건데. 시야 한복판에서 얼음이 달그락 무너졌다. 마리에가 한 짓에 대해 이야기하기 위해 드링크바에 따라온 줄 알았다. 내가 마리에를 나무랄 때 낫 짱이 지은 쓴웃음도 마리에를 향한 것인 줄 알았다. 하지만 내게 지은 거라면?

낫 짱은 아이가 있는 마리에를 부러워하는 마음에 내가

과민 반응 했다고 생각했을까.

"음, 아직은 일을 놓을 마음이 없다고 할까."

사에는 의식적으로 태평하게 대답하며 팔을 들었다. 눈에 들어온 멜론소다 버튼을 누르자 쏴아아, 하고 뭔가가 터지는 듯한 소리를 내며 유리잔에 선명한 녹색이 차올랐다.

"하지만 언제까지 일만 할 수는 없잖아. 너희 남편도 아이가 생기면 바람피우는 버릇이 나을지도 모르고."

"뭐, 그건 그럴지도 모르지만."

"어차피 낳을 거면 빠른 편이 좋은 거 알지? 역시 나이를 먹으면 그것만으로도 여러모로 힘들거든."

"알다마다. 조산원에서 일한 지가 몇 년인데."

사에는 유리잔을 들여다보며 피식 웃었다. 하다못해 조산사라면 일에 매진할 핑계가 되었을까. 아니, 낫 짱이 보기에 업무 내용은 분명 상관없다.

"그게 참 신기하단 말이야. 매일 임산부와 아기에게 둘러싸여 있으면 자기도 아기를 갖고 싶다는 생각 안 들어?"

"그거랑 이건 별개라고 해야 할까. 더구나 지금 직장에서는 아기를 낳은 후에도 일을 계속할 수 있을지 의문이고."

사에는 선반에 놓인 빨대와 물수건을 움켜쥐었다. 결혼하면 아기가 생긴다. 임산부로 지내다가 엄마가 된다. 낫 짱에게는 당연한 일이라 분명 상상도 안 되는 것이리라. 유리잔에 빨대를 꽂고 휘저었다. 아무리 바라도 아기가 생기지 않을 수가 있다는 사실이.

"어린이집 때문에? 걱정 마. 내가 맡아줄게. 한 명이든 두명이든 별 차이 없어."

"정말? 든든하네."

사에는 건조한 웃음을 흘리며 유리잔을 드링크바에 내려놓고 터키석이 박힌 머리끈을 힘껏 잡아당겨 풀었다. 습기를 먹어 뻣뻣해진 머리카락 끝이 목덜미에 닿아 착, 하고 작은 소리가 났다.

"하지만 역시 지금은 무리야. 다이시하고도 생활 리듬이 자꾸 어긋나거든."

"그래?"

"우리 조산원은 규모가 작으니까 출산이 겹치면 근무표고 뭐고 상관없이 호출당해."

"그럼 근무표를 짜는 의미가 없잖아. 안 되는 건 안 된다고 딱 잘라 거절하는 게 어때?"

무슨 배짱으로 그러겠어, 하고 사에는 쓴웃음을 지으면서도 마음이 약간 가벼워졌다.

낫 짱은 일해본 적이 없다고 생각하자 목구멍까지 차오른 뭔가가 녹아내리는 기분이었다. 올곧은 낫 짱. 강하고, 못하는 게 없고, 여자로서 행복을 손에 넣어온 낫 짱. 하지만 낫 짱은 일을 한다는 것이 무슨 의미인지 모른다.

사에는 달콤하면서도 어쩐지 먹먹한 감정을 맛보며 느닷없이 먼 옛날 광경을 떠올렸다.

당시 초등학생이었던 사에는 미술 학원 선생님 집에 놀러 가는 중이었다. 몇 정거장 떨어진 선생님 집에 가려면 전철을 타야 한다. 전철에는 같은 학원에 다니는 아이들이 사에를 포함해 다섯 명 있었다.

"봐, 여기가 기하22형 전철의 멋진 부분이야!"

고스케가 신발을 신은 채 좌석에 올라가 흥분한 말투로 뭔가 설명했다.

"왜 차고 그래!"

고스케의 발끝이 닿았는지 다카히사가 소리를 질렀다. 고스케가 아랑곳없이 말을 계속하자 다카히사는 고스케의 발을 후려쳤다. 이야기를 방해받은 고스케가 발끈했다. 뭐야,

지나갔잖아. 시끄러워, 그딴 이야기 하나도 재미없어. 이제 막 재미있어지는 부분이었단 말이야. 시끄럽고, 빨리 사과나 해. 내가 뭘 잘못했는데. 고토네 짱이 아옹다옹하며 장난치듯 몸싸움을 벌이는 두 사람을 가리키고 웃었다.

"와, 진짜 덜떨어져 보여!"

고토네 짱은 다리를 바둥거리며 신난 목소리로 떠들었다. 사에도 고토네 짱과 함께 큰 소리로 웃었다.

그 순간 맞은편 자리에 앉아 있던 양복 차림 남자가 벌떡 일어서더니 인상을 찌푸리며 옆 칸으로 이동했다.

왜 저럴까 생각하며 눈을 깜박이고 있자니 옆에서 나지막한 헛기침 소리가 들렸다. 소리가 난 쪽으로 돌아보자 웬 할아버지가 팔짱을 낀 채 노려보고 있었다.

그제야 시끄러워서 그런다는 걸 깨달았다. 전철에서는 얌전히 있어야 한다. 말할 때는 옆 사람에게만 들리는 목소리로 말해야 한다. 좌석을 더럽히거나 큰 소리를 내서는 안 된다. 지금까지 부모님에게 주의를 받았던 사항이 떠올라 얼른 고토네 짱의 소맷자락을 잡아당겼다.

하지만 고토네 짱은 사에의 소맷자락을 잡아당기고 웃었다. 새로운 놀이로 여기는 듯한 고토네 짱을 보자 사에는 뭐라고 해야 할지 몰랐다.

봐주지 않겠느냐고 스스로에게 변명했다. 괜찮아, 아직
어린애인걸.

"얘들아."

그때 아이들 앞에 나쓰코가 섰다.

"다들 얌전히 있지 않으면, 모두의 엄마들이 잘못 가르쳤
다고 욕을 먹을 거야."

그 한마디에 아이들은 움직임을 멈췄다. 고요해진 전철에
끼이이익, 하고 바퀴가 레일을 긁는 소리가 울려 퍼졌다. 나
쓰코는 다시 자리로 돌아가 작게 한숨을 쉬고 책을 펼쳤다.

사에는 지금도 그때 보았던 나쓰코의 옆얼굴을 잊어버릴
수가 없다.

나카쓰가와 히사미의 증언

네, 이하라 씨는 우리 조산원에서 일했습니다. 마리에 짱의
소개로…… 맞아요, 마리에 짱은 이하라 씨의 여동생입니다. 성
실하니 아주 우수한 조산사예요. 마리에 짱은 아이가 있지만 어

머니의 도움을 받으며 일과 육아를 병행하고 있고, 환자들의 신뢰도 두터워요. 저도 마리에 짱의 언니라면 믿을 만하겠다 싶어 이하라 씨를 채용했을 정도예요.

하지만 솔직히 기대에 어긋나는 구석은 있었어요. 아니요, 일을 못하는 건 아니었지만, 피해 의식이 좀 강하다고 할까.

글쎄요…… 아, 그렇지, 예를 들어 분만 중에 환자가 성질을 부리면 말이죠. 아니요…… 분만에 관여한다고 해도 수건을 준비하거나 그런 잡일밖에 안 시켜요. 환자의 몸에는 손을 못 대게 합니다. 그래요? 쓰지 않는다면 상관없지만…….

성질을 부린다고 해도 뭘 어떻게 하는 건 아닙니다. 그냥 말뿐이죠. "아기도 안 낳아본 사람에게 이래라저래라 듣기 싫다." 뭐 그런 말이요. 흔한 일이에요. 역시 진통 중에는 힘든 데다, 출산의 고통은 실제로 낳아본 사람밖에 모르니까요.

뭐, 저는 그런 불평을 못 들어봤지만 동료 중에는 또 들었다며 쓴웃음을 짓는 사람도 있었어요. 하지만 그런 말을 일일이 다 담아두면 몸이 못 버티잖아요. 그래서 다들 흘려듣습니다.

그런데 이하라 씨는 눈에 띄게 충격을 받았어요. 더구나 충격을 받은 걸로 모자라 의욕까지 잃어버려요. 허리도 대충대충 문질러주고, 수건을 데워 오라고 해도 능장을 부리죠. 일부러 농땡

이를 피우는 건 아니지만, 기분이 가라앉더라도 분만 중에는 티 내지 말았으면 싶어서 좀 그랬어요.

애당초 그런 소리를 듣는 이유가 이하라 씨에게도 있거든요. 아파서 더는 못 참겠다고 울고불고하는 임산부에게 아기가 불쌍하다고 야단을 쳐요. 격려를 하는 게 아니라 나무란다니까요. 드디어 세상의 빛을 볼 날이 왔는데 엄마가 그런 소리를 하면 아기가 실망할 거라는 식으로요. 뭐랄까, 약한 소리를 하면 엄마로서 실격이라는 듯한 말투로요.

게다가 이하라 씨는 조산사가 아니니까요. 출산에 대해 제대로 공부를 한 것도, 본인이 직접 경험한 것도 아니면서 왜 그런 소리를 하는지 신기하더라고요.

물론 당장 주의를 줬습니다. 하지만 그러면 또 눈에 띄게 침울해져요. 그것도 반성하는 게 아니라 상처받은 티를 내듯이요. 좀 어이가 없더라고요.

그런 면이 있는 사람이라 이번 사건에서도 이하라 씨에 대해서는 그렇게 놀라지 않았습니다. ……이런 사건이 벌어졌다는 건 역시 인간관계에 문제가 있었다는 뜻이잖아요? 말도 안 되는 일은 아니다 싶었죠. 오히려 그런 사람이 마리에 짱의 가족이라는 사실이 더 의외예요.

전혀 다릅니다, 자매라고는 믿기지 않을 만큼요. 그리고 보통은 한 살이라도 나이가 많은 아이가 야무지고 동생은 응석받이가 많다고 하지만, 두 사람은 정반대예요. 두 사람 위에도 오빠나 언니가 있는 게 아닐까 싶을 정도로…… 네? 그야 중간에 낀 아이는 외로움을 잘 타고 잘 비뚤어진다고 하잖아요? 아니요, 오기가 강한 느낌은 아닌데요…… 뭐, 아무튼 큰딸답지 않은 느낌이 들었습니다.

글쎄요, 저는 두 사람의 어머님은 뵌 적이 없어서 모르겠지만, 상관이 없지는 않겠죠?

그만두고 싶어 했다? 정말인가요? 그건…… 모르겠습니다, 들어본 적도 없고요. 그럭저럭 좋게 대우해 주었고, 마리에 짱도 여러모로 뒷받침해 주었습니다만. 대체 뭐가 불만이었을까.

그야 체력적으로는 편한 직장이 아니죠. 하지만 정신적으로 이렇게 만족스러운 직장은 흔치 않을 겁니다. 생명의 신비를 느낄 수 있다고 할까…… 특히 우리 조산원은 여성 본연의 힘을 끌어내는 방식으로 건강한 출산에 이바지하고 있으니까요. 자연스럽게 출산하면 피가 거의 안 납니다. 병원에서 출산할 때 피가 많이 나는 건 대부분 회음부를 절개하기 때문이에요. 조산원에서 태어난 아이는 닦지 않아도 다들 깨끗합니다. 바로 산모에게 넘겨줄 수 있고요. 갓 태어난 자기 아이를 안았을 때 산모의 표정이 얼마나 근사한지 아세요? 모성이 배어난다는 말이 딱 맞습니다. 모유도 아주 잘 나오고요. 우리 조산원에서 첫째를 낳은 산모는 둘째도 꼭 이곳에서 낳겠다고 말씀하십니다. 참 편하게 낳았다면서요.

흐음, 그나저나 그런가요. 그럼 왜 그만두지 않았을까요. 이하라 씨가 그만두고 싶다고 했다면 딱히 말리지는 않았을 텐데.

2

가시와기 나쓰코

사람 하나 없는 길가에 전신주가 허수아비처럼 우뚝 서 있다. 논밭이 있는 건 아니다. 오른쪽에는 세월의 흔적이 실금으로 남은 단독주택이 세 채 나란히 늘어섰고, 길 건너 맞은편에는 정육점과 세탁소도 있다. 그런데도 전신주는 허수아비로밖에 보이지 않는다. 한 걸음 한 걸음 흔들리며 다가오는 전신주를 쏘아보며 나쓰코는 끈에 때가 탄 운동화를 앞으로 내디뎠다.

쭉 편 팔꿈치에 힘을 주자 똑, 하고 희미한 소리가 났다.

개의치 않고 덤벨 운동을 하듯이 팔을 들어 손등으로 이마를 닦았다. 비닐봉지에서 튀어나온 페트병의 뚜껑이 뺨을 때렸다.

나는 대체 뭘 하려는 걸까. 나쓰코는 벌써 몇 번이나 스스로에게 질문을 던졌다. 이제 그만두자. 그만둬야 해.

나쓰코는 길게 기른 검은 머리를 얼굴 양옆으로 늘어뜨리고 숨죽인 채 모퉁이를 돌았다. 조용한 걸음걸이가 나쓰코의 죄악감을 한층 키웠다.

손끝을 파고든 비닐봉지는 식재료로 가득하다. 돼지고기 500그램, 감자 다섯 개, 당근 세 개, 양파 세 개, 중화 면 3인분, 오이 네 개, 햄 세 팩, 아보카도 두 개, 닭고기 400그램, 토마토 다섯 개, 비엔나소시지 두 봉지, 2리터짜리 우롱차 한 통. 생각나는 대로 구입한 식재료는 아무 맥락도 없어 무슨 요리를 만들려고 했는지조차 모를 지경이었다.

너무 많이 샀으니까. 같이 식사나 할까 하고. 그게 변명에 지나지 않는다는 것을 나쓰코도 잘 안다. 분명 오늘도 비닐봉지의 내용물을 사에에게 보여주는 일은 없을 것이다.

갈색 지붕이 보인 순간 나쓰코는 고개를 푹 숙였다. 오늘이야말로 들킬지도 모른다. 사에의 눈에 직접 띄지는 않더라도 누가 보고 있다가 사에에게 말할지도 모른다. 내가 왔다는 것. 정원에 들어가 창문으로 집 안을 들여다봤다는 것. 그 사실을 알면 사에는 어떻게 생각할까. 경멸할지도 모른다. 미워할지도 모른다. 아니, 반드시 경멸한다. 미워한다.

하지만 나쓰코는 울타리에 달린 문짝으로 손을 뻗었다. 귓불로 전해지는 심장 뛰는 소리에만 귀를 기울이며 문손잡이를 돌렸다. 철컥하고 귀를 때리는 날카로운 소리에 몸을 움츠리면서도 사박사박한 잔디의 감촉을 신발 바닥으로 느꼈다.

나쓰코는 허리를 구부린 채 작은 정원에 무질서하게 자리 잡은 채소밭 사이를 나아갔다. 햇빛과 시선을 차단하는 여주의 잎사귀와 숨 막힐 듯한 향기를 뿜어내는 스위트 바질. 둘 다 나쓰코가 모종을 나누어준 것인데, 요 며칠 해가 쨍쨍했는데도 물을 주지 않았는지 군데군데 말라비틀어졌다.

나쓰코는 커다란 손 모양의 잎사귀 뒤편에 쪼그려 앉아 비닐봉지 두 개를 몸 양쪽에 살그머니 내려놓았다. 심장 박동에 맞추어 피가 꿀럭꿀럭 흐르는 감각이 손끝에서부터 기어올랐다.

귓가에서 붕, 하고 나지막한 날갯소리가 들려 반사적으로 몸을 뒤로 젖혔다. 주변을 둘러보다 희미한 위화감을 느끼고 왼팔에 시선을 주었다. 흰색과 검은색 줄무늬가 들어간 다리가 보여 재빨리 오른손을 쳐들었다. 하지만 내리치기 직전에 그만두었다. 피를 다 빨았는지 모기가 날아갔다. 나쓰코는 숨을 죽인 채 비틀비틀 날아가는 모기를 눈으로 좇았다.

시야 가장자리에서 뭔가가 쓱 움직였다. 나쓰코는 허공을 노려보며 온몸을 경직시켰다. 하지만 창문을 열거나 커튼을 젖히는 소리는 들리지 않았다. 조심스레 창문으로 고개를 돌렸다. 두꺼운 베이지색 커튼이 2센티쯤 걷혀 있었다. 사에는 끌려가듯이 창문에 얼굴을 갖다 댔다. 이마가 유리에 닿자 차가워서 순간적으로 몸을 움츠렸다. 크게 뜬 두 눈을 좌우로 움직였다. 얕은 어둠으로 덧칠되어 있던 실내가 조금씩 윤곽을 띠기 시작했다.

방을 대부분 차지하는 더블베드, 자잘한 물건으로 넘쳐나는 협탁, 멋지게 생겼지만 시간을 알아보기 힘든 벽시계. 도망치듯이 시선을 이리저리 돌리다 서서히 한복판에 초점을 맞추었다.

동그라니 예쁘게 생긴 젖가슴이 부르르 흔들렸다. 뽀얗고

탄력 있는 사에의 몸이 다이시의 위에서 매끄럽게 젖혀졌다.

나쓰코는 입안에 고인 침을 신중하게 삼켰다.

뭘 보고 있는 거람. 아니, 아니야. 이런 짓을 하고 싶은 게 아니야. 그럼 뭘 하고 싶은데?

배꼽에서 가슴, 가슴에서 목, 목에서 입술. 부드럽게 이어지는 곡선 끝에서 사에의 입이 뻐끔뻐끔 벌어졌다가 다물어졌다. 그 움직임에 맞추어 살짝 열린 옆방의 창문으로 과장되게 끈적끈적하고 달뜬 신음 소리가 새어 나왔다. 나쓰코는 잔뜩 힘이 들어간 사에의 눈썹에서 눈을 뗄 수가 없었다.

데님 스커트 호주머니에 오른손을 넣어 주먹을 꽉 움켜쥐었다. 금속의 감촉이 손바닥을 파고들었다.

사에가 자기 집 여벌 열쇠를 주었을 때는 기뻤다. 사에는 내게 비밀을 만들 마음이 없다. 이것만 있으면 언제든지 사에의 집에 들어갈 수 있다. 실제로 사용하지는 않더라도 그렇게 생각하는 것만으로 마음이 놓였다.

그런데 왜까. 그래도 사에와의 거리는 이렇게나 멀다.

사에의 허리에 감겨 있던 작은 천이 스르르 벗겨져 소리도 없이 바닥에 떨어졌다. 뽀얀 넓적다리가 드러나자 나쓰코는 눈을 돌리는 것으로 모자라 고개를 푹 숙였다.

사에가 힘들지는 않을까 걱정되니까. 저놈은 바람을 피우고 있어. 더구나 결혼한 지 3년도 넘었는데 아직 아이를 가질 생각도 않고.

귀울음이 들렸다. 숨이 막히고 눈을 감고 싶은데도 감을 수가 없었다. 자기 몸이 자기 것이 아닌 것처럼 느껴졌다.

'당분간 아이는 됐어. 일도 해야 하고 부부끼리 오붓한 시간도 보내고 싶거든.'

머릿속에 사에의 차분한 목소리가 울려 퍼졌다. 그 말을 들은 순간 내장에 직접 물을 끼얹은 듯한 감각까지 되살아나 나쓰코는 보이지 않는 힘이 잡아당긴 것처럼 고개를 들었다.

다이시의 평평한 가슴에 사에가 천천히 체중을 실었다. 그리고 옆으로 데굴 굴러 여운을 음미하듯 천장을 보고 누웠다. 이따금 사에가 다이시를 쳐다보았고, 다이시가 사에의 머리를 감싸 안듯 어루만졌다. 나쓰코는 유리창에 이마를 댄 채 무성영화 같은 그 광경을 지켜보았다.

일요일 한낮, 사에와 다이시가 단둘이 지낼 시간에 동태를 살피러 사에의 집에 오는 것이 처음은 아니다. 그러나 이러한 장면을 목격한 적은 한 번도 없었다. DVD를 보거나,

108

낮잠을 자거나, 각자 인터넷을 하든지 잡지를 읽으며 한가로운 시간을 보내는 것이 보통이었다. 그렇듯 평온한 일상을 확인함으로써 두 사람 사이에 문제가 없다는 것을 확신하고 싶었다.

아니. 나쓰코는 다시 주먹을 움켜쥐었다. 아니다. 그렇지 않다. 실은 바로 이걸 보고 싶었다. 자신과 다카오 사이에서는 오랫동안 없었던 행위. 사에가 당분간 아이는 필요 없다고 말할 수 있었던 이유는 뭘까. 실제로 보면 충격을 받을 줄 알면서도, 바로 그렇기에 보고 싶었다. 마치 상처를 손톱으로 긁어 고통을 확인하지 않고는 배기지 못하는 것처럼.

일을 계속했으면 뭔가 달랐을까. 아이가 생기지 않았다면. 다카오와 결혼하지 않았다면.

두 사람의 대화에 귀를 기울이며 나쓰코는 사에가 고등학생 때 순진무구하게 느껴질 만큼 온 힘을 다해 울던 모습을 떠올렸다.

"헤어졌어. 이제 그딴 인간 필요 없어."

고등학교 2학년 봄, 사에가 울면서 그렇게 말했다.

"응? 헤어졌다니, 야마모토랑? 왜? 그렇게 좋아했으면서."

나쓰코는 뜻밖의 일에 놀라 되물었다. 사에는 고등학교에 입학했을 무렵부터 야마모토를 좋아하다 몇 달 전에야 겨우 교제를 시작했을 터였다. 화이트데이에 야마모토에게 고백받았을 때는 눈물을 흘리며 기뻐했다. 낫 짱, 낫 짱, 좋아 죽을 것 같아. 남자 친구라며 새삼 소개해 준 지 얼마 되지도 않았다.

"이제 싫어."

"왜 그래? 무슨 일 있었어?"

"걔가 낫 짱을 나쁘게 말했단 말이야."

나쁘게 말했다는 찜찜한 표현에 가슴이 철렁했다. 뭐라고 했냐고 묻는 목소리가 아주 약간 잠겼다.

"넌더리가 난대."

사에는 울음소리를 흘리며 양손으로 나쓰코를 붙잡았다. 나쓰코는 얼굴에서 표정이 쓱 지워지는 것을 느끼면서도 의식적으로 숨을 크게 내뱉고 사에의 등을 가볍게 두드렸다.

"뭘 그런 걸 가지고 그래. 난 괜찮아."

"안 괜찮아. 너무해. 용서할 수 없어."

사에가 훌쩍이며 나쓰코의 어깨에 얼굴을 묻었다. 뜨끈하고 축축한 감촉이 느껴져 나쓰코는 가슴이 메었다. 사에는 진심으로 화가 났다. 나를 나쁘게 말했다는 이유만으로 좋아하는 남자를 필요 없다고 할 만큼.

"그런 건 마음에 담아둘 것 없어. 야마모토를 좋아하지?"

사에가 어린아이처럼 획획 도리질을 쳤다.

"이제 싫어. 낫 짱이 더 좋은걸."

사에는 어릴 적부터 모두에게 인기가 있었다. 밝고 착해서 남자아이와 여자아이에게 두루두루 사랑받았던 사에. 하지만 사에가 주저하지 않고 제일 소중하다고 말하는 사람은 늘 나쓰코였다.

내 귀여운 사에.

나쓰코는 주먹을 꼭 움켜쥐었다. 그 순간 떠오른 생각에 등골이 오싹했다.

저놈만 없으면.

왜 이제 와서 그런 생각이 드는 건지 알 수가 없었다. 사에가 행복하면 그만이라고 스스로를 타일러 왔다. 사에의 결혼을 누구보다도 축복하는 것이 자신의 역할이라고. 그런데.

빨강, 분홍, 노랑, 보라, 하양. 자신의 손아귀에서 찌부러진 색색의 꽃잎 덩어리가 눈꺼풀 안쪽에 어른거렸다. 웨딩드레

111

스를 입고 결혼식장의 조명을 한 몸에 받으며 미소 짓는 사에. 커다란 스크린에는 나쓰코와 손을 잡은 사에의 유치원 시절 사진이 비쳤다.

사에, 사에, 사에. 나쓰코는 고개를 숙이며 속으로 불렀다.

사에가 잘록한 허리를 구부려 바닥에 떨어진 속옷을 집었다. 침대 가장자리에 살짝 걸터앉아 속옷을 입고, 추리닝 바지와 티셔츠를 대충 걸쳤다. 그대로 침실을 뒤로하는 사에를 나쓰코는 정원을 돌아서 쫓아갔다.

눈앞이 부옇게 흐려졌다. 그제야 나쓰코는 자신이 거실 창문에 코끝을 대고 있음을 깨달았다. 그래도 움직이지 않고 가만히 있자 새어 나오는 숨결이 입가를 미지근하게 적셨다.

시스템키친에 시선을 모으자 사에가 보리차 팩과 물병을 들고 있는 것이 보였다. 사에는 가스레인지에 냄비를 올리고 천천히 시간을 들여 보리차를 끓였다. 가끔 카운터 안쪽으로 들어갈 때마다 모습이 시야에서 사라졌다. 사에가 보리차를 담은 물병을 얼굴 앞으로 들어 올리고 잘 섞이라는 듯이 흔들흔들 돌렸다. 냉장고 문이 열렸다가 닫혔다. 사에가 주방에서 나오자 나쓰코는 황급히 커튼 뒤편에 몸을 숨겼다.

사에가 거실에서 나가자 더 이상 움직임이 없었다. 그래도 잔디밭에 주저앉은 나쓰코는 일어날 기분이 들지 않았다. 따끔한 감촉에 어색한 몸놀림으로 고개를 돌리자 젖혀 올라간 데님 스커트 자락 밑으로 맨 무릎이 드러나 있었다.

몇 분 후 사에가 거실로 돌아왔다. 페이즐리 무늬 원피스에 하늘색 니트 카디건을 걸친 모습으로 소파에 널브러져 있던 가방을 들고 발걸음을 돌렸다.

현관 쪽에서 문을 잠그는 금속음이 몹시 크게 들렸다.

나쓰코는 뻣뻣하게 굳은 등을 비틀어 집을 떠나는 사에의 뒷모습을 멍하니 바라보았다.

사에가 모퉁이를 돌아 사라지자 침묵이 짙어진 기분이 들었다. 나쓰코는 발끝에 힘을 주었다. 하지만 일어서기 위해서인지, 그 자리에 버티고 있기 위해서인지는 본인도 알 수 없었다.

10분쯤 지난 후에야 나쓰코는 마침내 한쪽 무릎을 땅에 짚고 일어날 자세를 취했다. 저린 다리를 느릿느릿 펴고 침실 앞으로 돌아갔다. 허리를 구부려 비닐봉지를 집어 들고 몸을 좌우로 흔들며 현관으로 향했다. 빨리 돌아가야 한다고 다짐하듯 중얼거리며 초인종을 눌렀다.

찰칵하는 작은 소리와 함께 인터폰에서 네, 하고 나지막한 목소리가 들렸다. 나쓰코는 한 발짝 뒤로 물러나며 "아." 하고 잠긴 목소리를 꺼냈다.

"저…… 사에는 방금 일하러 나갔는데요."

아주 긴 침묵 후에 다이시가 탐색하는 듯한 목소리로 말했다.

"정말? 뭐야, 너무 많이 사서 같이 밥 먹으려고 했는데."

나쓰코는 눈을 내리뜨고 인터폰 모니터를 향해 비닐봉지를 쳐들었다. 어, 아아, 죄송합니다. 아, 일단 문 열게요. 다이시가 쭈뼛거리는 목소리로 대답한 후 인터폰이 뚝 끊기는 소리가 이어졌다.

난 뭘 어쩌려는 걸까.

나쓰코는 놓치지 않겠다는 듯 비닐봉지를 든 손에 힘을 꼭 주었다.

식탁을 사이에 두고 거북한 침묵이 흘렀다. 다이시가 참기 힘든 듯 눈앞의 컵에 손을 뻗었다.

컵에 입을 대고 매끄러운 목을 젖혀 액체를 들이켰다. 나쓰코가 시선을 돌리는 것과 동시에 액체를 꿀꺽꿀꺽 넘기는 소리가 들렸다. 후하, 하고 숨을 내뱉는 소리에 나쓰코는 고개를 들었다. 시선을 주자 다이시가 입가에 묻은 액체를 손등으로 닦고 있었다.

다음 순간 다이시가 두 눈을 부릅떴다. 의아하다는 듯 시선을 이리저리 돌리다가 손에 든 컵을 내려다보고 흠칫하며 목을 붙잡았다.

"……이거."

다이시의 손에서 떨어진 컵이 둔탁한 소리와 함께 바닥에 나뒹굴었다.

나쓰코는 자기 컵을 든 채 뒤로 물러났다. 허리뼈가 식탁에 부딪치는 소리가 크게 울려 퍼졌다.

다이시의 굳은 얼굴과 티셔츠에서 뻗어 나온 팔이 급격하게 붉어졌다. 다이시는 심하게 헐떡이며 뭔가를 찾듯 주변을 정신없이 둘러보았다. 나쓰코는 어딘가에 매달리듯 어깨에 멘 파우치의 끈을 꽉 움켜잡았다.

"꺅."

무심코 비명을 지른 건 다이시가 손목을 붙잡았기 때문이다. 힘이 너무 세서 나쓰코는 감전된 것처럼 몸을 움찔했

115

다. 다이시는 팔을 위아래로 덜덜 떨다가 맥없이 손목을 놓았다.

나쓰코는 파우치의 지퍼를 확 당겼다. 그 순간 손잡이가 망가져서 떨어져 나갔다. 지퍼 가장자리에 생긴 틈새로 손가락을 쑤셔 넣어 힘껏 옆으로 밀었다. 까칠까칠한 지퍼의 감촉이 손가락을 스치고 지나갔다. 파우치를 거꾸로 들어 바닥에 내용물을 쏟았다. 마룻바닥에 떨어진 휴대전화를 집어 들었다.

1을 누르려다 2를 누르는 바람에 취소 버튼을 누르려다 3을 눌렀다. 꿈속에서 전화를 걸려는 것처럼 손가락이 말을 잘 듣지 않았다.

다이시는 양손으로 목을 쥐어뜯는가 싶더니 소파에 풀썩 쓰러졌다. 스프링의 반동으로 다이시의 몸이 위를 향해 벌렁 뒤집어졌다.

나쓰코는 어두워진 휴대전화 화면을 멍하니 내려다보았다.

독이라는 말이 머릿속에 떠올랐다. 이 남자는 독을 먹은 거라고 마비되어 잘 돌아가지 않는 머리로 생각했다.

뿌득, 뿌득. 기둥이 기울어지는 듯한, 또는 뭔가가 삐걱거리는 듯한 소리가 났다. 턱과 어금니에 둔한 통증이 느껴져 나쓰코는 그것이 자기가 이를 가는 소리임을 깨달았다.

흐트러진 소파 커버 한가운데 누워 있는 다이시를 초점이 분명치 않은 눈으로 살펴보았다. 힘없이 축 늘어진 채 소파 가장자리로 튀어나온 발목, 탄탄하니 잘생긴 무릎, 옷자락이 젖혀져서 드러난 평평한 배.

나쓰코는 숨을 참으며 다이시의 배를 응시했다. 하지만 아무리 보고 있어도 그 매끄러운 살결은 미동도 하지 않았다.

머릿속에서 뭔가가 쾅쾅 시끄러운 소리를 냈다. 모래바람이 불 듯 쏴 하는 잡음이 재촉하듯 속도를 높여 쾅쾅 울리는 소리에 박자를 맞추었다. 귀를 막고 싶었다. 고함을 지르고 싶었다. 머리를 어딘가에 찧고 싶었다. 정체 모를 충동이 부풀어 올라 머리가 터질 것만 같았다.

후, 하고 짧은 한숨을 내쉰 후 소파 옆에 꿇어앉았다.

나쓰코는 머뭇머뭇 등을 웅크려 다이시의 가슴에 귀를 대고 눈을 감았다. 하지만 자기 심장 소리만 메아리쳐 정작 알고 싶은 것은 알 수가 없었다. 상체를 일으키고 얼굴 앞으로 늘어진 머리카락을 귀 뒤로 넘겼다. 완전히 눈이 풀린 남자가 시야에 들어왔다.

이 남자는 움직이지 않는다. 아무 말도 하지 않는다. 숨을 쉬지 않는다.

암전된 것처럼 눈앞이 캄캄해졌다. 끈적한 침이 입안에 잔뜩 고였다. 나쓰코는 손등으로 입가를 닦고 스스로를 설득하듯 속으로 중얼거렸다.

이미 늦었어.

고개를 들어 방을 둘러보았다. 살짝 흔들리는 창가의 레이스 커튼. 폭이 피아노 정도 되는 직사각형 텔레비전 받침대, 줄무늬 식탁보를 씌운 식탁. 한 바퀴 빙 돈 시선이 텔레비전 받침대로 돌아와, 그 위에 놓인 시계에서 멈췄다.

오늘 사에는 몇 시부터 몇 시까지 근무였더라.

오후 3시 35분. 일요일. 철야 근무. 말이 뚝뚝 끊어져서 떠올랐다. 생각이 정리되지 않아 초조했다. 그 초조함을 부추기듯 심장이 점점 더 세차게 뛰었다.

다이시의 맨발을 잡고 들어 올리자, 손에 땀이 밴 탓인지 발목이 주르르 미끄러져 떨어졌다. 스프링의 반동으로 다이시의 몸이 튀는 바람에 나쓰코는 다이시 위로 쓰러졌다. 이마에 턱수염의 감촉이 느껴지자 온몸에 소름이 쫙 끼쳤다. 소파에 파묻힌 팔꿈치를 부리나케 뺐다.

118

다른 곳으로 옮겨야 한다. 숨겨야 한다.

오직 그 생각만이 머릿속을 맴돌았다. 숨긴다고? 어떻게? 대체 어디에?

코인 주차장에 세워둔 차까지 거리가 얼마나 되는지 계산하다 고개를 저었다. 여자 혼자 힘으로는 거기까지 못 옮긴다. 아니다, 차를 집 앞에 대면 그만이다. 하지만 차에 어떻게 싣는단 말인가.

금방이라도 울음을 터뜨릴 것처럼 나쓰코의 얼굴이 일그러졌다.

침착하게 생각해야 한다. 눈을 꼭 감고 의식적으로 소리를 내어 숨을 내쉬었다. 폐에 느껴지는 압박이 한계에 달했을 때 헐떡이듯 공기를 들이마셨다. 심장이 쿵 하고 크게 뛰었다.

현관까지 끌고 가는 장면을 상상했다. 현관에 기대어둔 상태로 집을 나선다. 모퉁이를 돌아 길을 건너 골목으로 들어가 차에 올라탄다. 차를 타고 사에의 집으로 돌아와 대문 앞에 대고 트렁크를 연다. 집으로 가서 문을 연 후 다이시의 양쪽 겨드랑이를 붙잡고 정원을 지나 대문까지 끌고 간다. 대문을 나서면 마지막 힘을 쥐어짜 다이시를 끌어 올려 트렁크에 밀어 넣는다. 그리고…… 생각을 잇기 전에 고개가 푹 꺾였다.

다이시는 남자치고는 몸집이 작은 편에 말랐다. 시간을 들여 쉬엄쉬엄 끌고 가면 어떻게든 현관까지는 옮길 수 있을지도 모른다. 그다음에는? 언제 남의 눈에 띌지 모르는 상황에서 얼마나 시간을 들여 대문까지 옮기겠다는 말인가.

나쓰코는 별생각 없이 왼팔을 내려다보았다. 모기에 물려 크게 부풀어 오른 자국이 시야 한복판에 비쳤다.

설령 아무에게도 들키지 않고 운 좋게 차까지 끌고 가더라도 의식이 없는 남자를 여자 혼자 힘으로 차에 싣기는 불가능하다. 게다가 잔디에도 숨길 수 없는 자국이 남는다. 짓눌리고 조각조각 끊어진 잔디가 다이시의 등에 가득 묻으리라. 그리고 그 잔디는 흙과 함께 트렁크에 남는다.

다이시의 행방이 묘연해지면 어떻게 될까. 경찰에 신고하지 않을 수는 없을 것이다. 하지만 연간 수만 건에 다다른다는 실종 사건 중 한 건을 경찰이 얼마나 진지하게 조사할지를 따진다면. 나쓰코는 자신이 상황을 자꾸 낙관적으로 받아들이려 한다는 것을 깨닫고 어금니를 악물었다.

설령 실종 신고가 아무리 많이 들어온들 사건성이 있다고

120

판단되면 경찰은 진지하게 수사에 임할 것이다. 예를 들어 이 집 잔디에 사람을 끌고 간 자국이 있다는 사실을 안다면?

나쓰코는 탁한 눈이 허공으로 향해 있는 다이시의 얼굴을 시야 바깥으로 쫓아냈다. 시체는 얼마 만에 썩을까. 며칠쯤 지나면 악취를 뿜을까. 어디다 묻든 냄새가 날까.

그렇게 생각한 순간 갑자기 구역질이 나서 나쓰코는 양손으로 입을 막은 채 주방으로 달려갔다. 우웩 소리를 내며 싱크대에 게웠다. 참아야 한다고 생각했을 때는 이미 뜨뜻미지근한 액체가 목구멍을 넘어온 뒤였다. 우웩, 우웩. 위가 한껏 요동쳤고, 그 진동이 등까지 전달돼 상반신이 물결치듯 흔들렸다. 점심때 먹은 호박찜과 옥수수 샐러드, 고등어구이가 뒤섞인 덩어리를 게워내자 시큼하니 독특한 냄새가 코를 찔렀다.

원래 형태를 유지한 옥수수 알갱이를 보고 더 토하자 거의 액체로 변한 뭔가가 입에서 쏟아져 나왔다. 숨이 막히고 괴로워서 눈물을 찔끔했다. 나쓰코는 어깻숨을 쉬며 이상하리만치 벌벌 떨리는 손으로 수도꼭지를 들어 올렸다.

머리가 지끈지끈 아팠다. 목구멍이 아렸다. 내리치듯 콸콸 흘러나오는 물에 더러워진 손을 씻고, 양손에 담아 입으로 가져갔다. 몇 번 입을 헹군 후에 싱크대에 남아 있던 접시와 컵을 씻어 식기 건조대에 올려놓았다.

메마른 입술을 몇 번이나 핥으며 주방을 둘러보았다. 쓰레기통의 페달을 밟아 속을 들여다보았다. 대번에 눅눅한 음식물 쓰레기 냄새가 피어올라 또 위장이 꿈틀꿈틀 요동치는 바람에 식겁했다. 뚜껑이 닫히기 직전, 물을 빼는 용도로 사용하는 하늘색 거름망에 삶은 메밀국수와 사용한 보리차 팩이 담겨 있는 것이 보였다. 시선을 쓰레기통에서 떼어내려 했을 때, 쓰레기통 뒤편에 놓인 제초제병이 시야에 들어왔다. 나쓰코는 숨을 헉 삼키고 냉큼 달려들어 병을 집어 들었다.

'잎으로 흡수돼 뿌리까지 근절! 자극적인 냄새가 나지 않습니다!' 표면에 큼지막하게 적힌 글씨를 내려다보고 병을 쥔 손을 빙글 돌렸다. '살포할 때는 방호 마스크와 불침투성 방제복 등을 착용하고, 용액을 마시거나 몸에 묻지 않도록 주의하십시오.' 작게 덧붙인 주의 사항에서 시선을 떼고 병을 파우치에 집어넣었다.

나는 대체 무슨 생각일까.

사람이 죽었는데 슬퍼하거나 가슴 아파하지도 않고 그저

숨길 방법만 고민한다. 자신이 아주 추한 생물이 된 것 같은 기분이 들었다.

하지만 어쩔 수 없다는 생각이 들자 목이 쉬도록 고함을 지르고 싶어졌다.

나쓰코는 눈가에 맺힌 눈물을 손끝으로 닦았다.

결국에는 묻을 수밖에 없으리라. 강에? 바다에? 산에? 어디가 제일 좋을지는 모른다. 아무튼 이 집에 그냥 놔둬서는 안 된다. 어떻게든 차에 실어야 한다.

나쓰코는 비틀비틀 거실로 돌아갔다. 다이시가 있는 소파에 등을 돌린 채 무너져 내리듯 마룻바닥에 주저앉았다.

넓적다리 양옆에 손을 댄 순간, 손바닥에 둔한 진동이 느껴졌다. 나쓰코는 바닥에 엎드려 휴대전화를 집어 들었다.

'새 메일 ─ 마이 라이프 프로젝트 이쿠노 미와.'

화면에 줄지은 글씨가 사라지고 대기 화면으로 돌아갔다.

나쓰코는 치켜뜬 눈을 씰룩거렸다.

"아."

저도 모르게 목소리가 새어 나왔다. 안개가 걷히듯이 묘안이 하나 떠올랐다.

마이 라이프 프로젝트의 차량에는 휠체어용 리프트가 달

려 있지 않나.

나쓰코는 버튼을 누르는 시간조차 아까운 마음으로 다급하게 전화번호부를 열었다. 이쿠노 미와의 이름은 '아' 행의 첫 페이지에 있었다.

전화를 건다. 자기 차로 미와의 집까지 간다. 마이 라이프 프로젝트의 차량을 빌려 여기로 돌아온다. 차량에서 휠체어를 꺼내 거실로 옮긴다. 다이시를 소파에서 굴려 태우고 차량으로 이동한다. 차량에 장착된 리프트에 휠체어를 얹고 버튼을 조작해 안에 싣는다. 절차를 떠올리며 시간이 얼마나 걸릴지 계산했다. 3분. 10분. 10분. 5분. 5분. 3분. 어림잡아 계산한 후 고개를 살짝 끄덕였다. 문제없다. 적어도 끌고 가서 자신의 차에 싣는 것보다는 훨씬 현실적이다.

그리고 인적이 없는 곳에 시체를 숨긴 후 일단 미와에게 차량을 돌려준다. 밤에 다시 자신의 차를 타고 가서 들키지 않도록 단단히 묻으면 된다.

나쓰코는 숨을 거칠게 몰아쉬며 소파를 돌아보았다. 다이시는 몇 분 전과 똑같은 위치에 똑같은 모습으로 누워 있었다.

그 모습을 보자 나쓰코는 이 모든 것이 하늘의 계시 같은 기분이었다.

다이시를 바닥으로 끌어 내리기 전에 방법을 떠올린 것.

휠체어가 딸린 차량이 근처에 있다는 것.

그리고 봉사 활동 때 그 차량을 실제로 운행해 본 적이 있다는 것.

정체 모를 떨림이 발치에서 기어올랐다. 그 밖에는 또 뭘 고려해야 할까. 사후경직은 죽은 지 얼마 만에 시작되는 걸까. 증거가 될지도 모르는 요소는 뭘까. 본인의 의사로 실종됐다고 꾸미기 위해서는 무슨 짐을 가져가야 할까. 고민하며 생침을 꿀꺽 삼켰다.

일단 휴대전화 화면을 대기 화면으로 되돌려 방금 온 메일을 열었다.

안녕하세요! 미와예요. 8월 23일(금)의 이발 봉사는 시라카와 햇빛의 집에서 오전 11시부터 시작됩니다. 평소처럼 10시쯤에 순서대로 데리러 갈게요. 소지품은······.

연락 사항을 대충 훑어보고 다시 전화번호부로 들어가 미와의 전화번호를 띄웠다. 발신 버튼 위에 엄지를 얹은 채 눈을 감았다.

뭐라고 하면 될까.

유치원 행사를 마치고 리리를 데리러 가야 하는데 남편이 휴일에 급하게 출근하면서 실수로 내 차 키를 가지고 가는 바람에.

아니다, 그 전에 차량을 사용할 예정이 있는지 없는지부터 확인해야 한다. 미와가 왜 자기에게 부탁하느냐고 물으면? 마이 라이프의 차량은 운전해 봤으니까 익숙하고, 보험도 들었으니까 만에 하나 일이 생겨도 안심이라.

아니다, 미와가 상대라면 그렇게 말해서는 안 된다. 미안해, 누구한테 부탁할까 생각했는데 미와 짱밖에 떠오르질 않아서.

나쓰코는 입술을 질끈 깨물었다.

안 된다. 애당초 오늘은 아무 행사도 없고, 남편도 집에 있을 것이다. 키를 잘못 가지고 갔다는 상황도 부자연스럽고, 행사가 있는데 내가 집에 돌아갔다가 다시 데리러 가는 것도 이상하다. 리리와 같은 유치원에 다니는 아이의 엄마에게 물어보면 대번에 거짓말이 들통날 테고, 왜 거짓말을 했는지 의심했다가는…… 나쓰코는 생각을 떨쳐내듯 고개를

126

내저었다. 그렇지만 지금 당장 내게도 가능한 방법은 그것밖에 없다.

조작하지 않고 내버려 둔 화면이 어두워졌다.

시체만 발견되지 않으면 된다. 이 집에도 수상한 흔적이 없고 그저 다이시의 행방만 묘연하다면, 경찰도 굳이 수사하려 들지는 않을지도 모른다. 사에의 며칠간 행적은 조사하더라도 나까지는.

나쓰코가 버튼을 누르자 화면이 밝아지고 한가운데 미와의 이름이 떠올랐다.

미와도 내가 말한 이유가 거짓말이라고 의심하지는 않을 것이다.

나쓰코는 망설이듯 돌리고 있던 손가락을 멈추고 천천히 발신 버튼을 눌렀다.

야마베 유카코의 증언

네, 물론 기억하죠. 저희 미용 학교는 한 반에 스무 명 정도였으니까요. 하세가와 씨…… 아, 가시와기 씨가 결혼하기 전의

성씨예요. 아아, 괜찮나요? 죄송해요, 그럼 그대로. 음, 그건 그
렇고…… 그렇지, 참, 하세가와 씨는 똑똑히 기억나요. 눈에 띄
는 사람이었거든요.

나쁜 의미에서 눈에 띈 건 아니고요. 뭐라고 하면 좋을까. 돌
출됐다고 할까, 그냥은 끝나지 않는 느낌이랄까. 네? 아니에요,
아니에요. 넘어져도 그냥은 일어나지 않는다(어떠한 경우에도 자기
잇속은 차린다는 뜻 — 옮긴이)는 뜻이 아니라…… 뭐랄까…… 평범
한 사람, 맞아요, 평범하게 인생을 마치지는 않을 거라는 말을
하고 싶었던 거였어요.

죄송해요, 옛날부터 남에게 뭔가 설명하는 재주가 없어서요.
남편한테도 자주 혼나는데…… 어휘력이 모자란다는 둥 이야
기가 금방 다른 곳으로 샌다는 둥, 아, 그래요? 다행이다. 아, 나
중에 남편한테도 말해주시겠어요? 남편은 툭하면 저를 바보 취
급하거든요. 어엿한 선생님이 말씀해 주시면 태도가 달라지겠
죠. 후후.

네? 그야 이야기 정도는 나눴죠. 같은 반이었으니까요. 친구?
음, 친구는 아닌가. 반에서 특별히 친하게 지낸 사람은 없었을
거예요. 아니요, 따돌린 건 아니고…… 그렇지, 외톨이 늑대. 혼
자 지내는 걸 좋아하는 느낌이랄까, 다른 사람들하고는 스스로

거리를 두는 느낌이랄까.

맞아요. 그래서 학교 밖에 친한 친구가 있나 싶었죠. 수업이 끝나면 쌩하니 돌아갔고, 딱히 외로워 보이지도 않았거든요. 아, 언니라고 칭하는 애도 있었어요. 아니요, 물론 나이가 더 많았던 건 아니지만, 그게…… 뭐랄까 동갑내기하고는 좀 따로 노는 느낌이라서요.

아, 이야기요? 특별한 건 아니고 장래에 대해서요.

나중에 자기 가게를 차리고 싶다고 자주 말했어요. 도쿄 어디 어디에 이런저런 가게를 내겠다느니 직원은 몇 명을 채용하겠다느니 이야기가 아주 구체적이었는데…… 아, 맞다, 방송국에 아는 사람이 있으니까 홍보에 도움이 될 거라는 말도 했어요. 예전에 취재 요청을 받은 적이 있다나…… 아, 그렇지, 피아노에 관련해서요.

글쎄요, 저도 자세하게 물어본 건 아니라서…… 아, 다만 언제였던가 누가 한번 쳐보라고 했더니 하세가와 씨가 안 친 지 오래돼서 싫다고 거절했어요. 그래서 전부 거짓말 아니냐고 의심하는 애도 있었죠. 저는 왜 그런 거짓말을 하겠느냐고 생각하지만요.

아 참, 그래서 손놀림에는 자신 있다고 했어요. 하세가와 씨가요. 아버지가 돌아가셔서 피아노를 계속할 수 없었지만, 손 놀리는 재주를 살리고 싶어서 미용사가 되기로 마음먹었대요. 생각도 깊고 참 대단하더라니까요.

주변 사람들을 낮잡아 보는 느낌이 든다고 불평하는 사람도 있었지만, 저는 순수하게 대단하다고 생각했어요. 저는 부모님 가게를 돕기 위해 마지못해 학교를 다녔거든요.

그래서 하세가와 씨가 임신했다는 소식을 들었을 때는 깜짝 놀랐죠. 그런 사람이 없었던 건 아니지만, 설마 하세가와 씨가 혼전 임신할 줄이야. 남자 친구가 있다는 것도 의외였고요. 그게, 이렇게 말하면 좀 그렇지만 남자한테 인기가 있을 타입은 아니잖아요.

그때는…… 웬일로 하세가와 씨도 울었어요. 이러려던 게 아니었는데, 이래서는 꿈을 이룰 수 없다면서요. 다들 웅성웅성하며 괜찮다고 위로하거나 지울 거면 돈을 모아주는 게 어떻겠느냐고 제안하기도 하고…… 다소 축제 같은 분위기가 감돌았다고 할까요.

저는 솔직히 말해 못마땅한 기분이었죠. 지운다느니, 꿈을 이룰 수 없다느니, 그딴 소리를 하면 아이가 가엾잖아요. 그렇게 싫다면 할 일을 제대로 했어야죠. 무책임하다니까요. 남자 쪽에도 문제가 있었겠지만, 보통 여자가 진심으로 피임을 요구하면 남자도 그 나름대로 준비를 하잖아요? 결국 임신했다는 건 하세가와 씨에게도 적당히 넘어간 구석이 있었다는 거 아니겠어요? 그런데 전부 상대방 탓으로 돌리는 건 부당하다 싶어서…….

그래서 어떻게 됐느냐고요? 아아, 결국 낳기로 한 모양인지 학교를 그만뒀어요. 학교를 그만둔다니까 좀 불쌍한 마음도 들더라고요. 과연 괜찮을까 싶었죠. 좋은 의미로든 나쁜 의미로든 에너지가 넘치는 사람이라 집 안에 들어앉아 살림만 할 것 같지는 않았거든요. 적어도 학교에는 그만두고 나서도 연락을 주고받을 만한 친구가 없는 모양이라, 과연 상담할 사람이 있을까 걱정됐어요.

네, 하세가와 씨는 그간 반창회에도 참석하지 않았어요…….
그래서 이번 사건에 대해서는 전혀 몰라요. 그때 태어난 아이가 딸이라는 사실도 이번 사건의 뉴스를 보고 알았을 정도라……
도움이 되지 못해서 죄송하네요.

깜짝 놀랐어요. 정말로…… 지금도 믿기지가 않는걸요.

맞아요. 하지만…… 한편으로 묘하게 납득이 가기도 해요. 아아, 하세가와 씨라면 그럴 만도 하다는 느낌? 아니요, 이상한 의미로 말씀드린 게 아니라요. 그저 뭐랄까…… 역시 하세가와 씨

131

는 평범하게 끝을 내진 않는구나. 죄송해요, 조심성 없는 발언이었네요. 하지만 과연 텔레비전이나 신문에 나올 만한 짓을 했구나 싶더라고요.

제
3
장

1

이하라 사에

히타치 은행 미토 본점.

둥그스름한 글씨체로 적힌 간판을 올려다보고 사에는 펌프스 뒷굽을 딱 울리며 걸음을 멈췄다. 어깨에 멘 통근 가방 안을 들여다보며 왼손을 넣어 휴대전화 전원 버튼을 눌렀다. 10시 24분. 다시 한번 버튼을 눌러 화면 한가운데 나타난 숫자를 지웠다.

오늘 근무 시간까지는 아직 두 시간 반 여유가 있다.

사에는 어느 틈엔가 꽉 움켜쥔 휴대전화를 내려다보며 어제 아침, 철야 근무를 마치고 다이시에게 보낸 메일의 내용을 되새겼다.

"좋은 아침. 지금 끝났어. 다음 근무는 내일 낮부터야. 퇴근하기 전에 연락 줘. 잘 다녀와."

여느 때와 한 글자도 다르지 않았다. 그런데 다이시가 보낸 답장은 달랐다.

"좋은 아침. 고생 많았어. 또 연락할게. 다녀올게."

알았어, 라는 한마디로 끝내지 않은 것이 뭔가를 주장하는 듯한 느낌이라 대체 뭔지 알아내려고 다시 읽었지만 아무것도 알아내지 못했다. 좋은 아침. 고생 많았어. 또 연락할게. 다녀올게. 어쩐지 어색하니 국어책을 읽는 듯한 답장.

그리고 다이시는 어젯밤에 돌아오지 않았다. 몇 번이나 전화를 걸어도 연결되지 않았고, 다이시도 연락하지 않았다.

뭔가가 으르렁거리는 듯한 소리에 바라보자 작은 검은 고양이가 자동문 앞에서 펄쩍 물러났다.

어서 오십시오. 여러 명의 목소리가 따로따로 울려 퍼지고, 짙은 감색 제복으로 온몸을 감싼 경비원이 발권기 앞에서 고개를 끄덕이듯 머리를 숙였다. 사에는 반사적으로 머리를 숙이고 나서 은행에 발을 들여놓았다. 몇몇 손님 사이에 섞여 기재대 앞으로 향했다. 계좌 개설 신청서, 환급 청구서, 계좌 이체 의뢰서. 눈앞에 줄지은 용지를 적당히 꺼내고 비치된 볼펜을 잡았다.

V 자로 벌어진 여름 니트의 등 부분을 의식하며 발걸음을 돌려, 귀에 걸려 있던 머리카락을 손끝으로 빼며 벽 쪽으로 걸어갔다. 녹색 바탕에 흰색으로 무료 상담 접수 중이라고 적힌 포스터를 올려다보는 척 턱을 젖혔다.

다이시는 언제쯤 내가 온 걸 알아차릴까.

사에는 뺨이 점점 달아오르는 것을 느끼며 등을 쭉 폈다.

왜 회사에 찾아오고 난리야. 허둥지둥 달려와 작게 소곤대는 다이시의 모습을 상상하며 배에 힘을 주었다. 아무 말도 없이 외박한 건 당신이잖아, 집에 들어오지 않으니 직장에 찾아가는 수밖에. 할 말을 머릿속에 떠올리며 등 뒤에서 들리는 목소리에 귀를 기울였다.

하지만 아무리 기다려도 다이시의 목소리는 들리지 않았다. 딩동, 높은 전자음이 울리고 늘어지는 여자 목소리가 이어졌다. 24번 고객님.

사에는 슬쩍 고개를 돌려 카운터로 시선을 모았다. 화장이 진한 40대 여자가 가지런히 모은 손을 얼굴 옆에 힘없이 들고 있었다. 그 옆에서는 꽉 끼는 조끼를 입은 젊은 여자가 눈을 가늘게 뜨고 한참 종이를 빛에 비추어 보고 있었다.

무라노 씨, 가와고에 씨, 신조 씨. 결혼식 피로연에 와준, 또는 다이시에게 여러 번 이야기를 들었던 사람들을 바라보며 떠오르는 이름을 차례차례 입속으로 중얼거렸다. 다이시는 어디 있을까. 상담실? 외근? 몇몇 가능성을 떠올리며 시선을 카운터 안쪽으로 옮겼다.

다이시는 어디에도 없었다. 대신에 긴 머리 끝부분에만 세로로 웨이브를 넣은 20대 중반 여자에게 빨려 들 듯 시선이 멈췄다. 좌우 대칭으로 다듬은 가느다란 눈썹, 빈틈없이 칠한 아이라인, 예쁘게 올라간 입꼬리의 연장선상에는 바른 듯 만 듯 희미하게 장미색 블러셔를 발랐다. 섬세한 펄이 반짝이는 하얀 피부가 감색과 회색 천지라 우중충한 분위기의 은행에서는 이질적으로 보였다.

'미무라'라고 적힌 이름표가 보였다. 직장 동료지만 다이시에게 이름 한 번 들어보지 못한 여자.

저 여자가 '미'다.

꾸룩, 하는 커다란 소리와 함께 목구멍에 둔한 통증이 느껴졌다. 미처 다 삼키지 못한 뭔가가 막고 있는 것처럼 숨을 쉬기가 괴로웠다. 눈을 꼭 감자 빛이 차단된 시야에 다이시의 휴대전화 화면이 비쳤다. 이름 칸에 '미'라는 글자만 늘어선 메일 수신함에 이어, 메일 하나가 전광게시판처럼 머릿속을 흘러가기 시작했다.

　– 어제는 고생 많았어요. 신조 씨, 취하면 그렇게 성가셔질 줄
　　이야. 외우고 있는 거래처 전화번호를 한도 끝도 없이 늘어놓
　　길래 나도 모르게 "우와, 성가셔." 하고 말해버렸다니까요. 그
　　랬더니 "이하라랑 똑같이 반응하네."라고 하더라고요.
　– 똑같은 반응이라. 어쩐지 기쁜데.
　– 그걸 기쁘게 받아들이는 점도 똑같아서 기쁘네요.

　사에가 한 발짝 내디디는 것과 동시에 캐비닛 앞에 서 있던 '미'가 고개를 들었다. 눈이 마주쳤다 싶었던 순간 "어?" 하는 목소리가 앞에서 들렸다.
　목소리가 들린 쪽으로 시선을 돌리자 와이셔츠 소매를 팔꿈치까지 걷어붙인 호리호리한 청년이 카운터 안쪽 자리에서 일어서는 참이었다.
　"이하라 씨 부인 아니세요."

청년은 그렇게 말하며 뿔테 안경을 밀어 올렸다. 사에는 즉시 살짝 고개를 숙여 인사했다. 두 발이 땅에 달라붙은 것처럼 꼼짝도 하지 않았다. 뭐라고 말하면 좋을까. 초조하게 고민하며 눈썹을 치켜세우자 청년이 카운터 옆 통용구로 나왔다.

"일부러 먼 걸음 하셨군요. 죄송합니다."

"네?"

되묻는 목소리가 뒤집어졌다. 청년은 입매를 누그러뜨렸다.

"그래도 마음이 놓이네요. 이하라 씨가 무단으로 결근한 건 처음이라 무슨 일 있는 게 아닌가 걱정했거든요."

청년의 대답에 사에는 머릿속이 새하얘졌다. 아니요, 하고 저절로 새어 나온 자신의 잠긴 목소리를 듣고 흠칫 놀랐다. 무단결근? 그게 무슨 소리냐는 말이 튀어나오기 직전에 참았다.

"저어, 그게, 어머님이 쓰러지셔서……."

쥐어짜듯이 그렇게 말하자 청년의 눈빛이 희미하게 흔들렸다. 아아, 그것참, 하고 말을 꺼내다가 입을 다물고 고개를 움츠렸다.

"정신없으실 텐데 여기까지 와주시다니 송구스러울 따름입니다. 그냥 전화로 말씀해 주시지 그러셨어요."

"아니요, 그게…… 갑작스러운 일이라 남편도 당황했는지 연락도 없이 나가버려서, 직접 찾아뵙는 게 예의다 싶어서요."

사에는 대답하면서 땀이 밴 손바닥을 여름 니트 자락에 닦았다. 침묵이 흘렀다. 좀 떨어진 곳에서 "무슨 일이야?" 하고 중년 남자가 물어보았다. "어, 그게." 하고 망설이는 청년의 목소리가 머리 위에서 들리는가 싶더니, 뚜벅뚜벅 걸어오는 발소리가 바쁘게 이어졌다.

"이거 참 오랜만에 뵙습니다. 가와모토입니다."

피로연에서 주빈을 대표해 인사해 주었던 다이시의 상사였다. 신경질적으로 보이는 얼굴에 헛웃음이 들러붙어 있었다. 사에는 부리나케 고개를 숙여 인사했다.

"늘 남편을 잘 보살펴 주셔서 감사합니다."

"아니요, 저희야말로 큰 도움을 받고 있습니다. 오늘은 무슨 일로 오셨을까요?"

문진하는 의사처럼 빠른 말투로 질문을 받자 그게, 하고 대답하는 목소리가 목구멍에 걸렸다. 옆에 서 있던 청년이 대신 대답했다.

"이하라 씨의 어머님이 갑자기 쓰러지셨답니다."

"아이고, 그렇군요…… 그거 큰일이로군."

가와모토는 나무랄 데 없이 근심스러운 표정을 지었다.

"부인은 이제 병원에 가시려고요?"

"네…… 그런데 남편이 먼저 출발하고 나서야 회사에 연락을 하지 않았다는 게 생각나서요."

사에는 머리카락 끄트머리를 잡아당기며 시선을 바닥에 떨어뜨렸다. 어째서 거짓말이 이렇게 술술 나오는지 알 수가 없었다.

'미'가 있는 쪽을 볼 수가 없었다. '미'는 지금 이 대화를 어떤 기분으로 듣고 있을까. 가와모토가 너그럽게 고개를 끄덕이는 모습이 시야 위쪽으로 보였다.

"이하라도 얼마나 깜짝 놀랐겠습니까. 하지만 업무를 조정할 필요가 있으니까요. 오늘 중에 전화를 한 번 하라고 전해주시겠습니까."

"아, 네……."

송골송골 맺힌 땀이 목덜미를 타고 흘러내렸다. 가와모토는 웃음을 유지한 채 청년에게 눈짓을 하더니 그럼, 하고 한 발짝 물러났다.

"조심해서 가십시오."

"직접 찾아주셔서 감사합니다."

영업용 목소리로 인사하는 두 사람의 배웅을 받으며 사에는 어색하게 몸을 돌렸다. 다이시에게 연락을 시키라고? 어떻게? 그렇게 생각하면서도 은행에서 멀어지는 발걸음을 멈출 수가 없었다. 지금 당장 돌아가서 실은 집에 들어오지 않았다고 말해야 하지 않을까.

그 여자를 붙잡아서 닦달해야 하지 않았을까.

모퉁이를 돌고 나서야 사에는 걸음을 멈췄다. 다이시는 너희 집에 있지? 그런 곳에서 웃지만 말고 제대로 설명해. 그 여자한테 따지라고, 따져야 한다고 스스로를 격려했다. 내 남편을 내놔. 지금 당장 다이시가 있는 곳으로 안내해. 하지만 속으로 고함을 지르고 나서 방금 꺾어 든 모퉁이를 돌아보았다.

왜 다이시는 직장에 연락도 하지 않고 결근한 걸까.

몇 분 전에 자기가 한 말이 떠올랐다. 어머님이 쓰러지셔서. 갑작스러운 일이라 남편도 당황했는지 연락도 없이 나가버려서.

설마, 정말로 시댁에 무슨 일이 생긴 걸까. 시어머니는 아니더라도 친척이 위독하다든가. 사에는 부정하듯 고개를 저었다. 그렇다면 내게도 연락이 올 것이다. 왜냐하면 나는 다이시의 아내니까.

하지만 혹시 다이시가 나와 헤어지고 '미'와 재혼하려는 생각이라면?

다이시가 이제 친척들 모임에는 나를 데려가지 않을 작정이라면.

사에는 휴대전화를 일부러 천천히 조작했다. 화면에 뜬 '시댁'이라는 글씨를 몇 초 바라보며 할 말을 머릿속으로 정리하고 나서 손가락으로 화면을 눌렀다. 휴대전화를 귀에 대고 침을 삼켰다. 발신음은 세 번 만에 끊겼다.

"네, 이하라입니다."

"아, 안녕하세요, 어머님. 사에예요."

"어머, 네가 연락을 다 하고 웬일이니. 뭐야, 무슨 일이라도 있어?"

물 흐르는 듯한 시어머니의 대답에 사에는 참고 있던 숨을 내쉬었다.

"너무 오랜만에 연락드렸죠? 죄송해요."

"응? 얘도 참, 그런 뜻으로 한 말 아닌데."

시어머니의 목소리가 확 낮아져 심기를 건드렸음을 알았지만, 평소와 달리 마음에 두지 않았다.

시댁에는 아무 일도 없다. 다이시는 시댁에 가지 않았다.

멈춰 있던 혈액이 온몸을 좍좍 돌기 시작하는 느낌에 사에는 하늘을 올려다보고 눈을 감았다.

난 어쩌고 싶은 걸까.

다이시가 어디 있는지 알고 싶은 걸까, 알기 싫은 걸까.

미간에 주름을 잡자 그 안쪽이 욱신욱신 아팠다.

다이시는 내 얼굴을 보면 어떤 표정을 지을까. 뭐라고 말할까…….

"그나저나 무슨 일이니?"

묘하게 멀게 느껴지는 시어머니의 목소리를 듣고 정신을 차렸다. 삐걱거릴 것처럼 아프고 잘 돌아가지 않는 머리를 한 손으로 누르며 아니요, 하고 무턱대고 입을 열었다.

"저어…… 올여름에 형님네는."

허둥지둥 말을 잇다가 이게 아니다 싶어 입술을 깨물었다. 깨물고 나서 술 이야기를 하려고 했다는 것이 생각났다. 친구에게 선물로 술을 받았는데 아버님께 드릴까 해서요.

준비해 둔 대사가 날아가고, 시나리오가 단숨에 엉망이 되어 막막한 기분이었다.

"아아, 월말에야 겨우 돌아올 마음이 생겼나 보더라."

토라진 목소리가 귀를 때려서 사에는 바로 애매한 웃음으로 답했다.

마음에 담아놓지 말고 기분 풀어. 우리 부모님이지만 밥 먹듯이 싫은 소리를 하는 사람들이니까.

시댁에 다녀오는 길에 사에가 입을 꾹 다물면, 다이시는 거듭 그렇게 말하며 인상을 찌푸려 보였다. 누나네는 아이가 있지만 왜, 매형이 프랑스인이잖아. 만날 때마다 이런 일본 고유의 관습은 모르지 않느냐는 둥, 프랑스 사람 입맛에 맞을지 모르겠다는 둥 자꾸 시끄럽게 구는 모양이야. 오늘도 요즘 누나네가 찾아오지 않는다고 불평했잖아. 그거, 역시 혼혈이면 괴롭힘당하지 않겠느냐고 걱정 아닌 걱정을 한 탓인가 보더라고.

내가 어릴 적에도, 하며 침묵을 메우려는 듯 다이시가 쏟아내는 일화를 들을 때마다 사에는 조금씩 마음이 가벼워지는 기분이었다. 사에가 음미하듯 잠자코 귀를 기울이고 있으면, 아직 불만이 덜 풀렸나 오해하고 다이시는 솔직히 나도 가지 않아도 될 것 같으면 안 가고 싶어, 사에가 싫다면 의절해도 상관없어, 하며 과장되게 화를 내는 척했다.

"너희도 다음 주말에 오기로 했었지?"

딸과 사위에 대해 불평을 줄줄 늘어놓던 시어머니가 갑자기 말을 끊고 물었다. 이야기를 흘려듣던 사에는 뒤늦게야 자신에게 물어보았다는 것을 깨달았다.

"어, 아니요…… 시기가 겹치는 게 곤란하시면 저희는 나중에 찾아뵐게요."

"우리야 언제든지 상관없다만…… 좀 그렇지? 사에 너, 시즈카네 가족과 함께 있으면 좀 불편하지 않니?"

"네?"

"그게, 시즈카는 가즈토시를 데려오잖니."

"네?"

다시 되물으며 사에는 시어머니가 무슨 말을 하려는 건지 깨달았다. 그리 알고 싶지도 않은 사실을 순식간에.

"우리는 일가족이 한자리에 싹 다 모여야 한다느니, 그런 케케묵은 소리를 할 마음 없어. 성묘는 언제 가도 상관없으니까. 알겠지? 그러니 무리할 것 없다."

다독이는 것처럼 상냥한 시어머니의 목소리를 듣자 사에

는 온몸에서 열기가 가시는 느낌이 들었다. 자기 딴에는 이해심 많은 시어머니다 그거겠지, 하고 일부러 냉정하게 생각했다. 분명 깊은 의미는 없다. 정말 친절한 마음으로 말했을 뿐, 내게 상처를 주려는 의도는 조금도 없었으리라고도 생각했다. 하지만 생각하면 할수록 마음이 까끌까끌해졌다.

분명 설 연휴에는 시댁에 가지 않았다. 하지만 그건 일 때문이라고 똑똑히 설명했다. 환자가 해산할 기미를 보이면 설 연휴고 뭐고 없다. 묻지도 않았는데 진통 촉진제를 사용하지 않는다는 조산원의 방침까지 밝힌 건 무신경한 배려를 받고 싶지 않았기 때문이다.

무사히 분만을 마치고 1월 3일에 찾아가자 마침 형님 부부가 와 있었다. 시어머니는 안 와도 되는데, 하고 손자가 어지른 장난감을 정리하며 말했다. 좀처럼 아이가 안 생기면, 아이를 보기만 해도 마음이 아프잖니. 그때 시어머니가 했던 말은 몇 번을 되새겨도 흐려지지 않고 선명하게 되살아났다.

"가즈토시, 많이 컸겠네요. 그럼 장난감이라도 가지고 갈까요."

사에는 밝고 구김살 없이 들리도록 말투에 신경을 써서

말했다.

"아서라, 괜히 신경 쓸 것 없어."

"아니에요. 제가 어린애를 얼마나 좋아하는데요."

신이 난 말투로 웃음 짓는 자신의 목소리를 듣자 가슴속 깊은 곳이 써늘해졌다.

사실 남의 아이는 대하기 거북하다.

조그마한데도 정교하게 만들어진 손가락과 귀는 귀엽고, 품에 안으면 행복감도 느낀다. 그러나 엄마와 다른 여자를 구별할 줄 알 정도로 큰 아이는 어떻게 대해야 할지 난감할 따름이다.

엄마 품속에서는 그렇게 얌전하다가도 사에가 안아 들면 바로 칭얼대기 시작한다. 어쩔 수 없네요, 하며 아이 엄마가 자랑스러운 듯이 아이를 다시 받아 든다. 그러면 아이는 울음을 뚝 그친다. 미안해요, 요즘 낯가림이 심해서요. 아주 난처한 듯한 표정을 지으면서도 꼭 아이를 안겨주려고 하는 엄마들이, 사에는 엄마가 아니라는 현실을 직시시키는 아이들이 밉기 짝이 없었다. 그래서 가능하면 만나고 싶지 않았다.

"그래? 그럼 상관없다만."

어쩐지 재미없다는 듯이 숨을 내쉬는 소리가 들려 "어머님이야말로 늘 신경 써주셔서 감사해요." 하고 애써 부드러운 목소리로 말했다.

아니요, 네, 그럼 시간은 그이와 상의해 보고 다시 전화드릴게요. 네, 더운데 어머님도 건강 조심하시고요. 네, 들어가세요. 배에 힘을 주고 거기까지 말한 후, 휴대전화 화면을 들여다보며 2초쯤 기다렸다가 전화를 끊었다.

단숨에 힘이 쭉 빠지고 폐에 고여 있던 공기가 입으로 빠져나왔다.

대체 뭐가 어떻게 돌아가는 거지.

사에는 휴대전화를 움켜쥐고 허공을 쳐다보았다.

무단결근했다는 것이 아무래도 마음에 걸렸다. 설령 그 여자의 집에 있다고 해도 출근은 평소처럼 하지 않을까. 혹시 어디서 사고라도 당해 쓰러져 있다면. 경찰에 신고해야 한다고 생각하다가 눈을 감았다. 다 큰 어른이 고작 하루 들어오지 않은 걸 가지고 유난 떨지 마세요. 아직 신고도 안 했는데 야유하는 말투까지 또렷하게 상상이 돼서 침을 꿀꺽 삼켰다. 만약 사고를 당했다면 소지품으로 연락처를 알아내서 연락했을 겁니다. 생판 모르는 경찰관의 말투를 흉내 내어 더 생각해 보았다. 사고도 아니라면 어떻게 된 걸까? 역시 그 여자 집에. 생각이 빙빙 맴돌 뿐 아무 결론도 나오지 않았다.

사에는 무겁게 느껴지는 눈꺼풀을 치켜올렸다.

통화 내역에서 다이시의 이름을 선택해 전화를 걸었다. 지금 거신 전화번호는, 하고 흘러나오는 음성을 끊고 기름기가 묻은 화면을 내려다보았다.

다이시의 휴대전화에는 내가 건 전화가 몇 건이나 표시될까.

열 건? 스무 건? 서른 건? 이제 몇 번 걸었는지도 기억이 안 난다. 다이시는 그 숫자를 보고 뭐라고 생각할까. 미안할까, 귀찮을까, 무서울까. 거기까지 생각하다 흠칫 놀랐다. 다이시는 내 번호를 수신 거부 해둔 게 아닐까.

사에는 꽉 조이듯이 아파오는 배를 옷 위로 세게 눌렀다.

"아."

불쑥 목소리가 새어 나왔다. 그러고 보니 어제는 낫 짱에게 전화하는 걸 잊어버렸다. 철야 근무가 끝나고 아침 여덟 시 반. 낫 짱은 기다렸을지도 모른다. 왜 전화가 없는지 궁금했을지도 모른다. 평소처럼 낫 짱에게 상의해야겠다고 마음먹었다. 하지만 평소처럼 기분이 편해지지 않았다. 뭐부터 이야기해야 할지 몰랐다.

다이시가 어젯밤에 들어오지 않았다는 것, 본가에도 없고 직장에는 연락조차 하지 않았다는 것. 거기까지 이야기하면 짚이는 구석이 없느냐고 반드시 물어볼 것이다.

그게 우울했다. 짚이는 구석이라면 있다. 하지만 그 사실을 전하려면 나쓰코는 몰랐으면 하는 이야기를 해야 한다.

역시 아이를 낳는 게 여자의 가장 큰 행복이야. 요즘 더 절실히 느낀다니까.

마리에도 아이를 낳고 변했잖아. 아이를 키우면 인생을 다시 살아가는 기분이 들어. 자기도 지나온 길을 따라가는데도 새로운 점을 수없이 발견한다니까. 부모가 되면 인간적으로 크게 성장하는 법이지.

사에의 아이가 리리와 함께 노는 모습을 보는 게 내 꿈이야. 언제? 슬슬 이루어 줄 마음은 없어?

이렇게 보람 있는 일은 또 없을 거야. 엄마라는 존재는 아무도 대신할 수 없으니까.

농담과 잡담을 섞어가며 걸핏하면 출산을 강조해 온 나쓰코의 말이 머릿속을 빙글빙글 맴돌았다. 일이라고는 해본 적도 없는 주제에 잘난 척은, 하고 겨우 깔보았다. 하지만 그렇게 생각하자마자 허무함이 솟구쳤다.

나도 아이가 갖고 싶어.

일에만 매달릴 생각은 없고 아이를 가지고 싶어서 병원도 다니건만, 아이가 생기지 않는다는 사실을 알게 된다면.

앞으로 평생 낫 짱과 같은 길을 걷지 못한다는 걸, 낫 짱의 꿈을 이루어 줄 날은 오지 않는다는 걸 알게 된다면.

사에는 숨을 크게 들이마시고 흘러나올 뻔한 눈물을 참았다.

가시와기 나쓰코라는 글씨가 떠 있는 휴대전화 화면에서 불빛이 사라졌다. 사에는 그래도 손가락을 움직이지 못하고 검게 변한 화면만 바라보았다.

이하라 가즈코의 증언

나는 처음부터 반대였어요. 다이시가 그 여자를 우리 집에 데려왔을 때부터요.

나라고 무턱대고 반대한 건 아니라고요. 다이시도 제법 나이를 먹었으니, 참한 아내를 얻어서 가장으로서 자리를 잡으면 좋겠다 싶었죠. 하지만 그 여자는…… 화가 나는 걸 넘어서 어이가 없더라고요.

툭하면 자기 엄마 이야기를 하지 뭐예요. 내가 기껏 솜씨를 부려 음식을 차려주었는데 자기 엄마가 잘하는 음식 이야기만 늘어놓으면, 그야 좋게 보이지는 않죠. 정말 깜짝 놀랐다니까요. 딸처럼 귀여워해야겠다고 다짐한 내 마음까지 무시당한 것 같은 기분이었어요.

그렇죠? 그런데 애들이 돌아가고 남편한테 물어보니 효성이 지극한 착한 아이 아니냐고…… 시즈카가 똑같은 소리를 해도 화낼 거냐고. 아아, 큰애요. 그런 뜻이 아니라 배려의 문제라고 했지만, 남편은 요즘 애들은 다 그런 법이라고 두둔하더라고요.

하지만 그 후에 양가가 상견례를 했을 때는 남편도 이상하다고 했어요. 엄마와 딸이 똑같은 원피스를 입고 나왔더라고요. 리본이 감긴 허리 부분부터 무늬가 달라져서 얼핏 투피스처럼 보이는…… 젊은 애가 아니면 소화하지 못할 법한 옷을요. 그야 그 나이의 딸을 가진 엄마치고는 젊은 편이지만, 아무리 그래도 정도가 있잖아요? 더구나 비슷한 것도 아니고 완전히 똑같은 옷이라고요. 어찌나 망측하고 이상해 보이던지……

어쩐지 내가 다 부끄럽더라니까요. 그 후로 그 가게에는 안 갔어요. 남편이 단골이라 가족끼리 축하할 일이 있을 때는 꼭 거기로 갔었는데.

……당연하죠. 나는 인정하지 않았어요. 남편이, 애 아빠가 좋을 대로 하게 놔두라고 했어요. 다이시도 이제 어린애가 아니라면서요.

다이시가 처가 근처에 집을 사겠다고 했을 때도 나는 반대했어요. 하지만 역시 남편이 말렸죠. 하긴 계약금을 내줄 수 있는 것도 아니었으니, 그런 의미에서는 어쩔 수 없었을지도 모르지만…… 그래도 시집을 가면 친정에는 시시때때로 드나들지 못한다는 게 상식이잖아요? 사돈네는 작은딸 가족과 같이 산다고 들었고, 다이시는 장남이니까 우리와 같이 살지는 않더라도 하다못해 우리 집 근처에 집을 마련하는 게 당연하잖아요. 네? 그야 못마땅했죠.

그 여자가 그러던가요? 뭐야, 이야기가 다르잖아요. 댁이 사실을 똑바로 쓰겠다기에 이렇게 시간을 내어 대답해 주는 건데…… 아니에요. 못살게 군 적 없어요. 여행을 가면 선물까지 사다 줬는데…… 나는 시어머니한테 그런 대접을 못 받아봤다고요.

이렇게 당신들이 아무 근거도 없는 이야기를 만들어내니까 나까지 욕을 먹는 거잖아요. 이상해요. 나는 피해자인데.

이봐요, 자식을 먼저 보낸 엄마의 심정을 알아요? 배 아파가며 낳아서 금이야 옥이야 키운 자식을…… 모르겠죠. 알 리가 없어요. 그것도 살해당하다니…… 정말 미쳐버릴 것 같다고요.

다이시가 바람피운 걸 가지고 요란스레 떠들어대는 사람도 있지만, 바람피우는 것도 남자의 재주라잖아요. 우리 남편도 바람 한두 번 정도는 피웠지만, 내가 뭐라고 한 적은 한 번도 없어요.

아아, 정말로 집에 관해서는…… 내가 좀 더 확실하게 밀어붙였어야 했어요. 다이시는 착해서 강하게는 말하지 못했겠죠. 아니면 그렇게 착하게 키운 내가 잘못한 건가요?

아무튼 그딴 여자와 결혼하지 않았다면…… 다이시는 아직 살아 있겠죠.

이거 다이시의 산모수첩이에요. 다이시는 둘째인데도 예정일이 지나도록 나오지 않고 첫째보다 난산이라…… 엄마 배 속이 어지간히 좋은가 보다고 우스갯소리를 했죠.

다이시가 죽은 뒤로 매일 꿈을 꿔요. 상견례 날…… 하다못해 그때 알아차렸다면, 그런 여자하고는 결혼하지 말라고 따끔하게 말했다면…… 꿈속에서 그렇게 말하면 다이시는 알았다며 고개를 끄덕여요. 엄마 말이 옳다, 실은 자기도 그렇게 생각했다면서요. 그리고 어느 틈엔가 다이시 옆에는 다른 여자가 있죠. 다이시가 예전에 사귀었던…… 어른을 공경할 줄 아는 착한 아이라 그 아이가 신붓감으로 좋겠다고 입이 닳도록 이야기했는데, 왜 헤어졌을까…… 모르겠어요. 나는 아무것도 모르겠어요.

결혼은 안 해도 괜찮은데. 건강하게 살아만 있으면…… 나는 뭣 때문에 다이시를 낳았을까요. 이렇게 살해당하고 사람들 입방아에나 오르내리려고요? 이봐요, 말해봐요. 왜 내 아들이…… 제발 좀 가르쳐줘요.

2

가시와기 나쓰코

가족들이 모두 잠든 시간이 오전 열두 시 반. 만약을 위해 30분 더 기다렸다가 검은색 긴소매 티셔츠와 추리닝 바지를 입은 후 갈아입을 옷을 들고 집을 나섰다.

천천히, 소리가 나지 않도록 조심스레 정원으로 가서 목장갑과 삽을 챙겼다. 잠긴 자동차 문을 여는 전자음과 불빛이 어둠 속에서 한층 더 부각돼 무심코 고개를 움츠렸다. 잠깐 멈춰 서서 집에서 소리가 들리지 않는 걸 확인한 후 운전석에 올라탔다. 서두르다 삽 끄트머리가 벽돌담에 닿아 숨을 삼켰다. 방금 이 소리는 컸을까 작았을까. 귀를 기울이려도 세찬 심장 소리가 귀청을 때리는 통에 판단할 수가 없었다.

떨리는 손가락으로 키를 잡고 힘을 주어 천천히 돌렸다. 하지만 아무리 신중히 돌려도 시동이 걸리는 소리는 요란스레 울려 퍼졌다.

나쓰코는 어깨를 움찔하고 집을 올려다보았다. 누가 일어났을지도 모른다. 눈치챘을지도 모른다. 자신이 준비한 변명이 부자연스럽게 느껴져서 나쓰코는 운전대에 얼굴을 묻고 울고 싶은 기분이었다.

밤중에 갑자기 눈이 떠졌는데, 휴지가 다 떨어진 게 생각나서 급하게 편의점에 갔었어.

아직 아무도 물어보지 않은 핑계를 머릿속으로 외면서 가속 페달을 밟았다. 빨리 숨겨야 한다는 마음에 초조해져 몸이 점점 앞으로 쏠리다가, 시야 가장자리에 들어온 속도 표시계를 보고 정신이 번쩍 들었다. 시속 100킬로를 넘기 직전이었다. 뭐 하는 짓이람. 이러다 만약 사고라도 나면 끝장인데. 나쓰코는 운전대를 꺾어 어둠에 잠긴 샛길로 차를 몰았다.

"아."

무심코 브레이크를 밟았다. 차체가 덜컥 흔들렸고, 그 반동으로 뒤통수를 헤드레스트에 찧었다. 나쓰코는 안전벨트를 쭉 늘이며 뒷좌석으로 몸을 내밀었지만, 결국 가방은 집지 않고 몸을 앞으로 돌렸다. 갈아 신을 신발과 손전등. 넣은 기억이 없으니 들어 있을 리 없다. 그토록 수없이 머릿속으로 예행연습을 했건만 필요한 물건을 두 가지나 깜빡했다니 온몸에서 힘이 쭉 빠졌다.

하지만 혀를 입술 가장자리로 축 늘어뜨린 다이시의 모습이 감은 눈 속에 어른거렸다. 낮에 다이시를 산길 옆 수풀 속에 내팽개치듯이 눕히고 나뭇가지와 나뭇잎으로 덮어놓은 게 전부다.

만약 시체가 발견되면.

뻣뻣한 등을 타고 진땀이 흘러내렸다.

내가 저지른 짓은 금방 밝혀질 것이다. 그러면 사에는 어떻게 생각할까.

나쓰코는 천천히 눈을 뜨고 숨을 길게 내쉬었다. 신발은 집에 돌아가자마자 정원에 숨기고, 가족이 다 나가고 없는 낮에 빨면 된다. 손전등을 켜면 오히려 목격될 위험성이 높아질지도 모른다. 나쓰코는 하늘을 힐끗 올려다보았다. 달

빛이 밝다. 자동차의 불을 끄고 눈을 어둠에 적응시키면 주변 정도는 보일 것이다.

나쓰코는 운전대를 잡고 가속 페달을 밟았다. 건조한 입술을 연신 핥으며 덤불에 시선을 모았다. 어디였더라. 이 부근이었던 것 같은데. 속도를 낮추고 전조등으로 비추며 느릿느릿 나아갔다. 이 나무는 아니야. 이런 덤불은 없었어. 여기였나. 나쓰코는 참지 못하고 차를 세웠다. 왜 표시를 해놓지 않은 걸까. 울고 싶은 마음을 꾹꾹 참으며 차에서 뛰쳐나왔다. 휴대전화를 든 채 수풀을 헤치고 들어갔다.

어디야, 어디 있지…….

숨겼을 때는 이렇게 허술해서야 금방 들키지 않을까 걱정됐다. 하지만 지금은 자기가 덮어놓은 나뭇가지와 나뭇잎마저 찾지 못할 지경이다. 푸르스름한 불빛이 가느다랗게 비치던 땅바닥이 갑자기 컴컴해졌다. 나쓰코는 허둥지둥 휴대전화 버튼을 눌렀다. 화면에서 희미한 불빛이 뿜어져 나왔다. 하지만 그 범위는 절망스러울 만큼 좁았다.

이 부근이 아닌 걸까. 좀 더 안쪽이었을지도 모른다. 아니면 좀 더 바깥쪽. 나쓰코는 숨을 헐떡이며 정처 없이 돌아다녔다.

나무뿌리에 발이 걸려 균형을 잃었다. 컥, 하고 외마디 비명이 목구멍으로 새어 나왔다. 순간적으로 휴대전화를 꽉 쥐자 희미한 불빛마저 사라져 깜짝 놀란 나머지 두 팔로 어둠을 마구 휘저었다. 둔탁한 충격이 손목에 느껴졌고, 심장이 미친 듯이 뛰었다.

자수하자.

나쓰코는 입안에서 굴리듯이 그 말을 중얼거렸다. 처음부터 그래야 했는지도 모른다. 즉시 자수해서 자기가 죽였다고 말했으면 그것으로 사건은 종결되고, 정상참작의 여지가 있다고 인정받았을지도 모른다. 아니, 아직 늦지는 않았다. 아직 다이시는 발견되지 않았다. 그렇다면 지금 이 길로 경찰에 가면…… 안 돼. 칼끝처럼 날카롭게 떠오른 목소리가 생각을 막았다.

그랬다가는 가족에게 살인자의 육친이라는 꼬리표가 달린다.

나쓰코는 땀이 줄줄 흐르는 이마를 팔로 닦았다. 그럼 예를 들어 내가 지금 여기서 죽으면. 그러면 살인이 아니라 동반 자살로 꾸밀 수 있지 않을까. 입술이 일그러지며 자조적인 웃음이 맺혔다. 나와 사에의 남편이 동반 자살을 하다니,

162

그런 시나리오를 누가 믿으랴.

땀에 젖은 얼굴을 손등으로 닦은 후, 이런 곳에 주저앉아 있을 때가 아니라고 스스로를 채찍질했다. 일어서려고 상체를 앞으로 구부리며 옆에 손을 짚은 순간이었다.

나쓰코는 손바닥에 물컹한 감촉을 느끼고 소리 없이 비명을 질렀다. 한순간 머릿속이 새하얘져서 뒤로 물러났다. 직접 움켜쥔 것처럼 심장이 아파 눈을 부릅뜬 채 짧게 숨을 내뱉었다. 떨리는 손으로 휴대전화 버튼을 눌렀다. 조심조심 시선 앞쪽에 불빛을 비추자 나뭇잎 사이로 관절이 불거진 하얀 손등이 보였다.

역시 해내는 수밖에 없어.

나쓰코는 초조하여 울고 싶은 마음으로 인상을 찡그렸다.

이렇게 무계획적이었는데도 다이시를 찾아낸 것.

다이시를 차에 실었을 때도, 여기에 버렸을 때도, 그리고 지금도 아무에게도 발각되지 않은 것.

보이지 않는 뭔가가 등을 떠밀고 있는 듯한 기분이었다.

나쓰코는 호주머니에서 목장갑을 꺼내 나뭇가지에 묶었다. 차로 돌아가 흰색 목장갑을 표시물 삼아 차를 몰았다. 삽을 들고 차에서 내려 수풀을 헤치고 들어갔다. 죽을 둥 살 둥 구덩이를 팠다. 다이시를 가까스로 구덩이에 밀어 넣었다. 시야가 희붐하게 밝아지는 가운데 땀을 뻘뻘 흘리며 흙을 덮었다. 주위에 흩어진 나뭇잎과 나뭇가지로 다이시를 파묻은 흔적이 보이지 않을 때까지 위장했다. 이 모든 작업을 마친 것이 새벽 네 시경이었다.

그 시각쯤 되자 도로 건너편과 수풀의 색깔도 알아볼 수 있을 만큼 사방이 훤해졌다. 나쓰코는 어깻숨을 쉬면서 흙투성이가 된 몸을 멍하니 내려다보았다. 그 순간 언제 다른 차가 지나가도 이상하지 않다는 사실을 깨달았다.

눈을 부릅뜬 채 목장갑과 신발을 벗어 던지고 땀에 젖어 몸에 들러붙은 추리닝과 티셔츠를 벗자, 맑은 공기에 노출된 맨살이 부르르 떨렸다. 욱신거리는 팔을 간신히 움직여 옷을 갈아입었다. 더러워진 신발을 꺾어 신고 흙과 땀으로 범벅이 된 옷은 뭉쳐서 비닐봉지에 쑤셔 넣었다.

그대로 운전석 문을 열려다 누군가가 뒷머리를 잡아당긴 것처럼 나쓰코는 뒤를 홱 돌아보았다. 수풀 안쪽을 다시 들여다본 후 뜨끈하고 축축한 숨을 내쉬었다.

자세히 보니 나뭇잎과 나뭇가지를 덮은 땅은 군데군데 부자연스럽게 봉긋했다. 하지만 얼핏 보아서는 모를 만큼 수풀 뒤에 잘 숨겼다. 다이시의 시신은 어디에도 보이지 않았다.

그런 놈은 처음부터 없었는지도 몰라.

나쓰코는 얼굴에서 표정을 지우고 발걸음을 돌렸다.

사에는 결혼을 하지 않았다. 줄곧 내 곁에 있었다. 그러니 아무 일도 일어나지 않았다. 앞으로도 일어나지 않는다.

나쓰코는 비틀거리며 차에 올라타 시동을 걸었다.

왠지 주변이 선명해 보였다. 운전대를 잡은 자신의 손, 지나가는 풍경, 도롯가에 핀 풀 한 포기까지 묘하게 윤곽이 뚜렷하고 색깔도 진했다.

마치 영화 같다고 나쓰코는 마비된 것처럼 잘 돌아가지 않는 머리로 생각했다.

색조를 보정한 아름다운 화면. 나쁜 일이라고는 없이 행복으로 가득한 외국 영화.

어느 틈에 이런 곳으로 들어선 걸까.

나쓰코는 부드럽게 풀어진 얼굴로 앞을 바라보았다. 길게 뻗은 하얀 길. 이 길이 자신의 집으로 이어진다는 사실을 도저히 상상할 수가 없었다.

동틀 녘 집으로 돌아오자마자 나쓰코는 세수를 한 후 옷을 다시 갈아입고 아침 식사를 준비했다. 남편을 출근시킨 후 리리를 유치원에 바래다주고 나자 아홉 시 반이었다. 나쓰코는 지끈지끈 아픈 머리를 누르며 시립 도서관으로 향했다.

막 문을 연 도서관에는 사람이 거의 없었다. 나쓰코는 눈을 내리뜬 채 안쪽으로 나아가 가까운 서가에서 큼지막한 자수 도안집을 꺼냈다. 도안집을 얼굴 앞에다 펼치고 벽에 달린 분류표를 살그머니 올려다보았다. 철학, 역사, 사회과학. 몸을 돌려 사회과학 서가 앞에 서서 책등을 죽 훑어보다 《소중한 사람이 실종됐을 때 읽는 책》이라는 제목에 손을 뻗었다. 자수 도안집 사이에 끼워서 책을 덮고 다른 서가로 이동했다.

가슴이 답답해서 의식적으로 숨을 들이마시자 도서관 특유의 냄새가 났다. 어쩐지 향긋하고 그리움을 자극하는 종이, 잉크, 먼지 냄새. 나쓰코는 눈만 좌우로 움직여 사람이 없다는 걸 확인한 후 들고 있던 책을 펼쳤다.

아웃라인 스티치, 체인 스티치, 새틴 스티치. 작고 동그스름한 글자가 빼곡한 자수 도안집 사이에서 두꺼운 단행본이 미끄러져 내렸다. 나쓰코는 책을 지탱하는 엄지에 힘을 주고 줄지은 글씨를 노려보았다.

경찰은 실종 신고를 접수할 때 행방불명자와 특이 행방불명자로 분류합니다.

생침을 꿀꺽 삼킨 후 소리 없이 입만 달싹거리며 반복해서 읽었다. 행방불명자, 특이 행방불명자. 등을 웅크린 채 자칫 방심하면 복잡한 무늬처럼 변해버릴 것 같은 글씨를 손톱으로 짚어나갔다.

행방불명자란 자의로 집을 나간 성인이나 빚을 지고 야반도주한 사람 등을 가리킵니다. 이런 경우에는 수사를 진행하지 않습니다.

거기까지 읽었을 때 뒤쪽에서 카트가 굴러오는 소리가 들려 재빨리 도안집과 함께 책을 덮었다. 책 두 권을 품에 안고 책을 고르듯 '수예' 서가로 손을 뻗었다. 일주일 만에 완성! 아이와 함께 만들자! 죽 늘어선 책등 위에 손바닥을 대고 한 권을 천천히 뽑는 척하면서 카트가 지나가기를 기다렸다.

책을 뽑아낸 틈새로 시선만 슬쩍 들어 사서가 세 번째 앞쪽 서가로 돌아 들어가는 모습을 확인한 후, 들고 있던 책을

167

도로 꽂고 자수 도안집을 펼쳤다.

《소중한 사람이 실종됐을 때 읽는 책》. 시시껄렁한 농담처럼 직설적인 제목과 양복을 입은 남자의 뒷모습 일러스트가 시야에 들어왔다. 굵은 고딕체로 적힌 목차를 참고해 해당하는 페이지를 차례차례 펼쳤다. 특이 행방불명자의 정의, 실종 신고를 할 때 필요한 것, 경찰에서 물어보는 질문 사항. 이미 몇 번이나 되풀이해 읽은 문장을 절박한 마음으로 다시 읽다가 숨을 길게 내쉬었다.

지금까지 큰 실수는 없었을 거야.

스스로를 안심시키고 책을 덮은 후, 자수 도안집 표지가 보이도록 두 권을 겹쳐 들고 사회과학 서가로 향했다. 보는 사람이 없다는 사실을 확인하고 나서 《소중한 사람이 실종됐을 때 읽는 책》을 서가에 꽂았다. 열람실 입구로 가서 '막 반납된 책'이라고 적힌 선반의 제일 위 칸에 자수 도안집을 던져 넣었다.

나쓰코는 얼굴을 숙인 채 주차장까지 가서 차에 올라타기가 무섭게 시동을 걸고 출발했다. 땀이 밴 손으로 운전대를 꽉 움켜잡았다.

송풍구 위에 장착된 디지털시계에 시선을 주자 오후 1시

46분이라는 숫자가 보였다. 습관처럼 리리가 다니는 유치원까지 가는 시간을 계산하다가 문득 미와에게 했던 거짓말이 떠올랐다.

'유치원 행사를 마치고 리리를 데리러 가야 하는데 남편이 휴일에 급하게 출근하면서 실수로 내 차 키를 가지고 가는 바람에.'

역시 그런 거짓말은 하는 게 아니었나.

나쓰코는 운전대를 붙잡은 손에 힘을 주었다. 그리고 다이시의 휴대전화로 사에에게 보낸 메일의 내용도.

'좋은 아침. 고생 많았어. 또 연락할게. 다녀올게.'

메일을 보낸 후에야 알았어, 라고만 보내면 된다는 걸 알아차렸다.

좋은 아침. 지금 끝났어. 다음 근무는 내일 낮부터야. 퇴근하기 전에 연락 줘. 잘 다녀와.

알았어.

주고받은 메일만 확인해 보았으면 두 사람이 정형화된 문구로 대화를 나누었음을 쉽게 알아냈을 것이다. 그 절차를 거치지 않고 다급하게 답장을 보낸 건 분명 자신의 실수다. 빨리 답장해야 한다는 생각에 너무 서둘렀다. 빨리 답장을

보내 다이시가 아직 살아 있는 걸로 위장해야 한다는 마음
이 앞섰다.

정신을 차리자 집 앞이었다. 느릿느릿한 동작으로 차고에
차를 대고 정원으로 향했다.

초점이 맞지 않는 시선을 길게 자란 잔디에 흩뿌리며 창
고 문을 열었다. 곰팡내 나는 공기가 코를 쿡 찔렀고, 어둠
속으로 비쳐 든 한 줄기 햇빛에 먼지가 반짝반짝 빛났다.

해체한 아기 침대, 마른 진흙이 들러붙은 화분, 뭐가 들었
는지 모르는 골판지 상자가 다섯 개. 수세미로 깨끗하게 닦
은 커다란 삽을 본 순간 숨이 턱 막혔다. 자신이 삽을 확인하
러 왔다는 걸 깨달았다. 몇 번을 확인해도 어딘가 증거가 남
아 있을지도 모른다는 의심을 지울 수가 없었다.

환한 햇빛을 받자 눈앞이 아찔하니, 낡은 비디오카메라로
촬영하듯 기우뚱기우뚱 이동하던 시야가 흐릿해졌다. 나쓰
코는 되는대로 손을 뻗다가 창고에 고인 싸늘한 공기를 느
끼고 손을 움츠렸다.

일단은 사에에게 연락해 경찰에 신고를 시켜야 한다. 남
편이 자취를 감추었는데 아무 조치도 취하지 않으면 오히려
의심의 눈길을 받을지도 모른다.

신고하면 경찰에 다이시의 정보가 등록된다. 이름, 얼굴, 키와 몸집, 복장, 생년월일, 직업, 자취를 감춘 날짜. 이것들은 어린아이나 노인 등 자의로 실종되지 않은 사람을 찾을 때는 유효한 정보일지도 모른다. 그러나 만약 본인이 진심으로 증발하고자 마음먹었다면 의미 없는 정보뿐이다. 이름이나 생년월일, 직업을 대야 할 때는 가짜로 말하면 되고 얼굴, 키, 몸집도 모르는 사람들이 보기에는 들키지 않게끔 얼마든지 인상을 바꿀 수 있다. 복장은 집을 나서자마자 새 옷을 사서 갈아입으면 그만이다.

그렇다면 경찰도 그다지 중요시하지 않는 정보 아닐까. 물론 시체가 발견되면 신원을 알아내기 위해 사용하겠지만, 만약 그런 상황까지 간다면 그 같은 정보가 있든 없든 큰 차이 없다.

반대로 말하면 시체가 발견되지 않는 이상, 경찰은 미와에게 이야기를 들으려 하지 않을 것이다. 미와에게 이야기를 듣지 않으면 내 거짓말은 발각되지 않을 테고, 그렇다면 의심의 눈길을 받을 일도 없다.

나쓰코는 입가에 댄 주먹을 깨물었다.

가만히 있는 편이 낫다고 스스로를 설득했다. 일을 어떻게든 잘 풀어보려고 손을 쓰면 쓸수록 부자연스러운 행동이 늘어난다. 추리소설에 나오는 사건도, 실제로 발생해 보도되는 사건도 마찬가지다.

범인은 불안한 나머지 쓸데없는 짓을 한다. 현장에 가거나 수사 진척 상황을 알아내려 하거나, 끝내는 압박을 견디지 못해 추궁하지도 않았는데 자백하는 사람마저 있다. 그러니까 진상이 드러나는 것이다. 만약 그들이 평상심을 유지하며 지금까지와 다름없이 생활했다면 시체조차 발견되지 않고 넘어가지 않았을까.

기울어가는 해가 살갗을 뜨겁게 달구었다. 햇빛이 뭔가 밝혀내기라도 하려는 것처럼 귀밑머리가 달라붙은 목덜미에 내리쬐었다. 나쓰코는 창고에서 나오려다 걸음을 멈췄다.

흐리멍덩한 눈으로 시선이 창고 안쪽으로 향했다. 비틀비틀 발을 내디디자 끼익, 끼익, 하고 삐걱거리는 소리가 고무 슬리퍼 밑에서 새어 나왔다.

나쓰코는 왼발과 오른발을 차례대로 움직여 뒷걸음쳤다. 숨을 헐떡이며 고개를 틀어 창고 밖으로 얼굴을 돌린 순간, 시야 가장자리에서 뭔가가 꿈틀거렸다. 반사적으로 눈을 크게 뜨고 짙게 우거진 동백나무 잎사귀를 응시했다. 부자연스럽게 축 늘어진 나뭇잎 몇 장 뒤편에 하얗게 쳐진 막이 보였다. 거미줄을 몇 겹으로 포갠 듯 봉긋하게 부풀어 오른 막을 보자, 뒤집어서 확인할 것도 없이 그 밑에서 꿈틀거리는 수많은 털벌레의 강렬한 색깔까지 연상되어 위팔에 소름이 도톨도톨 돋았다.

"있잖아, 아빠가 이거, 샀다!"

집에 들어가자 리리가 환히 웃으며 달려왔다. 나쓰코는 현관에서 파우치를 쥔 손에 힘을 주었다.

"봐봐! 예쁘지?"

리리는 기분이 좋은지 작은 뺨을 발그레하게 물들이며 입고 있는 분홍색 치마를 펼쳤다. 천이 싸구려라 번들번들하니 광택만 요란하고, 손톱으로 긁으면 금방 뜯어질 것 같았다. 리리가 좋아하는 애니메이션 상품이라는 걸 한눈에 알아보았다. 나쓰코는 배에 힘을 주고 "어머, 좋겠네." 하고 웃음을 지은 후 리리에게 손을 붙잡혀 거실로 향했다.

소파에서 꾸벅꾸벅 조는 리리의 아빠를 본 순간 요일 감각이 모호해졌다. 잠시 후에야 지난 토요일에 출근하고 대휴를 받았다는 것이 생각났다. 동시에 그날 마리에에게 새

장난감을 선물받고 좋아하던 리리의 모습이 되살아났다. 또 구나, 라는 생각에 입에서 힘없는 한숨이 새어 나왔다. 허탈 감이 무겁게 덮쳐 와 나쓰코는 등을 웅크렸다.

"있잖아, 아빠가 이거, 샀다!"

리리가 나쓰코의 튜닉 자락을 당기며 다시 말했다. 있잖 아, 아빠가 이거 사줬어. 그렇게 말하려 한다는 건 안다. 하 지만 리리가 아직 말을 제대로 할 줄 모른다고 생각하자 갑 자기 눈시울이 뜨거워졌다.

"좋겠네."

머리를 쓰다듬어주려고 손을 뻗다가 날개 모양 머리띠를 보고 멈췄다. 어쩐지 위화감이 느껴졌다. 이 캐릭터는 머리 가 이렇게 생겼던가.

"왜?"

"아 참, 리리. 선물이 있어."

이상하다는 듯이 머리를 갸웃하는 리리에게 얼버무리듯 말하고 나쓰코는 등 쪽으로 돌아간 파우치를 끌어당겼다. 완성했지만 파우치 속에 잠들어 있던 가죽 티슈 케이스를 꺼낸 순간 리리가 "아!" 하고 환성을 질렀다.

"아야메 짱이다!"

리리의 말을 듣고 나쓰코는 위화감의 정체를 알아차렸다. 아야메 짱, 맞다, 그랬다. 온몸이 분홍색으로 뒤덮인 리리를 다시 내려다보았다. 깊은 한숨이 새어 나왔다.

평범한 여중생이 변신해서 악의 무리와 싸우는 어린이용 애니메이션. 그중에서도 리리가 좋아하는 캐릭터는 얌전하고 부끄러움이 많지만 심지가 굳다고 설정된 '아야메'다. 아야메를 상징하는 색깔은 노란색으로, 애니메이션답게 샛노란 머리에 노란색 복장을 맞춰 입는다.

그야 리리랑 닮았잖아?

몇 달 전에 상점가에서 경품으로 받은 아야메 스티커를 질리지도 않고 바라보며 수줍게 말하던 리리의 옆얼굴이 떠올랐다.

착각한 거라고 생각하자 발치에서 피로가 스멀스멀 기어올랐다. 저거 갖고 싶어, 리리도 입고 싶어. 딸이 마구 조르는 통에 어쩔 수 없이 샀으리라. 나쓰코는 마침내 곯아떨어진 듯한 남자에게 시선을 던졌다. 하지만 리리가 좋아하는 캐릭터가 뭔지 몰랐다. 그래서 제일 눈에 띄는 주인공용 상품을 사고 말았다.

"있지, 이건 뭐야?"

"이건 티슈를 넣는 케이스야."

나쓰코는 쪼그리고 앉아 코 속이 찡한 것을 참으며 설명했다. 리리는 그래도 말을 못 한 것이다. 자기가 가지고 싶은 건 이게 아니라고. 나쓰코는 리리가 변신 세트를 가지고 싶어 할 때마다 자신이 했던 말을 떠올렸다. 안 돼, 저게 얼마나 비싼데. 정말로 가지고 싶으면 다음 크리스마스까지 기다려. 리리는 울상을 지으면서도 결국은 고개를 끄덕였다.

그런데 크리스마스가 되기 전에 사준다니까 기뻤을 것이다. 하지만 계산대에서 돌아온 아빠가 내민 선물은 다른 캐릭터용 변신 세트였다.

그걸 봤을 때 아무 날도 아닌데 사기에는 비싼 물건이라고 꾸중을 들어왔던 리리는 어떻게 생각했을까.

이게 아니라고 바로 말하면 바꿀 수 있다는 지식은 아직 리리에게 없다. 이게 아니라고 하면 비싼 물건이 쓸모없어져서 아빠가 마음에 상처를 입으리라 생각했겠지. 애써 기쁜 척하면서 아빠를 졸라 옷을 입고 "어때? 예뻐?" 하고 물어보며 이걸로 됐다고 스스로를 설득했을 것이다.

나쓰코는 더는 참지 못하고 리리를 꼭 끌어안았다.

"왜에?"

간지러운 듯 웃으며 몸을 비트는 리리의 머리를 끌어안고 나쓰코는 떨릴 것 같은 목소리로 "참 예쁘네." 하고 말했다.

"그래? 예뻐?"

"응, 리리는 세상에서 제일 예뻐."

진짜? 예뻐? 리리가 수줍게 웃었다. 진짜지, 예뻐. 리리한 테 잘 어울려. 나쓰코는 그렇게 말하며 눈을 꼭 감았다.

만약 다이시의 시체가 발견된다면.

"왜 그래? 아야."

만약 내가 저지른 짓이 발각된다면. 그러면 이 아이는 어 떻게 될까.

나쓰코는 리리를 놓아주고 천천히 일어섰다.

"왜 그러는데?"

이상하다는 듯이 올려다보는 리리의 얼굴이 시야 가장자 리에 들어왔다. 하지만 시선을 내려 눈을 마주칠 마음은 들 지 않았다.

"미안해. 몸이 좀 안 좋은 것 같아서. 방에 가서 잘게."

"아야 했어?"

리리가 당황해서 목소리를 높였다. 리리는 몸이 안 좋다 고 하면 아직 '아야'라는 말밖에 떠올리지 못한다. 그렇게 생각하자 또 울고 싶은 기분이었다. 나쓰코는 "응, 하지만 괜찮아."라고 말하며 발걸음을 돌렸다.

"잠깐 아빠랑 있어."

나쓰코가 엄격하게 말하자 쫓아오려던 리리가 발을 딱 멈췄다.

"……아야 한 거 빨리 나으면 좋겠다."

리리의 불안한 목소리를 등으로 받으며 나쓰코는 거실을 나섰다. 엄지손톱을 깨물며 계단을 올라갔다.

빨리, 빨리 어떻게든 해야 한다. 하지만 마음만 앞설 뿐 어떻게 해야 할지 모르겠다. 침실 문을 열었다. 앞으로 언제까지 이런 마음으로 지내야 할까. 몸을 던지듯 침대에 드러누워 부릅뜬 눈으로 하얗게 펼쳐진 천장을 쳐다보았다. 평생, 죽을 때까지 벗어날 수 없으리라는 대답만 조용히 떠올랐다.

가시와기 다카오의 증언

장모님? 나쓰코의 어머니 말씀이십니까?

그렇군요. 거기서부터 질문한다는 건 역시 이번 사건을 모녀

관계의 문제에서 풀어나갈 생각이시군요.

아, 저는 취재에는 익숙합니다. 뭐, 취재를 당하는 쪽이 아니라 하는 쪽이지만, 이래 보여도 저널리스트 일로 먹고사니까요. 이렇게 사건 관계자의 증언을 모을 때의 노하우는 잘 압니다. 처음에 뭘 물어볼지 궁금했는데, 장모 쪽으로 파고들다니 역시 그렇구나 싶네요.

확실히 나쓰코의 성격 형성에 장모는 큰 영향을 미쳤을 거예요. 뭐, 단적으로 말해서 장모가 아내를 망쳤죠.

예를 들면 꽤 옛날 일인데요, 우리는 저희 대학교 축제 때 만났습니다. 아내는 혼자 왔고, 고등학생 정도로 보여서 수험생인 줄 알았죠. 그런데 미용 전문 학교에 다니고 있고, 앞으로도 대학 입학시험을 칠 예정은 없다기에 의외였던 기억이 나네요. 이야기를 들어보니 엄마가 이 대학에 가길 바랐다기에 어떤 곳인지 보러 왔다는 거예요. 장모도 장모입니다만, 그렇다고 일부러 보러 오는 것도 보통은 아니구나 싶었죠. 장모의 말에 상당히 얽매여 있는 인상이었어요.

아내와 사귄 후로도 장모의 영향력을 느끼지 않은 적이 없었어요. 제일 답답했던 건 통금 시간입니다. 열여덟 살에게 오후 일곱 시는 너무 이르잖아요. 통금 시간을 순순히 지키는 아내에게도 놀랐고요. 헤어스타일과 옷차림도 장모가 심하게 통제하는 것 같았고, 무엇보다 자존감이 너무 낮았어요. '나 같은 게'가 입버릇이라 타이른 적도 있습니다.

실제로 장모를 만나보니 납득이 가더군요. 나쓰코의 행동 하나하나에 반드시 참견을 하는 거예요. 왜 그러는 거니, 꼴 보기 싫으니까 그만해라, 그런 식으로요. 고작 차 한 잔 끓이는데도 안색을 바꾸며 호통을 치지 뭡니까. 저한테도 정말로 이런 변변찮은 애가 좋으냐고 몇 번이나 끈질기게 물어보고…… 그러는가 싶더니 느닷없이 방에서 선물 꾸러미를 들고 와서 나쓰코에게 어울릴 것 같아서 샀다고 알랑거리면서 건네죠. 어쨌거나 감정 기복이 심해서 언제 스위치가 전환되는지, 어디에 지뢰가 있는지, 주변에서 몹시 신경 쓰며 전전긍긍해야 하는 사람이었습니다.

이미 조사하셨는지도 모르지만, 나쓰코는 아버지를 일찍 여의었어요. 형제자매도 없이 그런 어머니랑 단둘이 산다는 건…… 극단적인 표현일지도 모르지만 제게는 학대처럼 느껴졌습니다.

네, 아내는 정신적으로 학대를 당한 겁니다. 다만 만약을 위해 미리 말씀드리는데, 아내는 딸을 그런 식으로 대한 적이 없습니다. 학대는 대물림된다느니 사람은 자기가 자란 방식대로 아이를 키운다느니 그런 말이 있는데요. 아내는 그렇지 않았습니다. 나쓰코는 자기 엄마 같은 부모가 되기 싫다고 했고, 실제로 장모와는 완전히 딴판이었습니다.

뭐가 다른지 따질 것도 없이 정반대였어요. 아내는 장모를 반면교사로 삼았습니다. 나쓰코는 장모와 자신을 차별화하고 싶어 했어요. 어쨌거나 장모와 반대로 하면 잘못되지 않는다고 생각했달까…… 네, 그 말씀이 맞습니다. 완전히 정반대로 하려고 하는 것도, 뒤집어 말하면 결국 장모가 행동을 결정하는 셈이나 다름없죠.

그런 의미에서도 이번 사건의 원인은 장모에게 있다고 생각합니다. 물론 그렇다고 죄가 가벼워지지는 않을 테고, 아내가 저지른 일에는 변명의 여지가 없습니다만…… 남의 일? 무슨 말씀을 하시는 겁니까. 아닙니다. 그럴 리가요. 가족은 운명 공동체입니다. 저도 아내가 저지른 일에는 책임감을 느끼고 있다고요.

그야 보통 사람과는 반응이 다를지도 모르겠지만요. 하지만 그건 제가 미진하나마 저널리스트이기 때문입니다. 가족이 사건을 일으켰는데 그저 동요해서 취재를 거부할 수는 없죠. 저 자신이 지금까지 수많은 사건에서 '독자의 알 권리'라는 이름

아래 가해자의 사생활을 폭로해 왔으니까요. 그런데 제가 아무 대답도 하지 않아서야 불공평하지 않습니까. 그래서 이렇게 당신에게 협력하고 있는 거고요.

네? 그런 의미가 아니라고요? 그럼 무슨 의미입니까. ……아버지로서의 관점이 없다? 무슨 말씀을 하고 싶으신 건데요. 육아를 아내에게 떠맡겼다고 비판하는 겁니까? 그래서 아내가 이런 사건을 일으켰다고요? 그건 정말 터무니없는 논리입니다. 분명 나쓰코가 중심이 되어 아이를 키웠습니다만, 그런 가정은 얼마든지 있는걸요. 그것 때문에 사건이 일어났다면 세상은 사건 천지일 겁니다.

게다가 저는 같은 세대 남성에 비해서 아이를 많이 돌봐줬다고 보는데요. 휴일에는 데리고 놀러도 나갔고, 아이들 목욕도 자주 시켰습니다.

무엇보다 아이와 시간을 함께 보내는 것만이 아버지의 역할은 아니잖습니까. 아이가 자유롭게 장래를 선택할 수 있도록 돈을 버는 것과 사회의 역군으로 당당히 일하는 모습을 보여주는 것도 아버지로서 할 일입니다.

그런 의미에서도 저는 아버지로서 의무를 다했다고 생각합니다.

제
4
장

1

이하라 사에

눈을 뜬다. 세수를 하고 화장실에 간다. 다이시와 인사하고 밥을 먹는다. 옷을 갈아입고 화장을 한다. 집을 나선다. 버스를 탄다. 조산원에 도착한다. 유니폼으로 갈아입고 일한다. 점심을 먹는다. 일을 마치고 사복으로 갈아입는다. 다이시에게 메일을 보낸다. 버스를 탄다. 장을 본다. 집에 돌아와 저녁 식사를 준비한다. 다이시와 저녁을 먹는다. 목욕을한다. 다이시 곁에서 잠든다.

그 일련의 흐름 자체가 일상이었음을 사에는 깨달았다.

그중 하나만 빠져도 뭔가가 일그러진다. 다이시가 없으면 여러 개가 빠진다. 그래서 현실감이 없는 건지도 모르겠다고 진찰대 위에서 벌어진 다리를 바라보며 멍하니 생각했다. 임신선의 흔적이 남은 거무스름한 허벅지 살. 빈틈없이 빽빽하게 자란 음모.

"보이세요? 이거, 깜박깜박 움직이는 이게 심장이에요."

"와, 귀엽다."

마리에의 담담한 목소리에 아야코의 들뜬 목소리가 겹쳤다. 사에는 전자레인지만 한 크기의 초음파 모니터를 보았다. 새카만 화면에서 희미하게 깜박이는 하얀 점을 보아도 감정은 아무 변화 없이 잠잠했다.

"잠깐 실례할게요."

마리에가 짤막하게 말하며 활짝 벌린 아야코의 사타구니를 티슈로 재빨리 닦았다. 보지 않고 쓰레기통에 던진 티슈가 주먹 한 개만큼 빗나가서 마룻바닥에 떨어졌다.

허리를 구부려 티슈를 주운 사에는 달팽이가 남긴 점액처럼 번들번들 빛나는 액체에서 눈을 돌렸다.

"임신입니다. 축하드려요."

감사합니다, 하고 대답하는 아야코는 한눈에도 알 수 있을 만큼 상기된 얼굴이었다. 뭐야, 그게. 사에는 일부러 속으로 투덜거렸다. 당신한테 그런 말을 할 자격이 있어?

'하다못해 좀 더 빨리 알려주었다면.'

고작 며칠 전 아야코는 조산원에 항의하러 와서 그렇게 말했다. 아야코는 분명 도중에 말을 멈추었다. 하지만 다음 말은 이랬을 것이라고 사에는 확신한다.

지웠을 텐데.

그래 놓고 둘째의 임신을 무턱대고 기뻐할 수 있는 건가 싶어 사에는 초음파 모니터를 뚫어지게 들여다보는 아야코를 유심히 관찰했다. 하지만 예전같이 불편한 감정은 어디서도 솟아오르지 않았다. 안개가 낀 것처럼 머릿속이 흐리멍덩했다.

"태낭이 28밀리, 정둔장(태아의 머리 꼭대기부터 엉덩이까지의 길이−옮긴이) 16밀리. 현재까지는 순조롭네요."

"다행이다, 기쁘네요."

사에는 두 사람이 나누는 대화를 들으며 진찰실을 나서서 접수처로 돌아갔다. 진료 차트를 정리하는 척하며 어느덧 땀에 젖어 살에 들러붙은 셔츠 배 부분을 손가락으로 떼어 냈다. 단추 틈새로 검지를 넣어 평평한 배를 쓰다듬자 서늘

하니 매끄러운 살갗에 착 빨려 들었다. 그대로 툭툭 두드리자 속이 빈 수박을 두드리는 것처럼 텅텅 하고 공허한 소리가 몸속에서 울렸다.

더 이상 아무 생각도 하기 싫었다. 그저 기절하듯 잠들고 싶었다. 낫 짱, 하고 입버릇처럼 중얼거렸다. 눈을 감고 숨을 들이마시자 풋풋하니 어쩐지 그리운 다다미 냄새가 코 속까지 닿는 기분이 들었다.

왜 이렇게 된 걸까. 낫 짱 옆에 드러누워 다이시 이야기를 하며 웃은 지 얼마 되지도 않았는데.

아니면 그때 이미 이렇게 될 운명이었을까.

"여보, 혹시 내가 바람을 피우면 어떻게 할래?"

목소리에 긴 불순물을 날려버리려는 듯 묘하게 발랄한 다이시의 목소리가 머릿속에 되살아났다.

다이시가 사라지기 직전에 마지막으로 나눈 대화. 희미한 어둠에 물든 흰색 천장의 주름같이 쪼글쪼글한 질감이 시야를 뒤덮었다. 고개를 들려던 사에는 목 아래에서 다이시의 위팔 근육이 떨어져 나갈 듯이 꿈틀하는 것을 느끼고 움직임을 멈췄다. 심장이 크게 요동치고 손끝에서 감각이 사라졌다.

"뜬금없이 무슨 소리야."

어처구니없다는 듯 웃으며 말하려 했지만 날 선 목소리가 딱딱하게 튀어나왔다. 다이시가 생침을 꿀꺽 삼키는 기척이 머리로 전해졌다. 왜 자기 입으로 그딴 이야기를 하려는 건데. 사에는 솟아오르는 뭔가를 참듯이 눈을 꼭 감았다. 기껏 모르는 척해 주고 있는데. 그렇게 생각한 순간, 그래서라는 걸 알아차렸다. 내가 한사코 캐물으려 하지 않으니까.

다이시는 휴대전화를 잠가놓을 수도 있었을 것이다. 그래서 더 의심받을까 봐 무섭다면 그냥 메일을 지우면 된다. 하지만 다이시는 둘 중 어느 쪽도 하지 않았다. 증거가 수두룩한 휴대전화를 내가 금방 확인할 수 있는 곳에 놓아두었다.

"에이, 그러지 말고. 응, 어때?"

다이시가 계속 대답을 졸랐다. 사에는 웃는 얼굴을 유지한 채 신중하게 입을 열었다.

"음, 뭐랄까 상황이 잘 안 떠오르는데. 혹시 당신이 바람을 피우더라도 나는 그걸 모르잖아? 그렇다면 나한테는 일어나지 않은 일이나 마찬가지야. 그럼 어떻게 하고 말고도 없겠지."

뒤척이는 척 알몸을 다이시의 몸에서 살짝 떼어놓았다.

"당신은? 내가 바람을 피우면 어쩔래?"

그렇게 되물은 건 부부의 흔한 밀어로 마무리하고 싶었기 때문이다. 서로 사랑을 확인하기 위한 '만약에' 토크. 부탁이니까 이제 입 다물어. 사에는 속으로 빌었다. 하다못해 속에다 담아둬. 지금이라면 모른 척 넘어가 줄 수 있으니까.

다이시는 자백할 타이밍을 빼앗겼음을 깨달았는지 약간 망설이듯 입을 다물었다. 하지만 글쎄, 하고 어쩐지 불만스러운 목소리로 말을 이었다.

"난 말해주면 좋겠어. 모르고 속다니, 그런 건 못 참아."

혈관이 터질 것처럼 팽창되는 느낌이 들었다.

"그럼 말하면 어쩔 건데. 용서할 거야, 헤어질 거야?"

"상대가 누구인지, 기간이 얼마인지 그런 상황에 따라 다르겠지. 상황에 따라서는 용서할 수도 있고."

다이시가 어쩐지 절실한 말투로 대답하자 에어컨 냉풍을 맞고 있던 사에는 오스스 소름이 끼쳤다.

"나는 용서 안 해."

사에는 앞을 응시하며 나지막이 중얼거렸다. 그건 마지막 바람이었다. 나는 용서 안 해. 그러니까 제발, 제발 말하지 마.

당신이 혼자만 편해지려고 하면 나는 당신을 용서할 수

없게 돼.

다이시는 결심한 것처럼 숨을 크게 들이마셨다.

"정말 미안해. 나, 바람피웠어. 하지만 사랑하는 건 사에, 당신뿐이야. 그것만큼은 믿어줘."

연극 무대에서 대사를 하듯 과장된 목소리로 떠들어댄 다이시의 얼굴은 검게 칠해져 있다. 역광 때문에 그런 걸까, 아니면 똑바로 쳐다볼 수가 없어서 기억에 남지 않은 걸까.

무거운 눈꺼풀을 천천히 들자 눈앞에는 높이 쌓인 진료 차트와 오래된 데스크톱 컴퓨터가 있었다. 화면 옆에 붙여놓은 조그마한 크림색 포스트잇이 바람을 맞고 흔들렸다. 미지근한 바람이 앞머리를 걷어 올렸다. 사에는 방구석에 놓인 선풍기를 돌아보았다. 사람 얼굴 크기의 작은 선풍기는 그저 묵묵히 고개를 좌우로 흔들 뿐이었다.

오늘은 집에 들어왔을지도 모른다.

요 앞 모퉁이를 돌면 불빛이 보일지도 모른다.

사에가 오른쪽에 있는 정육점을 올려다보자 가게 앞에 매달아 둔 생닭이 얼굴 앞에서 살짝 흔들렸다. 털을 뽑은 흔적이 보이는 오돌토돌한 생닭에 감정 없는 시선을 던졌다.

그런데 만약 정말로 들어왔다면.

어서 와. 그렇게만 말하고 바로 저녁을 차린다. 어디 갔었어. 뭐 했어. 왜 연락 안 했어. 그렇게 감정적으로 몰아붙인다. 고생 많았어, 출장이었지? 이번에는 어디였더라? 시치미를 뚝 떼고 대답을 재촉하듯 고개를 갸웃한다.

선택지는 카드 더미에서 카드를 뒤집는 것처럼 자꾸자꾸 나타났다. 그러나 그러한 선택지들이 어떤 사태를 초래할지는 모른다.

사에는 움켜쥔 휴대전화를 내려다보고 손가락을 움직였다. 전화번호부를 밑으로 내리며 지나가는 이름을 눈으로 좇았다. 아이카와 미도리, 아이자와 신지, 아사노, 이케다 겐고, 이토 쇼지, 오이카와 스구루, 오타케 씨, 오카다 에이지, 오카모토 레이카, 가이 마유, 가시와기 나쓰코. 카 행, 사 행, 타 행, 나 행, 하 행, 마 행, 야 행, 라 행, 와 행. 얘는 좀 그렇고, 얘는 바쁠 테고, 이 사람은 누구였더라, 하고 생각하는 동안에 다시 아이카와 미도리가 나타났다.

한 발짝 한 발짝 걸음을 떼어놓을 때마다 조금씩 진흙이 스며드는 것처럼 몸이 가장자리부터 무거워졌다.

머릿속으로 올해 받은 연하장이 몇 장인지 헤아렸다. 친척에게 다섯 장, 습관처럼 연하장만 주고받는 고등학교 담임에게 한 장, 친구에게 일곱 장. "새로운 가족이 생겼습니다."라는 활자와 "올해는 꼭 한잔하러 가자! 아, 나는 못 마시지만.^^" 하고 육필로 메시지를 덧붙인 신생아 사진이 떠올랐다.

사에는 옛날부터 친구는 많은 편이었다. 낯을 가린다는 말은 들어본 적 없고, 본인도 그렇게 생각하지 않았다. 실제로 어떤 사람을 상대로든 반드시 이야기의 실마리를 찾아냈다. 남학생과 교류하며 오로지 연애 이야기만 늘어놓는, 소위 잘나가는 그룹. 운동 동아리 소속으로 멋 부림이나 유행에 관해 이야기하기보다 쉬는 시간에 몸 움직이기를 좋아하는 활동파 그룹. 얌전하니 교실 구석에 모여서 만화나 라이트노벨 이야기에 열을 올리는 서브컬처 그룹. 사에는 댄스부 소속이라 기본적으로는 운동 동아리 그룹과 행동을 함께하면서도, 같은 반 남학생과 교제해 잘나가는 그룹에도 드나들고, 서브컬처 그룹과는 옆자리에 앉았을 때 만화 이야기를 하면서 친해졌다. 사에는 그런 자신을 자유롭고 요령 있는 사람이라 자부했다.

왜 다들 같은 그룹 아이하고만 이야기할까. 그러면 재미도 없고 다른 사람이랑 가까워질 기회를 놓쳐서 아까운데.

그렇게 이상하게 여기는 마음 이면에는 분명 우월감이 존재했다. 내게는 서로 선망하거나 모멸하는 그룹을 아우르는 도량이 있다고, 어느 그룹에서든 받아들여 줄 만큼 인덕이 있다고 믿었다.

그런데 지금 전화를 걸 사람이 한 명도 없다는 사실을 깨닫고 사에는 깜짝 놀랐다.

저마다 취직하고 결혼해서 만나는 횟수는 줄었지만, 만나면 금방 옛날 그 시절로 되돌아간다. 역시 학창 시절 친구는 다르네. 뭐랄까, 상황이 이것저것 변해도 뿌리가 튼튼하게 연결돼 있다고 할까? 맞아, 민낯을 내놓고 다니던 시절을 아는 만큼 이제 와서 허세를 부릴 필요도 없고 말이야. 그렇게 만날 때마다 신나게 이야기하고는 공범처럼 웃었다.

하지만 지금은 오랜만이야, 잘 지내? 요즘 어때? 겨우 그런 말을 걸 상대조차 찾을 수가 없다.

사에는 입술을 꼭 깨물었다.

어디서 길이 갈라진 걸까. 의문을 품었지만, 이미 답은 안다.

친구들에게 아이가 생겼을 무렵이다.

사에가 먼저 거리를 둔 것은 아니다. 출산휴가를 얻었으니 놀아달라고 하면 놀아줬고, 아기가 무사히 태어났다는 메일이 오면 부랴부랴 축하 선물을 사서 찾아갔다. 축하한다고 말하고, 아이를 안아보고, 예쁘다며 미소를 지었다. 그런데도 자연스럽게 연락이 끊기고, 오랜만에 만난 동창생에게 그 친구와 자주 만난다는 이야기를 들을 때가 많아졌다.

처음에는 이야기가 안 맞아서 그럴지도 모른다고 생각했다. 육아의 어려움을 토로하려고 해도 사에가 공감을 못 하니까 흥이 나지 않는 것이라고. 하지만 얼마 지나지 않아 그게 아니라는 사실을 알아차렸다.

계기는 결혼하고 나서도 두 달에 한 번꼴로 만나던 전문대 시절 친구 도모요의 연하장이었을 것이다.

사에는 도모요의 연하장을 보려니 우울했다. 둘 다 아이가 없어 만나면 직장과 남편에 대한 불평으로 이야기꽃을 피웠던 도모요가, 다른 사람들처럼 엄마가 되어 아이에게만 관심을 주는 게 섭섭하기도 했다. 어차피 아이 사진이겠거니 하고 사에는 어쩐지 시들한 기분으로 연하장을 뒤집었다. 하지만 사에가 보낸 연하장처럼 올해의 띠 동물이 들어간 평범한 연하장이었다.

왠지 찜찜한 예감이 들었다. 핑계를 만들어 도모요와 함께 알고 지내는 친구에게 연락해 기도하는 마음으로 떠보았다.

도모요가 보낸 연하장, 귀엽더라.

맞아. 하루키가 도모요를 쏙 빼닮았더라.

대답을 듣고 역시, 하고 왠지 의기양양한 기분으로 생각했다. 역시 그랬다. 도모요는 아이가 있는 친구에게만 아이 사진을 넣은 연하장을 보냈다.

나도 그렇지 않느냐고 사에는 몇 번이고 스스로를 타일렀다. 나도 결혼하지 않은 친구에게는 결혼 이야기를 꺼내기가 힘들다. 배려한다는 명목으로 낮잡아 본다. 이런 이야기를 하면 자랑으로 들릴지도 모른다, 마음을 다치면 가엾다면서.

그러니 도모요가 너무했다고 볼 수는 없다고 생각하면서도 도모요의 연하장을 버렸다.

사에는 쓸쓸한 기억을 가두듯 가방에 휴대전화를 넣고 열쇠가 달린 체인을 끄집어냈다. 고개를 숙인 채 대문을 열고 정원에 난 길로 고개를 돌린 순간이었다.

사에는 숨을 헉 삼켰다.

길 정면에 위치한 주방의 작은 창문에 불이 켜져 있었다. 불빛을 보자 심장이 쿵쿵 뛰었다. 숨이 확 새어 나왔다. 가슴 한복판을 옷 위로 세게 붙잡았다.

시선이 허공을 이리저리 헤맸다. 열쇠를 쥔 채 움직일 수가 없었다.

다이시는 누구랑 뭘 하고 있었을까. 무슨 생각으로 돌아왔을까. 혹시 이혼을 요구하면, 나는 뭐라고 대답해야 할까.

사에는 다시 휴대전화를 꺼내려고 가방을 뒤졌다. 손끝에 손수건이 닿고, 거칠거칠한 수첩 표지가 느껴지고, 체인이 엉겼다. 어쩌지, 낫 쨩. 난 어쩌면.

찰칵하고 자물쇠가 풀리는 작은 소리에 사에는 숨을 멈췄다. 무심코 두 발짝 물러나 다시 움직임을 멈췄다.

일단 요리용 젓가락이 보이고 그다음에 나쓰코의 얼굴이 눈에 들어왔다. 매끈매끈하니 파운데이션을 바르지 않았다는 걸 한눈에 알 수 있는 피부. 작은 갈색 얼룩이 묻은 긴 크림색 앞치마. 사에가 몇 년이나 전에 선물한 히비스커스 무늬의 빨간색 헤어 슈슈.

"거기서 뭐 해?"

나쓰코가 굳어버린 사에에게 빙긋 웃음을 지으며 먼저 말을 꺼냈다.

"오늘도 수고 많았어, 사에."

나쓰코는 자연스럽게 통근 가방을 받아 들고 사에의 손을 잡았다. 사에는 나쓰코에게 이끌려 현관에 들어섰다.

왜. 실제로는 꺼내지도 않은 그 말이 기운 없이 사그라졌다. 왜, 하고 첫 번째보다 강하게 생각했지만 역시 거기서 멈췄다.

"마침 잘됐네."

"뭐?"

"너희 남편이 먼저 집에 오면 좀 어색하잖아."

나쓰코의 말에 사에의 입에서 가느다란 한숨이 흘러나왔다. 역시 다이시는 아직 돌아오지 않았다.

나쓰코는 식탁 위에 사에의 통근 가방을 내려놓았다. 하얀 합성 가죽 손잡이가 축 늘어졌다.

"걱정 마, 내가 가지고 있을게."

나쓰코가 그렇게 제안한 건 언제였을까. 정확하게는 기억이 나지 않지만 연달아 두 번 열쇠를 잃어버려서 다이시에게 따끔하게 혼난 뒤에 나쓰코에게 불평한 건 분명 사에였다. 나쓰코는 장난스러운 표정으로 작게 웃었다. 몰래 여벌 열쇠를 만들어서 나한테 줘. 혹시 또 열쇠를 잃어버리면 너희 남편한테 혼나겠지? 그러니 다음부터는 나한테 말해. 열쇠를 복사하면 잃어버린 줄도 모를 거 아니야.

다이시와 단둘이 사는 집의 열쇠를 건네는 데 거부감이 없었던 건 아니다. 하지만 이제 다이시에게 혼나지 않아도 된다니, 당시에는 그것만으로도 매력적인 아이디어로 느껴졌다.

"무슨 일 있었어? 어디 몸이라도 안 좋아?"

"응?"

"최근에 연락이 도통 없었잖아."

어쩐지 토라진 듯한 나쓰코의 목소리에 사에는 당황해서 고개를 숙였다.

"아, 미안해. 그게, 더위를 좀 먹은 것 같아."

사과하면서도 가슴속에서 뭔가가 턱 걸리는 기분이었다. 내가 열쇠를 주었으니 낫 짱은 잘못이 없다. 한편으로 이래서는 이야기가 다르다는 생각도 들었다. 여벌 열쇠는 만약의 경우에 대비해서 가지고 있는 것이다. 비록 공식적으로 정하지는 않았지만, 그런 용도의 물건이었다. 사에는 슬리퍼를 신은 나쓰코의 발을 바라보았다. 아니면 내가 몰랐을 뿐 이전에도 사용한 적이 있는 걸까.

"괜찮아?"

가벼운 목소리로 물어본 나쓰코는 대답을 기다리지 않고 발걸음을 돌렸다. 따라서 주방으로 향한 사에는 콧구멍을 찌르는 어쩐지 고소하면서도 비릿한 냄새를 맡고 나쓰코를 보았다.

"⋯⋯낫 짱, 이거."

"됐어, 넌 앉아 있어. 일하고 오느라 피곤하잖아."

나쓰코는 허리를 구부려 그릴을 들여다보았다.

"하지만."

"둘이서만 식사하면 생선은 좀처럼 안 구워 먹지?"

나쓰코는 고개를 들어 주방을 재빨리 둘러보더니, 사에가 입을 열 틈도 없이 수납 선반에서 강판과 접시를 꺼냈다. 더위 먹은 데는 무도 좋거든. 그렇게 말하며 리듬감 있게 무를 갈았다. 스걱, 스걱, 스걱, 캉. 갈려서 받침대에 담긴 무를 맨손으로 꾹 짜서 작은 접시에 옮겼다. 남은 즙은 다른 접시에 담았다. 사에는 군더더기 없는 그 일련의 움직임을 주방 입구에 우두커니 서서 지켜보았다.

나쓰코가 강판을 싱크대에 내던지듯 내려놓았다.

"너희 남편은 몇 시쯤 들어오니?"

경쾌하게 날아든 목소리에 사에는 할 말을 잃었다. 아, 맞는다. 낫 짱은 모른다. 다이시가 집을 나갔고 연락도 되지 않는다는 사실을. 사에가 침묵을 지키자 나쓰코가 휙 돌아보았다.

"응? 뭐라고 했어?"

"어, 아니. 아무 말도."

"그럼 우리 먼저 먹을까. 갓 구워낸 게 더 맛있잖아."

나쓰코가 우리는 공범이라는 듯한 웃음을 지었다.

"금방 준비할 테니까 넌 텔레비전이라도 보고 있어."

그러고는 시선을 휙 돌려서 사에는 자기 집인데도 어쩔 줄 모르는 기분으로 고개를 끄덕였다.

"아, 응. 고마워."

하는 수 없이 식당으로 돌아가 의자에 살짝 걸터앉았다. 하지만 텔레비전을 틀 마음은 도저히 들지 않아 카운터 너머로 나쓰코를 훔쳐보았다.

나쓰코가 조리대 아래로 모습을 감추었다. 사에가 엉거주춤 일어나서 살펴보는데, 연기가 확 피어오르고 자라나는 것처럼 나쓰코의 머리가 쑥 나타났다. 사에는 당황해서 나쓰코의 손을 내려다보며 입을 열었다.

"그거, 무슨 생선이야?"

"새끼 방어. 제철이거든."

나쓰코는 양손을 쉴 새 없이 움직이며 술술 대답했다. 사에는 "아, 그렇지." 하고 중얼거리고 생선 세 마리를 늘어놓은 그릴에서 식탁으로 몸을 돌렸다. 별 뜻도 없이 가방을 끌어당기고 새끼 방어, 제철, 하고 머릿속으로 되풀이했다. 하지만 금방 잊어버릴 것도 알고 있었다. 휴대전화를 꺼내 표면을 손끝으로 문질렀다. 메일에 답장을 하는 것처럼 보이도록 손가락을 움직여 아무렇게나 버튼을 누르다 숨을 후 내뱉었다. 어떻게 다들 그런 걸 기억하는 걸까. 무슨 먹거리는 언제가 제철인가. 확실히 그건 쓸모 있는 이야깃거리다. 하지만 요즘은 어떤 먹거리든 슈퍼에 가면 진열되어 있고, 사에는 맛의 차이도 모른다. 없어도 생활이 불편하지 않은 정보라 다른 사람과의 대화나 뉴스에 아무리 나와도 기억하지 못한다. 그런데도 제철에 관한 화제가 나오면 늘 "아, 그렇지." 하고 아는 체를 한다.

"사에, 손 씻고 와."

길게 늘어지는 나쓰코의 목소리에 사에는 "알았어."라고

202

대답하고 자리에서 일어났다. 아무 위화감도 없어서 신기했다. 여벌 열쇠, 멋대로 사용하지 말아줄래? 그렇게 말해야 하는데도 실제로는 그렇게 말하려는 마음조차 생기지 않았다.

세면대 앞에 서자 사에는 고개를 뻗어 거울을 들여다보았다. 파운데이션이 들떴고 콧방울 옆은 아예 갈라졌다. 손가락으로 세게 문지르자 갈라진 부분은 사라졌지만 대신에 색조 차이가 눈에 띄었다.

사에는 거울 속의 자신을 일깨우듯 생각했다. 다이시는 집을 나갔어. 그리고 아마도 '미'의 집에 있고, 다시는 돌아올 마음이 없어. 막연히 상상해 온 사실을 말로 바꾸었을 뿐인데 가슴이 꽉 막힌 것처럼 답답해졌다.

서랍을 열어 클렌징 시트를 꺼냈다. 우선 코 주변을 문지르고, 접어서 뒷면으로 얼굴 전체를 닦았다. 눈썹이 절반쯤 없는 궁상맞은 인상의 여자가 거울에 비쳤다.

본심을 털어놓아도 낫 짱은 나를 싫어하지 않는다. 낫 짱은 언제나 나를 걱정해 주니까.

사에는 앞머리에 빗질을 한 후 눈을 내리뜨고 세면실을 나섰다.

오늘도 내가 심상치 않은 상황이라는 걸 눈치채고 찾아왔는지도 몰라.

식탁은 접시로 가득했다. 새끼방어소금구이, 시금치참깨무침, 잔멸치와 미역을 넣어서 지은 밥, 무와 두부를 넣은 된장국. 피어오르는 김과 온갖 맛있는 냄새에 사에는 잠시 압도당했다. 오랫동안 이런 식사는 해보지 못한 것 같았다. 폰즈 소스와 간 무를 담은 접시를 들고 오던 나쓰코가 아, 하고 소리쳤다.

"그러고 보니 방금 휴대전화가 울렸는데."

"정말?"

사에는 테이블에 놓아두었던 휴대전화를 집어 재빨리 화면을 켰다. 화면에 나타난 글씨를 보고 숨을 삼켰다.

'이하라 다이시.'

사에는 눈을 크게 뜬 채 떨리는 손가락으로 메일을 선택했다.

미안해. 잠시 거리를 두고 생각 좀 했으면 좋겠어.

발밑이 푹 꺼지듯이 일그러지는 기분이었다. 옆으로 한 발짝 비틀거렸다.

"사에? 왜 그래?"

사에는 어깨를 크게 들썩였다. 뭔가 대답해야 한다고 생각했지만 벌어진 입에서는 목소리가 나오지 않았다. 나쓰코가 의아하다는 듯 눈살을 모으더니 "왜 그러는데?" 하고 재차 물으며 다가왔다.

더 이상 감출 생각은 들지 않았다. 낫 짱. 낫 짱. 사에는 매달리듯 나쓰코의 팔을 붙잡고 휴대전화를 들이댔다. 나쓰코는 휴대전화를 내려다보았다. 미간의 주름이 더 깊어졌다.

"이거."

"낫 짱."

"뭐야, 이거."

"남편이, 다이시가 집을 나갔어."

그렇게 말한 순간 목구멍을 막고 있던 응어리가 쑥 내려갔다.

어쩌지, 낫 짱. 어쩌면 좋지?

말을 내뱉으며 이러고 싶었다는 걸 사에는 깨달았다. 낫 짱과 상의하고 싶었다. 전부 털어놓고 내가 앞으로 뭘 어쩌면 좋을지 결정해 주길 바랐다.

"계속 연락이 안 됐어. 출근도 안 한 모양이고."

"언제부터. 오늘?"

사에는 힘없이 고개를 저었다. 눈꼬리에 눈물이 맺혔다.

"월요일에 메일이 오고 끝이었으니까…… 그저께."

"그렇게 오래?"

나쓰코의 목소리에 사에는 몸이 움츠러들었다.

"미안해."

"사에, 왜 네가 사과를 해? 네 잘못이 아니잖아."

사에는 아니라고 말하고 싶었다. 아니야, 미안해. 내 잘못이야. 그렇게 말하려고 숨을 들이마셨을 때였다.

"사에는 아무 잘못도 없어. 넌 남편에게 미움받을 만한 애가 아니잖아."

그 순간 사에의 머릿속에는 나쓰코가 거듭해온 말이 아야코의 말과 겹쳐서 떠올랐다.

'순하고 밝아서 모두에게 사랑받는 아이. 사에는 내 자랑이야.'

'하다못해 좀 더 빨리 알려주었다면.'

사랑받기 위해서는 조건이 있다.

진실을 깨닫는다면. 실은 순하지도, 밝지도, 모두에게 사랑받지도 못한다는 걸 안다면.

낫 쨍도 멀어진다.

지금까지 멀어져 간 많은 친구들처럼.

"어째서 더 빨리 알려주지 않았어?"

내려앉은 침묵을 걷어내려는 것처럼 나쓰코가 쥐어짜 낸 목소리로 말하며 식탁에 휴대전화를 살짝 내려놓았다. 사에는 젖은 속눈썹을 내리깔았다.

"……미안해."

나쓰코가 양손으로 사에의 주먹을 감쌌다.

"그게 아니야. 사과를 받고 싶은 게 아닌걸. ……저기, 사에. 혼자서 끌어안고 끙끙대지 마. 나한테는 무슨 일이든 말해도 돼. 알았지?"

사에는 흐느껴 울며 연신 고개를 끄덕였다. 하지만 목이 메어 말은 한마디도 나오지 않았다.

기시다 아유카의 증언

네, 알고 지낸 지 15년이나 됐네요. 아, 올해 4월로 16년째인가. 고등학교 1학년 때부터니까요.

207

맞아요, 같은 동아리였고, 사이는 좋았어요. 댄스 동아리요. 재즈댄스나 힙합댄스 아세요? 아니요, 보통은 모를 것 같은데요. 음, 뭐라고 설명하면 좋을까. 간단히 말하면 옛날에 다케후지(일본의 소비자금융 회사―옮긴이)의 CF에 나왔던 춤이 재즈댄스고, 댄스 그룹 에그자일(EXILE)이 추는 춤이 힙합댄스랄까. 아, 대강 아시겠다고요? 뭐, 좀 대충 설명한 감이 있지만요.

사에? 그럭저럭 잘 췄어요. 잘 춘다고 할까, 화려함이 있었다고 할까. 우리는 흔히 얼댄이라고 하는데요. 얼, 댄. 얼굴로 춤추는 댄서라는 뜻이에요. 사에는 얼댄이었어요. 춤 자체는 그렇게 잘 추거나 특별한 기술이 있는 건 아니지만, 표정이 좋으니까 시선을 모으죠.

음, 이해가 잘 안 되시려나. 왜, 아무리 실력이 좋아도 아래를 보거나, 자신 없는 표정이나 하기 싫은 표정을 지으면 관객도 흥이 깨지잖아요. 사에는 그 반대였어요. '나를 잘 봐!'라는 느낌의 파워가 넘쳤죠. 사실 그런 게 아주 중요하거든요. 기술은 연습하면 익힐 수 있지만 그런 아우라는 갖추기가 어려워요. 아무리 애를 써도 창피함이 앞서서…… 특히 고등학생은 친구들의 시선도 있으니까요. 진지하게 춤출 마음은 없지만 동아리 활동이니까 어쩔 수 없지. 그런 변명을 하기도 하고, 일부러 건성으

208

로 춤을 추기도 하죠.

지금 돌이켜 보면 그럼 때려치우지 뭣 하러 춤을 췄나 싶기도 하네요. 아무튼 당시에는 사에가 좀 신기했어요. 어쩌면 그렇게 천연덕스럽게 굴 수 있는지, 원. 천진난만하다고 할까, 백치미가 있다고 할까, 남들이 어떻게 생각하든 신경 쓰지 않는구나 싶었죠.

아니요, 춤출 때만 그런 게 아니고요…… 예를 들면? 아, 맞다. 학교 식당에서 같은 동아리 애들끼리 밥을 먹잖아요. 그때 학년도 동아리도 달라서 전혀 접점이 없는 남자애들이 옆에 앉아서 어제 본 드라마 이야기를 한다고 쳐요. 그런데 드라마에 나온 여배우 이름을 잊어버려서 "그 사람, 누구였더라?" 하고 궁금해하는 거죠.

그럴 때 어떻게 하시겠어요? 보통은 그냥 넘어가겠죠? 답을 알더라도 모르는 사람한테 굳이 알려주려고는 하지 않을 거예요. 그렇죠? 속으로 빨리 기억해 내라고 답답해할지도 모르고, 같이 밥을 먹는 아이에게 몰래 "그거, 누구누구잖아." 하고 귓속말은 할지도 모르지만, 뭐, 그 정도겠죠.

그런데 그럴 때 사에는 말을 걸어요. "그거, 누구누구예요." 하고 느닷없이 말을 걸어서 알려주죠. 더구나 말할까 말까 망설이는 기색도 없이 대뜸 말하니까, 상대도 깜짝 놀라기는 하지만 이상하게 여기지는 않는지 그냥 고마워하고 말죠.

아, 확실히 그런 걸 계기로 친해져서 고백받은 적도 있어요. 남자는 딸 바보 본능을 자극한다고 할까, 같이 있으면 편하다고 할까, 그런 면에 약하잖아요. 뭐, 이해가 안 가는 건 아니지만.

사에는 예를 들어 남의 험담을 해도 불쾌하게 느껴지지 않았어요. 생각을 그대로 입에 담는 느낌이라 다른 뜻이 없어 보인다고 할까요. 부모님이 애지중지 아끼며 키워서 그런가. 아, 좋은 의미에서요. 남에게 부정당한 적이 없으니까 남이 어떻게 생각하는지 별로 신경 쓰지 않고 지낼 수 있는 거구나 싶었죠.

……하지만 저, 딱 한 번 봤어요.

고3 수학여행 때였는데…… 자유 시간에는 여섯 명이 한 조였어요. 하지만 댄스 동아리 여자애는 일곱 명이었죠. 이대로는 누구 한 명이 빠져야 하니까 다들 눈치만 살피고 있었는데…… 겉으로는 잡담을 나누었지만 서로 어떻게 말을 꺼낼지 가늠하는 느낌? 그때 사에가 자리를 비웠어요. 분위기를 알아차리지 못한 건지, 평소처럼 다른 그룹 아이들의 잡담에 끼어들었죠.

그러니까 나쁜 뜻이 있었던 건 아니에요. 사에를 따돌리려고

210

한 것도 아니고요. 그저 그 자리에 없으니까 빼도 괜찮지 않겠느냐는 식이었죠. 누가 말을 꺼냈는지는 기억이 안 나지만, 사에를 빼고 나머지 여섯 명이서 조를 짰어요.

사에가 상처를 받으면 어쩌나, 사에가 돌아오면 어떤 표정을 지어야 하나 싶어 가슴이 쿵쿵 뛰었는데…… 미안해, 사에는 저쪽 그룹으로 가는 줄 알았어. 누가 그런 식으로 말했을 거예요. 사에는 전혀 상처받은 기색 없이 덤덤하게 웃더니…… 아, 그래? 마침 잘됐네. 저쪽 애들이 같은 조를 하자고 해서 어쩔까 고민하던 참이었거든. 그러더라고요.

한숨 돌렸지만, 어쩐지 센 척하는 느낌도 들었죠. 하지만 본인이 그렇다니까 넘어가기로 했어요. 뭐, 다시 의논했다가는 자기가 조에서 빠질 우려도 있으니까, 결국 그대로 조를 이뤘죠.

사에는…… 좀 오타쿠 느낌이 나는 애들과 조를 짰어요. 두 명이나 세 명씩 붙어 다니는 아이들을 모아놓은 조였는데…… 의외로 즐거워 보였지만요. 같은 중학교에 다닌 애도 있었던 모양이고.

하지만 저는 봤어요.

자유 시간 때 어느 기념품 가게 앞에서 사에네 조와 스쳐 지나갔는데요. 그때 사에가 휴대전화로 엄마와 통화를 하고 있었

어요. 무슨 기념품을 샀다는 둥, 어느 곳을 관광했다는 둥 시시
콜콜 말을 했는데…… 그런 이야기는 집에 가서 하면 되잖아요.

그때는 좀 놀랐을 뿐, 바로 잊어버렸지만요. 하지만 지금 제
가 부모가 되어보니, 그때 같은 조 아이들에게서 혼자 떨어져
통화를 하던 사에의 모습과 들뜬 웃음소리가 묘하게 마음에 걸
리네요.

우리 아이는 아직 다섯 살이지만, 고등학생이 되어 수학여행
을 갔을 때 저한테 전화를 걸면 좀 걱정이 될 것 같거든요. 친구
와 정신없이 노느라 부모는 잊어버리는 게 보통이잖아요.

그렇게 생각하면 어쩐지 가만히 있지 못하겠다고 할까, 마음
이 들썽거리더라고요.

그때 사에 엄마는 어떻게 생각했을까 싶어서요.

2

가시와기 나쓰코

"그럼 도장 꺼내시고요. 행방불명되신 분의 사진은 가지고 오셨습니까?"

경찰관의 담담한 목소리에 사에는 허둥지둥 가방을 열었다. 나쓰코는 옆에서 그 모습을 지켜보며 생침을 꿀꺽 삼켰다.

그래, 그러면 된다. 현재까지 사에는 쓸데없는 소리를 한마디도 안 했다.

"다음으로 질문을 몇 가지 드리겠습니다."

아직 제복에서 풀기도 빠지지 않은 것처럼 보이는 젊은 경찰관이 공공 기관의 창구 직원처럼 부드럽게 말하고 종이를 책상에 펼쳤다. 행방불명자 신고서. 나쓰코는 익숙하지 않은 명칭을 응시했다. 실종 신고가 아닌 건가. 본적, 주소, 성명, 생년월일, 직업, 가출한 일시 및 동기, 가출인의 체격 및 인상착의, 차량 사용 유무, 차량 번호. 하지만 줄지은 항목을 재빨리 훑어보자 내용은 책에 적혀 있던 것과 거의 차이가 없었다.

"일단 남편분의 성명부터 부탁드립니다."

생년월일은, 주소는, 본적은. 경찰관은 어째선지 서류에 적힌 순서와는 다르게 질문했고, 사에는 시력검사를 하는 것처럼 더듬더듬하면서도 착실하게 대답했다.

경찰관은 고개를 거듭 끄덕이며 용지에 대답을 꾹꾹 눌러썼다. 회색 사무용 책상에 볼펜 촉이 탁탁 닿는 소리가 들렸다.

도중에 경찰관이 한 손을 들고 재채기를 하더니 실례하겠습니다, 하고 코를 풀었다. 나쓰코는 그 광경을 멍하니 바라보았다. 좀 더 긴박한 분위기 속에서 질문을 받을 줄 알았다. 하지만 이래서는 지갑을 잃어버렸을 때와 다를 바 없다. 사람이 한 명 없어졌는데. 나쓰코는 상황이 이렇게 진행되어야 자신에게 유리한 줄 알면서도 위화감을 느끼지 않을 수 없었다.

질문이 끝나자 경찰관은 회전의자를 경쾌하게 빙글 돌려 옆 책상 서랍에서 티슈와 인주를 꺼냈다.

"이 정보를 컴퓨터에 등록하고, 순찰과 단속 업무 중에 찾아낼 수 있도록 노력하겠습니다만."

경찰관은 도중에 말을 멈추더니 가늘게 뜬 눈으로 종이를 들여다보았다.

"가출 동기는 짐작이 안 가시는 거죠?"

"아니요."

사에의 대답에 나쓰코는 엉겁결에 사에를 쳐다보려다 간신히 움직임을 멈췄다. 경찰관의 눈썹이 호를 그리듯 위로 쓱 올라갔다.

"짚이는 점이 있으신가요?"

사에는 고개를 끄덕이고 허벅다리에 시선을 떨어뜨렸다. 새틴 셔츠에 달린 같은 재질의 리본을 의지하듯 꼭 움켜쥐고 저어, 하고 가냘픈 목소리로 말한 후 고개를 들었다.

"휴대전화 통화 내역을 조사할 수 있나요?"

"그게 무슨 말씀이신지요?"

"다이시는…… 남편은 아마 상간녀의 집에 있을 거예요."

그렇군요, 라는 저음의 목소리가 나쓰코의 귀에 들어왔다. 경찰관의 눈에서 빛이 사라지는 것을 알 수 있었다. 하지만 그가 이어서 꺼낸 말에는 희미하지만 위로하는 듯한 온기가 담겨 있었다.

"그 상대방이 누군지 아십니까?"

사에는 망설이듯 시선을 이리저리 움직이다 힘없이 고개를 저었다.

"이 사람 아닐까 싶은 여자는 있지만, 확실하게는…… 그래서 통화 내역을 조사하고 싶은 거예요. 증거도 없이 따지고 들면 잡아뗄지도 모르니까요."

목이 메는지 사에가 고개를 푹 숙였다. 경찰관은 눈을 내리뜨고 손가락으로 종이를 문질렀다.

"오해하는 분이 많으신데요, 영장이 있어야 통화 내역을 조회할 수 있습니다."

"그럼 영장은 어디서 받을 수 있는데요?"

절실함이 담긴 목소리에 경찰관과 나쓰코는 동시에 사에를 보았다. 나쓰코는 그제야 사에의 눈에 핏발이 잔뜩 섰다는 걸 알아차렸다. 사에가 몸을 내밀었다.

"여기서는 못 받나요?"

"수색 영장은 사건으로 인정을 받아야 법원에서 내주는 데요."

"사건일지도 모르잖아요. 직장에도 무단으로 결근하고 있는걸요. 연락도 안 되고요. 분명히 무슨 일이 생긴 거예요."

"사에."

나쓰코는 저도 모르게 목소리를 높였다. 말려야 한다는 생각이 퍼뜩 떠올랐다. 쓸데없는 소리를 하지 않도록. 괜한 의심을 받지 않도록. 하지만 나쓰코가 말을 잇기 전에 경찰 관이 입을 열었다.

"마음은 이해합니다만, 현재로서는 사건으로 취급할 수 없겠네요."

경찰관은 행방불명자 신고서에 얼굴을 가까이 대고 눈을 가늘게 떴다.

"남편분이 어디 계신지 아시는 거잖아요?"

사에가 숨을 짧게 들이마시더니, 입술을 깨물고 고개를 숙였다.

"……정말로 그 여자 집에 있는지는 몰라요."

"그분께 안 물어보셨습니까?"

"그러니까, 아무 증거도 없이 물어봤자……."

"그건 경찰도 마찬가지입니다."

경찰관은 차분한 어조로 말하고 헛기침을 했다.

"일단 이 내용으로 등록해 놓겠습니다만, 부인께서도 짐작 가시는 곳을 한번 확인해 보세요. 혹시 찾으시면 연락 주시고요."

종이 구석에 잘 모를 숫자를 적는 경찰관의 손가락을 눈으로 좇으며 나쓰코는 소리가 나지 않도록 숨을 내쉬었다.

'현재로서는 사건으로 취급할 수 없겠네요.'

경찰관이 한 말을 머릿속으로 곱씹었다. 어째서 그렇게 딱 잘라 말할 수 있는지 신기했다.

만약 내가 여기서 "제가 땅에 묻었어요. 그 사람은 이미 죽었어요." 하고 말하면 이 경찰관은 어떻게 반응할까. 안색을 바꾸고 드디어 엄하게 신문할까. 관심을 잃은 눈동자에 빛이 돌아올까. 나쓰코는 어쩐지 넋이 나간 것처럼 입을 열려다 당황해서 어금니를 악물었다.

나는 정신이 이상해진 걸까.

죄를 저지른 직후에 경찰서에 왔으면서, 경찰관이 시선

한 번 주지 않을 만큼 태연하게 앉아 있다. 아무것도 모르는 사에를 재촉해 신고서를 제출하도록 부추겼다. 그렇게 죽어라 감춰놓고, 묻지도 않았는데 사실을 고백하고 싶어졌다.

그저 편해지고 싶어서 그런 것이라며 나쓰코는 약해지려는 마음을 다잡았다.

말해버리면 더 이상 무섭지 않다. 지금 이 순간에도 누군가가 다이시의 시체를 발견하지는 않을까. 이 경찰관에게 연락이 오지 않았을 뿐, 이미 다이시의 시체는 경찰의 손에 넘어갔고 시체에 남은 흔적을 조사하고 있지는 않을까. 사망 추정 시각은 얼마나 정확하게 알아낼 수 있을까. 경찰은 시체의 신원을 조사할 때 뭘 확인할까. 지문? 치아를 치료한 흔적? 그렇듯 끊임없이 계속되는 생각을 정지시키기 위한 수단에 지나지 않는다.

이대로 단순 실종으로 끝나야 사에 입장에서도 제일 좋다.

"그럼 한번 확인해 보시고 내용에 이상이 없으시면 도장을 찍어주십시오."

경찰관이 사에에게 종이를 내밀었다. 사에는 하지만, 하며 나쓰코를 보았다. 나쓰코는 천천히 고개를 끄덕였다. 그러자 흔들리던 사에의 눈이 조금 진정됐다. 사에는 경찰관에

219

게 고개를 돌려 이상 없네요, 하고 잠긴 목소리로 대답했다.

경찰관은 물 흐르는 듯한 동작으로 인주 뚜껑을 열어 사에 앞에 내밀었다. 사에는 망설여지는지 한순간 손을 멈췄다가 머뭇머뭇 도장에 인주를 묻혔다. 뻣뻣하게 굳은 손을 종이 위로 옮겨 온몸의 체중을 싣듯이 꾹 눌렀다.

"감사합니다."

경찰관이 티슈를 주자 사에는 바쁘게 도장을 빙글빙글 돌려 인주를 닦아냈다. 인주가 다 닦이지도 않은 도장을 책상에 내려놓고 종이를 집어 얌전한 표정으로 고개를 숙이며 경찰관에게 내밀었다.

"잘 부탁드립니다."

비장함이 묻어나는 사에의 옆얼굴을 보고 나쓰코는 깜짝 놀랐다. 알고 있었다고 생각했지만, 자신이 진정한 의미에서는 몰랐다는 것을 깨달았다.

사에는 모른다.

다이시가 이미 죽었다는 사실을.

지금도 남편이 어딘가에 살아 있다고 굳게 믿고 있다. 그래서 사에는 울고불고 난리를 치거나 실성하지 않는 것이다.

나쓰코는 벌벌 떨릴 것 같은 손으로 주먹을 꽉 쥐었다.

예의 없이 시끄럽게 울려대는 경적 소리가 현관문 너머로 들리자 각오하고 있었는데도 몸이 움츠러들었다. 눈을 감고 숨을 짧게 내쉰 후 문을 열자 마이 라이프 프로젝트라고 적힌 청회색 차체가 시야에 들어왔다.

　"아, 나쓰코 씨, 안녕하세요."

　"안녕."

　고노미가 반쯤 내린 창문으로 손을 팔랑팔랑 흔들길래 나쓰코도 고개를 살짝 숙여 인사했다. 차 안을 쓱 훑어보자 뒷좌석에는 이미 고노미, 가요코, 다카하시가 앉아 있었다. 삑삑 하고 자물쇠가 풀리는 소리가 재촉하는 듯해 얼른 조수석에 올라탔다.

　"안녕."

　운전석에 앉은 미와에게 인사하자 미와는 백미러를 올려다보며 안녕하세요, 하고 고노미처럼 말끝을 길게 늘여 인사했다. 차가 좌우로 흔들리며 출발하자 안전벨트가 어깨를 파고들었다. 나쓰코는 웃음소리가 들리는 뒷좌석을 힐끗 보고 나서 목소리를 낮추어 미와에게 말했다.

　"미와 짱, 요전에는 고마웠어."

　"네?"

미와는 나쓰코에게 고개를 휙 돌렸다가 다시 정면을 보았다. 운전대를 꺾으며 아아, 하고 말했다.

"안 늦게 리리 짱을 데리러 가셨나 보군요. 다행이에요."

"응, 덕분에."

대답하면서 목구멍이 바싹 마르는 게 느껴졌다. 우리 남편도 참 덜렁이라니까. 준비해 온 말을 머릿속으로 떠올리고 입을 열었다. 하지만 말을 꺼내기 전에 미와가 말을 이었다.

"뭐, 앞으로도 필요하시면 렌터카 대신 쓰세요."

"아, 미안해. 기름을 넣어서 돌려줬어야 했는데."

"어, 아니요. 그건 딱히 상관없는데⋯⋯."

미와가 거북한 듯 입을 다물었다. 침묵이 흐르자 나쓰코는 눈을 내리떴다. 또 틀렸다 싶어 입맛이 씁쓸했다. 흐름상 미와의 말을 가볍게 받아넘겼어야 했다.

오늘 뒤풀이는 어떻게 할래? 엥? 오전부터 술 이야기? 뭐 어때, 술자리를 기대하고 오는 건데. 가요코 씨도 참. 뒷좌석에서 신나게 떠드는 목소리가 들려왔다. 잠깐, 지금 흘려 넘길 수 없는 말이 들렸는데요. 대화에 끼어드는 미와를 곁눈질하고 나서 나쓰코는 창밖으로 얼굴을 돌렸다. 빛바랜 포렴을 내건 라면집이 시야 가장자리를 지나갔다.

남자인 다카하시까지 뒷좌석에 앉았으니, 늘 조수석이 비어 있는 건 우연이 아니리라. 나쓰코는 잠든 것처럼 보이도록 창문에 머리를 기대고 눈을 감았다. 나도 뒷좌석에 앉으면 이야기에 낄 수 있을까 생각하다가, 그렇지 않으니까 늘 이 자리인 거라고 자조했다. 게다가 조수석에서도 이야기에 얼마든지 낄 수 있다. 방금 이야기의 중심에 끼어든 미와처럼.

관자놀이 안쪽이 지끈지끈 아팠다. 새끼줄 같은 것으로 꽉 조르는 듯한 압박감에 나쓰코는 미간을 찌푸렸다.

사에는 지금 어쩌고 있을까.

절박한 눈으로 경찰관을 쳐다보던 사에의 옆얼굴이 떠올랐다.

'다이시는…… 남편은 아마 상간녀의 집에 있을 거예요.'

만약 사에가 다이시와 바람을 피운 여자의 집에 쳐들어간다면 어떻게 될까. 당연히 다이시는 거기에 없다. 여자는 아무것도 모른다고 대답할 것이다. 사에는 거짓말로 여길지도 모른다. 하지만 곧 정말로 다이시가 거기에 없다는 것을 안다. 그때 사에는 어떻게 생각할까.

"나쓰코 씨는 어쩌실래요?"

머리 위에서 들린 목소리에 눈을 번쩍 뜨자 "아." 하고 미와의 당황한 목소리가 뒤를 이었다.

"죄송해요. 주무시고 계셨어요?"

"어이쿠, 깜박 졸았네…… 미안, 무슨 이야기였어?"

창문에 기댄 몸을 일으켰다. 부자연스럽게 구부리고 있던 목에서 뚜둑 소리가 났다.

"모임 마치고 회식할 건데, 나쓰코 씨도 가실래요?"

한순간 뭘 묻는지 이해가 가지 않았다. "어?" 하고 되묻고 나서야 같이 놀자고 제안했다는 것을 알았다.

"오늘은…… 볼일이 좀 있어서."

그렇게 말하는 것이 고작이었다.

내내 제안해 주기를 바랐다. 나쓰코 씨는 어떻게 하실래요? 그렇게 물으면 가겠다고 대답하기로 마음먹었다. 하지만 이제는 그렇게 대답할 수 없다는 것을 깨달았다.

앞으로 평생, 남과 함께 있을 때 정신을 가누지 못할 만큼 술을 마셔서는 안 된다는 것을. 아무리 즐거워도 상대에게 마음을 완전히 열어서는 안 된다는 것을.

"그렇구나. 아쉽네요. 다음번에는 꼭 같이 가요."

미와가 무덤덤하게 말하고 다시 뒷좌석의 대화에 끼어들

었다.

나쓰코는 다시 차창으로 눈을 돌렸다. 도로 옆으로 수풀만 길게 이어졌다.

사에, 하고 속으로 불렀다. 사에가 보고 싶었다. 사에와 또 방에 나란히 누워 이야기를 하고 싶었다. 하지만 이제 사에와 함께 있어도 완전히 마음을 놓을 수 없다는 것 역시 나쓰코는 알고 있었다.

나쓰코는 다시 눈을 감았다. 정말로 잠들 수 있다면 얼마나 좋을까. 묵직한 권태감이 몰려오자 바로 뒤에서 나는 목소리가 아주 멀리서 들리는 것 같았다.

"요전에 갔던 가게는? 요시무라 말이야."

"어디였더라?"

"왜, 이 차를 타고 갔었잖아."

그 말과 함께 뒤에서 등받이를 잡아당기는 게 느껴져 나쓰코는 흠칫 놀라 상체가 굳어버렸다. 반사적으로 실눈을 뜨자 다카하시가 엉거주춤 일어나 내비게이션으로 팔을 뻗는 참이었다.

"내비게이션 주행 기록을 찾아보면 있지 않을까?"

삐, 삐, 삐, 다카하시가 익숙한 손놀림으로 내비게이션을 조작했다. 내비게이션, 주행 기록. 속으로 그 말을 되풀이하다 잠시 후에야 그게 무엇을 의미하는지 깨달았다.

뭔가로 정수리를 내리친 것처럼 찌릿한 감각이 등줄기를 내달렸다.

기억을 되감아서 거슬러 올라갔다. 샤라랑. 그날 자동차에서 울려 퍼진 소리는 내비게이션이 작동되는 소리 아니었을까. 온몸에서 핏기가 가셨다. 왜 바로 끄지 않았을까. 길을 몰랐던 것도 아닌데.

8월 18일 오후 4시 38분.

쿵, 하고 심장이 크게 요동쳤다.

"찾았다! 봐, 이거야, 이거."

다카하시가 신난 목소리로 말하며 내비게이션 중앙에 표시된 숫자를 가리켰다. 나쓰코는 그보다 네 개 위에 표시된 숫자를 응시했다.

만약 기록이 부자연스럽다는 걸 미와가 눈치챘다면.

여기에 기록된 목적지에는 유치원이 없다. 아무것도 없는 산길에 갔다가 되돌아온 기록이다.

그리고 오늘을 놓치면 앞으로 일주일은 모임이 없다.

나쓰코는 끈적거리는 목구멍에 생침을 밀어 넣었다.

오늘 모임을 마치고 돌아가기 전에 지워야 한다.

"미안해요. 이런 할망구의 머리를 잘라본들 아무 재미도 없을 텐데."

"어머나, 아사즈마 씨도 참. 그런 말씀 마세요."

가요코가 분무기를 든 채 손을 아사즈마의 어깨에 얹고 허리를 구부려 거울을 보며 미소 지었다. 하지만 그 말을 이해한 건지 못 한 건지 아사즈마는 뼈만 앙상한 등을 더 웅크렸다.

"정말이지 면목이 없어서…… 미안해요…… 아이고, 이름이 뭐라고 하셨더라."

"시마다예요. 시마다 가요코요."

"아, 시마다 씨. 정말 미안해요."

작은 머리가 보이지 않는 호를 따라 움직이듯 일정한 리듬에 맞추어 앞뒤로 흔들렸다. 가요코는 욕탕 구석에서 뭔가를 기록하는 시설 직원을 돌아보고 나서 다시 아사즈마의 얼굴을 들여다보았다.

"괜찮아요, 아사즈마 씨. 네? 사과 안 하셔도 돼요."

"신경 쓰실 것 없어요. 아사즈마 씨는 그런 분이니까요."

직원이 욕실 구석에서 목소리를 높였다. 가요코는 휴, 하고 난색을 드러내며 고개를 끄덕였다.

"미안해요."

나쓰코는 또 사과하는 아사즈마의 뒷모습을 보는 둥 마는 둥 바라보았다.

얼마 안 있으면 봉사 활동이 끝나고 돌아간다. 차에 가려면 지금밖에 기회가 없다. 아사즈마 주변을 가볍게 돌아다니는 가요코에게서 이발기를 든 미와에게로 시선을 옮겼다. 티셔츠, 청바지, 허리에 두른 짧은 앞치마의 세세하게 구분된 주머니에는 가위와 빗이 잔뜩 꽂혀 있다. 저기에 차 키를 넣어뒀을 리는 없다. 그렇다면 역시 사물함일까. 생침을 꿀꺽 삼키는 소리가 몹시 크게 들렸다.

아침에 귀중품을 모아서 시설에 맡긴 자루? 아니, 거기에는 넣지 않았을 것이다. 작업하는 도중에 뭐가 필요할지 모른다. 그때마다 시설 사람에게 귀중품이 담긴 자루를 꺼내 달라고 하면 너무 번거롭다. 그렇다면 역시 사물함에 넣어 두었을까.

나쓰코는 바닥에 떨어진 머리카락을 재빨리 빗자루로 쓸어 모으며 이발실로 주어진 욕탕을 둘러보았다. 아사즈마의 머리를 솜씨 좋게 커트하는 가요코. 그 옆 옆자리에서 등을 부자연스러울 만큼 곧게 편 남자의 머리에 이발기를 대고 있는 미와와 다카하시. 고노미는 그 옆에서 드라이기를 준비하고 있다.

나쓰코는 미와의 대각선 뒤쪽으로 살짝 다가가 속삭이는 목소리로 말했다.

"미와 짱, 수건이 모자라니까 가지고 올게."

"아, 진짜요?"

손을 멈추고 돌아본 미와가 다시 거울로 고개를 돌리고 앞치마를 걷어 올렸다. 청바지 뒷주머니에서 단순하게 생긴 검은색 열쇠를 꺼내서 던지듯이 나쓰코에게 건넸다.

"죄송해요, 그럼 부탁드릴게요."

나쓰코는 가만히 고개를 끄덕이고 발걸음을 돌렸다. 하지만 문에 손을 댔을 때 가요코의 목소리가 쫓아왔다.

"가시와기 씨, 마사지 좀 부탁할 수 있을까?"

"아, 네!"

나쓰코는 뻗으려던 손을 얼른 옆으로 내렸다. 총총히 아사즈마의 뒤로 향하면서 앞치마 호주머니에 열쇠를 넣었다.

"실례할게요. 아프면 말씀하세요."

거울에 비치는 아사즈마에게 말하고 목덜미에 두 손바닥을 살짝 댔다. 아사즈마는 맹한 눈으로 허공을 바라보며 뭐라고 중얼거리고 있었다. 나쓰코는 이발 가운 위에 흩어진 머리카락을 털어내는 척하며 열심히 머리를 굴렸다. 마사지 다음에는? 드라이기, 마지막 커트, 정리와 인사. 자리를 비워도 되는 타이밍은 없다.

"죄송해요!"

느닷없이 외치는 소리에 나쓰코는 어깨를 움찔했다. 깜짝 놀라 거울을 보자 아사즈마가 몸을 잔뜩 웅크린 채 양손으로 머리를 감싸고 있었다. 죄송해요, 죄송해요, 죄송해요, 죄송해요. 발작이라도 일으켰는지 그 말만 되풀이하는 할머니를 나쓰코는 멍하니 내려다보았다.

"저어……."

"죄송해요, 죄송해요, 죄송해요."

아사즈마는 마구잡이로 내뱉는 듯한 목소리로 거듭 말했다. 어휴, 하는 한숨이 뒤에서 들리는가 싶더니 직원이 나쓰코와 아사즈마 사이에 끼어들었다. 직원은 얼른 옆에 쪼그려 앉아 양손으로 아사즈마의 손을 감쌌다.

"자, 자, 시 짱, 괜찮아."

"죄송해요, 죄송해요, 엄마, 화내지 마세요."

"시 짱, 괜찮아. 화 안 났어."

직원이 아까와는 딴판으로 부드럽게 말하자 온몸을 벌벌 떨던 아사즈마가 서서히 진정됐다.

"죄송해요."

"괜찮아, 괜찮아. 시 짱이 얼마나 착한데."

"진짜?"

맑은 목소리가 천장이 높은 욕탕에 울려 퍼졌다. 눈앞에 있는 할머니의 것이라고는 믿을 수 없을 만큼 앳된 목소리에 나쓰코는 압정으로 고정한 곤충처럼 옴짝달싹도 할 수가 없었다.

직원은 아사즈마 앞에서 타일 바닥에 꿇어앉은 채 나쓰코를 올려다보았다.

"놀라셨죠? 죄송합니다. 혹시 커트가 끝났으면 아사즈마 씨는 오늘 여기까지만 해도 괜찮을까요?"

"아, 네. 어차피 조금 다듬는 정도니까요."

나쓰코 대신에 가요코가 대답했다.

"심기를 불편하게 한 것 같아서 저희야말로 죄송해요."

"아아, 그런 거 아닙니다. 이유는 딱히 없어서…… 시 짱. 방으로 돌아갈까."

직원은 뒷부분만 목소리를 바꾸어 말하며 아사즈마의 손을 잡고 일어섰다. 아사즈마는 시키는 대로 일어나서 아장아장 걸음을 옮겼다.

"아사즈마 씨를 방에 데려다 놓고 올 테니, 계속해 주시겠습니까?"

금방 돌아오겠다는 말을 남기고 두 사람이 욕탕에서 나가자 침묵이 흘렀다. 몇 초 후에 가시와기 씨, 하고 가요코가 말을 꺼냈다.

"뭐야, 어떻게 된 거야?"

나쓰코는 아무 대답도 할 수 없었다. 아사즈마의 목소리가 머릿속에 메아리쳤다. 죄송해요, 죄송해요, 죄송해요, 죄송해요. 죄송해요, 죄송해요, 엄마, 화내지 마세요.

"어머나, 가시와기 씨, 얼굴이 새파랗게 질렸어."

가요코가 어깨를 흔들자 시야가 크게 흔들렸다. 한기가 등을 쭉 훑고 지나갔다. 어깨를 붙잡은 가요코의 손에 힘이 들어갔다.

"빈혈인가? 좀 누울래?"

"……어."

나쓰코는 고개를 저으려다 말았다.

"미안한데, 차에서 좀 쉬다 와도 될까요."

"그야 물론 되지만…… 혼자 가도 괜찮겠어?"

"조금 누워 있으면 금방 나아질 거예요."

나쓰코는 고개를 숙인 채 가요코 옆을 지나쳐 조용히 욕탕을 나섰다.

문이 탕 닫히자마자 숨 쉬기가 편해졌다. 만약을 위해 고개를 숙인 채 복도를 나아가 모퉁이를 돌았다. 계단을 몇 단 걸어 내려간 후 나머지를 부리나케 뛰어 내려갔다.

주차장에 도착할 무렵에는 숨이 턱까지 차올랐다. 어깨를 들썩이며 충혈된 눈으로 주변을 살폈다. 차체 옆면에 '마이 라이프 프로젝트'라는 글씨가 큼지막하게 적혀 있다. 나쓰코는 차 키를 고쳐 잡고 스위치를 눌렀다. 삐. 자물쇠가 해제되는 소리가 생각보다 크게 들려서 가슴이 철렁했다. 운전석 문을 세게 당기고 반동을 이용해 차 안으로 뛰어들었다. 괜찮다, 만약 누가 보더라도 이상하게 생각하지 않을 것이다. 관계자니까. 그렇게 생각하며 마음을 진정시켰지만, 숨이 잘 쉬어지지 않았다.

　떨리는 손가락으로 키를 돌렸다. 시동이 걸리는 소리와 함께 내비게이션이 작동되는 소리가 높게 울렸다.

　샤라랑.

　'현재 작동 중입니다.'

　화면에 표시된 글씨를 뚫어지게 들여다보았다. 빨리, 빨리. 입술을 깨물고 고개를 돌려 입구를 확인했다. 아직 인기척은 없다. 샤라랑. 다시 소리가 나서 시선을 되돌리자 메뉴 화면이 나타났다. 귀울음이 들렸다. 목구멍이 아팠다. 관자놀이가 욱신거렸다. 메뉴. 주행 기록.

　삭제하시겠습니까?

　나쓰코는 버튼을 마구 눌렀다. 삭제했습니다. 바뀐 화면을 확인한 후 건물 입구를 다시 살폈다. 식은땀이 목덜미를 타고 흘러내렸다. 기운 없는 팔을 정신력으로 움직여 조수석을 통해 내린 후 뒷좌석에 올라탔다. 몸을 뒤척여 낮은 천장을 올려다보며 눕자 드디어 숨통이 트였다.

사카이 마리에의 증언

낫 짱은…… 솔직히 말하면 옛날에는 좀 거북했어요. 아니, 같이 있으면 갑갑하게 느껴질 때가 있었다고 할까.

일화요? 하지만 이 부분은 너무 강조하지 말았으면 하는데요. 이거, 기사화하기 전에 확인할 수 있는 거죠? 아아, 그런가요. 하지만 그렇게 의미 있는 일화는 아닌데요. 응모자 전원에게 선물을 주는 이벤트가 있잖아요. 잡지 같은 데 있는 응모권에 우표를 몇 엔어치 더해서 보내면 반드시 선물을 받을 수 있는 이벤트요. 맞아요, 그게…… 분명 그 당시 인기 있었던 만화 캐릭터가 그려진 필통이었을 텐데요, 안에는 특제 연필이나 자가 들어 있는…… 그게 꼭 가지고 싶었어요. 하지만 잡지 두 달 치의 응모권과 우표 500엔어치를 넣어서 보내야 했으니까 장난 아니었죠. 한 달 용돈이 500엔인데 잡지가 390엔이니까 남은 돈이 110엔밖에 안 됐거든요. 두 달 동안 잡지 말고는 아무것도 안 사고 모아도 220엔인데, 그걸로는 모자라서 우편물을 보낼 때도 우표를 붙여야 하니까요.

아빠 어깨를 두드려주고 10엔씩 받은 돈을 꾸준히 모아서 결국 응모는 했는데요. 그렇게 언니와 둘이서 힘을 합쳐 받은 선

235

물을 낫 짱이 무시한 적이 있었어요. 네. 그런 걸 그렇게 가지고 싶냐, 하나도 안 예쁘다는 식으로 말하며 어이없어했죠.

물론 한 귀로 듣고 한 귀로 흘렸으면 됐겠지만, 낫 짱한테 그런 말을 듣자 어쩐지 제가 몹시 유치하고 창피한 짓을 한 것 같은 기분이 들더라고요. 그래서 응모하는 걸 낫 짱에게는 숨기게 됐어요. 그런데 언젠가 응모 마감 기한이 지난 후에 응모 봉투가 되돌아와서 언니가 낫 짱에게 상의했어요. 희망하는 상품란에 동그라미 치는 걸 잊어버린 탓이었는데요. 급히 출판사에 전화해 보니 이미 기한이 지났으니 어쩔 수 없다고. 그러자 낫 짱이 출판사에 다시 전화를 해줬어요. 절대로 안 된다 그건가요, 왜 응모 봉투를 되돌려 보낸 거죠, 전화번호도 적혀 있었으니 전화로 물어봤으면 됐잖아요. 그렇게 따진 끝에 출판사에서 특별히 응모를 받아줬어요.

낫 짱에게는 그런 면이 있었어요. 누가 자신을 의지하면 내버려 두지 못한다고 할까…… 네? 언니가 뭐든지 낫 짱에게 전적으로 의지했다니…… 그런 뜻으로 말한 거 아닌데요.

저기, 이번 책은 언니와 낫 짱에 대해서 쓰시는 거죠? 그럼 제 의견을 좀 말하고 싶은데, 두 사람은 공의존(특정 대상과 과잉된 의존 관계에 빠져 서로 얽매이는 관계 중독 상태 - 옮긴이) 관계가 아니에요.

하지만 텔레비전에서 그런 식으로 말해버렸으니…… 확실히 최근까지 언니와 낫 쨩은 가까이 살았지만, 그것도 깊은 의미가 있는 건 아니에요. 마침 가까이에 괜찮은 집이 비어 있었을 뿐. 이상하다는 눈으로 보면 뭐든지 이상해 보이는 법이지만, 확률적으로 따지면 아무것도 이상하지 않아요. 애당초 이 부근에는 부부용 연립주택 자체가 얼마 없는걸요.

그 증거로 반년 전에 언니네는 미토역 쪽에 집을 샀잖아요? 네, 지금 사는 집이요. 조만간 아이도 생길 테고, 언제까지나 좁은 집을 빌려서 살 수는 없다면서요. 네? 멀어졌어요. 차로 10분이라고 해도 언니는 운전할 줄 모르니까요. 걸어가면 한 시간은 걸려요.

언니가 그리로 이사한 이유요? 직장에 다니기 쉬운 곳을 찾았다고 저는 들었는데요. 네? 아아, 뭐, 확실히 낫 쨩은 이사에 반대했지만, 집이 멀어지는 게 싫어서가 아니라 출산 후에도 계속 일할 건 아니지 않느냐는…… 그렇게 이상한 이유는 아닌 것 같은데요. 이번 일도 분명 뭔가 착오가 있을 거예요. 낫 쨩이 그런 짓을 할 리가 없어요.

저는 대학을 졸업한 후에도 도쿄에서 일자리를 구해 한동안 도쿄에 살다가 4년쯤 전에 이쪽으로 돌아왔어요. 아기가 생기자 직장에서는 당연히 그만둘 사람으로 취급해서…… 어린이집에 맡기고 일하려고 해도 시간이 불규칙한 직업이고, 애당초 아직 결혼도 하지 않은 상황이라 어쩌면 좋을지 모르겠더라고요. 당시에는 울기만 했어요. 임신해서 마음이 불안정했던 것도 있겠지만, 뭐랄까 패배감으로 똘똘 뭉쳐서……. 저한테는 여기로 돌아오는 것 자체가 패배였고, 지금 남편이랑 사귄 지도 얼마 안 됐을 무렵이라 여러모로 불안해서……. 하지만 낫 쨩이마리에라면 걱정할 것 없다고 위로해 줬어요. 제 배를 어루만지면서 이 아이는 마리에를 선택해서 태어나는 거라고요. 그래서 저도 힘을 내기로 마음먹었죠.

딸이 태어난 뒤로도 몹시 예뻐해 주고……. 사람을 죽이다니, 낫 쨩은 절대로 그런 짓을 할 수 있는 사람이 아니에요.

아아, 제 마음 아시겠어요? 이걸로 재판원(중대한 형사재판의 심리에 일반 시민이 참여하는 제도를 재판원 제도라 하고, 참가하는 일반 시민 여섯 명을 재판원이라고 한다―옮긴이)이 낫 쨩에게 품는 인상이 좋아질까요?

제가 이야기를 제대로 못 했는지도 모르지만, 부탁드릴게요. 부디 잘 써주세요. 낫 쨩은 착한 사람이에요. 저, 모자라면 얼마든지 말씀드릴게요.

제
5
장

1

이하라 사에

"감사합니다!"

서점 직원의 쾌활한 목소리에서 달아나듯 사에는 종이봉
투를 겨드랑이에 끼고 부랴부랴 비상계단으로 향했다. 뻣뻣
해진 팔 사이에서 끌어낸 연갈색 종이봉투는 땀으로 위쪽이
약간 젖어 있었다.

원피스가 허벅다리 뒤쪽에 들러붙는데도 아랑곳없이 계
단을 반 층 내려가 층계참 가장자리에 쪼그려 앉았다. 접착
테이프를 잡아당기자 힘없이 떨어져 나갔다. 봉투 아가리로

손을 넣어 매끌매끌한 표지를 엄지와 검지로 집었다. 힘을 주어 잡아당기자 두툼한 모서리에 걸려 봉투가 찢어지는 소리가 묘하게 크게 들렸다.

'임신했다는 걸 알았다면. 2개월, 3개월, 4개월에 해두어야 할 일. 토하는 입덧? 먹는 입덧? 엄마가 되는 첫걸음. 받을 수 있는 돈 일람. 특별 부록! 특제 임신 배지.'

표지를 장식한 선명한 사진과 글씨를 보자 사에는 내장이 꿈틀거리는 기분이었다.

내내 구입하는 게 목표였던 임산부 잡지. 이걸 사면 끝장이라고 생각해 왔다. 예를 들어 시험에 붙으면 축하 선물로 먹으려고 아껴둔 과자를 참지 못하고 합격 발표 전에 먹으면, 그 시험에는 절대로 붙지 못한다는 속설과 비슷하다고 할까.

이걸 구입하면 다시는 아이를 못 가진다.

강박관념처럼 그렇게 생각한 건, 그러지 않으면 줄줄이 살 것 같았기 때문이다. 산모수첩 케이스, 초음파 사진 앨범, 순산 부적, 임산부 복대, 임산부 속옷 등등 오직 임산부를 위해서만 만들어진 상품들을.

그러다 구매욕에 붙은 불이 꺼지지 않는다면. 사용할 날은 오지 않을지도 모른다고 생각하면서도 하나씩 인터넷 쇼핑으로 사 모은다면. 후회심이 터질 기세로 부풀어 올라 비명을 지를 것만 같았다.

묵직한 잡지를 든 손이 떨렸다. 하지만 손가락은 멈추지 않고 페이지를 넘겼다. 행복하게 웃는 임산부들의 모습을 멍하니 벌어진 눈 속에 새기며, 안달하듯 종이를 한 장씩 왼쪽에서 오른쪽으로 이동시켰다. 잡지 모서리가 허벅다리를 파고들었다. 통증을 의식하려고 하는데도 마비된 것처럼 아무 느낌도 없었다.

지금 나 자신과 나눈 약속을 어기려 한다고 사에는 어딘가 손이 닿지 않는 곳에서 냉정하게 생각했다. 괜찮아, 괜찮아, 그런 약속에는 아무 의미도 없어. 아이가 안 생기는 건 그 약속과는 무관해. 스스로를 설득하자마자 자기 자신이 이제 다 틀렸다고 단언한다.

페이지 한복판에 임산부 배지가 나타났다. 아아, 사에는 오열하듯 열기가 담긴 숨을 내쉬었다. 완전히 안심한 표정으로 눈을 감은 아이와 엄마의 일러스트 그리고 '배 속에 아기가 있습니다'라는 글자가 박힌 하트 모양 배지를 앞에 두고 사에는 입술을 바르르 떨었다. 줄곧 이걸 가지고 싶었다.

그런데 선의와 축복으로 가득한 배지는 태연하게 사에를 거부한다.

사에는 균형을 잃고 바닥에 무릎을 꿇었다. 기울어진 호주머니에서 둥글게 뭉친 봉투가 떨어졌다.

'나카쓰가와 조산원의 나카쓰가와 원장님과 사카이 선생님께.'

사인펜으로 적은 이름이 시야에 들어오자 가슴 한복판이 비유가 아니라 정말로 욱신욱신 쑤셨다. 이런 건 마음에 담아둘 필요 없어. 어제오늘 일도 아닌걸. 그렇게 생각하면서도 목구멍에 뭔가 걸린 것처럼 숨 쉬기가 힘들었다. 자기 이름만 봉투에 적혀 있지 않은 것이 가슴에 사무쳤다.

가위로 자른 봉투 위쪽으로 내용물을 꺼냈다. 편지지가 두 장, 사진이 세 장 들어 있었다. 사에는 사진에 담긴 마리에의 웃는 얼굴과, 둥그스름한 글씨로 쓴 편지를 힘없이 내려다보았다.

나카쓰가와 원장님, 사카이 선생님, 정말 감사해요. 두 분 덕택에 제 본연의 힘으로 출산할 수 있었습니다. 도중에 좌절할 뻔했지만, 여기서 최선을 다할 수 있으면 앞으로 어떤 일에든 자신감이 생길 거라는 사카이 선생님의 말에 힘을 낼 수 있었어요. 퇴원할 때 찍은 사진과 최근에 찍은 렌토의 사진을 보냅니다.

렌토(蓮斗)라는 글씨를 보자 아야코의 수줍은 목소리가 떠올랐다. 수련의 련에, 북두칠성의 두를 써서 렌토라고 이름을 지으려고요. 출산 직후에 아야코에게 그 말을 들은 건 분명 자신이었다. 출장을 갔다는 남편이 돌아오기까지 세 시간 반 동안 아야코의 허리를 문질러준 것도.

사에는 편지지와 사진에서 시선을 돌렸다. 그래도 말이 눈꺼풀 안쪽에 새겨진 것처럼 사라지지 않았다. 나카쓰가와 원장님, 사카이 선생님. 두 분 덕택에.

내가 맡은 일도 생명을 탄생시키는 걸 돕는다는 점에서는 조산사와 다를 바 없다고 믿고 싶었다.

"역시 아이를 낳는 게 여자의 가장 큰 행복이야. 요즘 더 절실히 느낀다니까. 이렇게 보람 있는 일은 또 없을 거야. 엄마라는 존재는 아무도 대신할 수 없으니까."

"아이 낳는 걸 돕는 것도 보람 있는 일이라고 생각하지 않아?"

그것은 시어머니의, 친구의, 낫 짱의 입을 틀어막을 수 있

245

는 유일한 논리였다.

하지만 실은 훨씬 예전부터 알고 있었을지도 모른다. 내가 맡은 일과 마리에가 맡은 일은 다르다는 것을.

"간단한 일이니까 언니라도 할 수 있을 거야."

나카쓰가와 조산원에 간호조무사 티오가 생겼다는 소식을 알리면서 마리에는 그렇게 말했다. 간단한 일, 언니라도, 라는 가시 돋친 표현이 마음에 걸리지 않았던 것은 아니다. 그래도 무시하지 말라고 화를 내지 않았던 건 그런 식으로밖에 표현할 줄 모르는 마리에가 측은했기 때문이다.

국가 자격증이 필요한 의료계 종사자. 그렇듯 지방에 존재하는 직업 중에서는 남의 부러움을 사는 일을 하면서도 좌절감과 과한 향상심에 짓눌리는 마리에. 이게 다 뭐야. 여기는 내가 있을 곳이 아닌데. 마리에가 남의 눈도 꺼리지 않고 불평을 늘어놓을 때마다 상대해 주며 사에는 몰래 가슴을 쓸어내렸다.

마리에를 지탱해 주는 건 일밖에 없어.

야유하듯 생각하다 사에는 비로소 자기 내면의 굴절된 심리를 알아차렸다.

사에에게 마리에는 어릴 적부터 경고판 같은 존재였다.

위험하니 만지지 말 것. 출입 금지. 주의를 촉구하는 표시를 따르면 위험을 피할 수 있듯이, 마리에와 같은 짓을 하지 않으면 엄마가 화낼 일도 없었다.

엄마는 어째선지 사에만 예뻐하고 마리에를 야단쳤다. 똑같이 키웠는데 왜 마리에는 사에처럼 못 할까. 그런 말을 들은 적도 한두 번이 아니다.

마리에가 혼나니까 마리에와 비슷해지지 않으려고 한 건지, 아니면 처음부터 뭔가가 달랐으니까 마리에만 혼난 건지는 모른다. 다만 엄마 마음에 들기 위해서는 마리에와 반대로 하면 됐다. 마리에가 해서 야단맞은 짓은 하지 않는다. 마리에가 하지 않을 법한 일을 한다. 마리에는 언제나 가르쳐주었다. 어떻게 하면 엄마가 기뻐하는지, 웃는지, 슬퍼하는지, 화를 내는지를.

반대로 아빠는 마리에를 예뻐했다. 마리에가 뭔가에서 성과를 올릴 때마다 "역시 마리에는 내 딸이야." 하며 만족스럽게 씩 웃었다. 듣고 보니 분명 공부를 잘하고 상승 욕구가 있는 마리에는 아빠를 닮았다.

어느덧 가족은 둘로 갈렸다.

사에는 엄마 딸, 마리에는 아빠 딸.

어쨌거나 도쿄에 가고 싶다고 열을 내는 마리에를 지지한 것도 아빠였다. 뭐 어때, 마리에는 부모 곁을 떠나서 놀 생각만 하는 애가 아니잖아.

반대로 오로지 도쿄를 나쁘게 말하며 반대한 것이 엄마다. 도쿄 사람은 차갑잖아? 길에서 넘어져도 아무도 도와주지 않는다던데. 공기도 안 좋고 물가도 비싸고 좋은 점이라고는 없어. 이상한 사람이 따라와도 요 부근처럼 이웃의 눈이 없으니까 도움도 못 받고.

사에도 도쿄에 가보고 싶은 마음이 없었던 것은 아니다. 그러나 마리에가 가고 싶어 하니 갈 수 없게 됐다. 중학생 때부터 고등학교를 졸업하면 도쿄에 가겠다고 공언한 마리에를 흘겨보며 사에는 고향의 전문대에 진학한 후 그대로 취직했다.

처음에는 아빠의 연줄로 지역 신문사에 들어갔고, 4년쯤지나 퇴사한 후에는 몇몇 아르바이트를 전전했다. 인쇄 회사 사무직, 백화점 행사 스태프, 역 앞 케이크 가게 판매원. 하나같이 별로 오래 다니지 못해 그만둘 때마다 아빠에게 잔소리를 들었다.

커다란 배를 끌어안고 본가로 돌아온 마리에는 단기 아르

바이트와 미팅으로 세월을 보내는 사에를 보고 "언니는 좋겠네." 하고 중얼거리듯이 말했다. 사에는 그걸 비아냥거리는 소리로 받아들이지 않기로 했다. 일로 자아실현을 하는 데서만 살아가는 의미를 찾는 마리에의 삶이 몹시 갑갑하게 느껴졌고, 그런데도 계속 분수에 맞지 않는 꿈을 좇는 마리에가 어리석어 보였기 때문이다.

그래서 나카쓰가와 조산원에 취직한 마리에가 원장에게 부탁해 일자리를 마련해 주었을 때도 그렇게 거부감은 없었다. 그 무렵 이미 다이시네 집과 혼담이 오가는 중이었으므로, 임신해서 그만둘 때까지만 다니면 된다는 생각이었기 때문인지도 모른다. 예행연습 삼아 여기서 임신과 출산의 현장을 봐두자는 마음마저 있었다.

왜 몰랐을까. 사에는 허공을 멍하니 바라보았다.

마리에가 가진 것을 나는 가질 수 없다는 사실을.

마리에가 보람 있는 일을 한다면, 내가 할 수 있는 것은 보람 없는 일이다. 마리에가 도쿄로 나갈 수 있다면 나는 고향에서 벗어날 수 없다. 마리에가 아이를 낳을 수 있다면 나는 낳을 수 없다.

단 한 가지, 마리에에게는 없지만 자신에게는 있는 것은 마리에가 도쿄에 가서 좋아하는 일을 하는 동안에도 엄마 곁에 머물렀던 세월이었다.

출산을 위해 마리에가 본가로 돌아오기로 결정하자, 사에 는 엄마와 마리에 사이에 결정적인 균열이 생기지 않을까 제일 먼저 걱정했다.

엄마는 결코 어떻게 하라고 시키지는 않는다. 나는 어떻게 생각한다, 나라면 어떻게 하겠다고 말할 뿐이다. 만약 엄마가 "나라면 지우겠지만. 아직 결혼도 안 했는데 임신이라니, 망측하잖니." 하고 말하면 마리에는 분명 불같이 화를 낼 것이다. 그러면 결국 마리에는 무거운 몸을 이끌고 도쿄로 돌아갈지도 모른다는 생각까지 했다.

하지만 엄마는 선선히 마리에를 받아들였다.

마리에, 어쩜 이렇게 엄마 속을 썩이니. 나무라듯이 한 말은 그 정도였고, 그 말에도 마리에를 부정하는 느낌은 전혀 없었다. 입덧은 끝났니? 그렇겠지, 나도 그랬거든. 그런 건 엄마를 닮는 법이야. 걱정하지 말렴, 아기를 낳을 때도 그렇게 힘들지 않을 거야. 젖도 잘 나올 테고. 엄마는 그렇게 말하고 마리에의 둥그런 배를 인자하게 쓰다듬었다. 마리에는 어디에 눈을 둬야 할지 모르겠다는 듯 곤혹스러운 표정이었지만 엄마의 손을 뿌리치지는 않았다.

그리고 마리에는 지금까지 엄마에게 반항했던 세월을 싹 잊어버린 것처럼 순순히 부모님과 같이 살기로 결정하고 엄마에게 기대게 되었다.

다시 일하기로 한 마리에는 육아를 맡아준 엄마에게 빚졌다고 느끼는 모양이었지만, 그럴 필요 없다는 걸 사에는 안다. 엄마는 마리에를 위해 희생한 것이 아니다. 엄마 또한 원했다.

자신의 경험을 살릴 수 있는, 자신을 필요로 하는 위치를.

엄마는 사에에게 보이지 않는 뭔가를 마리에와 공유하며 기쁘게 말했다.

마리에는 역시 내 딸이야.

쿵, 하고 뭔가를 때리는 듯한 소리를 듣고서야 바닥에 잡지가 떨어졌다는 것을 알아차렸다. 사에의 손에는 봉투와 부드러운 배지만 남아 있었다.

일어설 때까지 누군가 오면 버리기로 결심했다. 하지만 사에는 안다. 분명 아무도 오지 않으리라는 것을. 설령 오더라도 자신은 이제 이걸 버릴 수가 없다는 것을.

현관문을 연 순간, 사에는 다이시가 돌아오지 않았다는 걸 깨달았다. 나갔을 때와 변함없이 탁한 공기를 느끼자 다리가 후들거렸다.

다이시는 정말로 돌아오지 않을 작정일까.

컴컴한 집에 불을 켜며 얼굴에서 표정이 사라지는 걸 느꼈다. 이대로 결혼 생활에 마침표를 찍을 생각일까. 힘껏 누르는 것처럼 가슴이 아프고 숨이 막혔다. 사에는 떨리는 입술을 깨물고 울음을 참았다.

다이시가 바람피우는 걸 알고도 충격은 받지 않았다. 그런데.

'올라와.'

나지막한 다이시의 목소리가 되살아났다. 손등으로 귀찮다는 듯이 이마를 닦는 다이시 옆에서 무표정하게 상체를 일으키는 자신의 모습마저 보이는 것 같았다.

사에는 다이시의 몸에 올라타고 양손으로 옆구리를 짚었다. 임신 정보 사이트에서 본 '임신이 목적이라면 삽입이 얕아지고 자궁구가 아래를 향하는 기승위는 추천하지 않습니다'라는 문구를 떠올리며 몸을 밑으로 내렸다. 도중에 그만두는 것보다는 낫다고 생각했을 때 다이시가 감질난다는 듯이 허리를 밀어 올렸다.

사에를 쓰러뜨리며 다이시가 위로 올라갔다. 사에는 다시 움직이기 시작한 다이시의 얼굴을 훔쳐보았다. 빨려 들 것처럼 어둡고 텅 빈 눈.

사에는 다급히 신음을 흘려내며 눈을 꼭 감았다. 빨리 끝나도록, 다이시가 배출한 것을 조금이라도 깊숙이 흡수할 수 있도록. 발끝까지 힘을 주고 남편이 주는 무미건조한 쾌감에 집중했다.

사에는 기억을 떨쳐내듯 고개를 내젓고 침실 앞에서 걸음을 멈췄다. 문을 열 기분은 들지 않았다.

오로지 아이를 만들기 위한 행위. 그렇다, 그뿐이었다. 한 달에 한 번 기계적으로 되풀이하는 시간은 거북하기 짝이 없었지만, 그래도 그만둘 수 없는 그 행위가 자신들의 결혼 생활을 상징하는 것처럼 느껴졌다. 아이만 생기면 더는 이런 짓을 하지 않아도 되는데. 그렇게 생각하는 한편으로, 다른 생각도 들었다. 아이만 생기면 옛날처럼, 지금과는 다른 기분으로 관계를 가질 수 있을지도 모르는데.

공허한 시선을 허공에 던지던 사에는 휴대전화를 조작해 인터넷에 접속했다. 탐정, 불륜 조사, 강제 이별. 생각나는 단어를 차례대로 입력하고 검색된 사이트를 하나씩 확인했다. 소중한 반려자를 되찾는 방법. 화면에 뜬 글씨를 보고 사에는 굳어버렸다.

소중한 반려자.

눈을 꼭 감은 순간, 환하게 미소 짓는 다이시의 얼굴이 떠올랐다. 거기서부터 되감기듯 3년이나 예전에 나눈 대화가 되살아났다.

결혼식 일주일 전, 이하라 집안에서는 결혼식 전날 밤에 반드시 일가친척이 모두 모여 연회를 연다는 걸 알았다.

"어, 나도 참석해야 하는 거야?"

사에는 저도 모르게 얼굴이 딱딱하게 굳어버렸다. 오래전부터 결혼식 전날 밤은 낫 짱과 함께 지내려고 마음먹고 있었기 때문이다. 여자 둘이서 보내는 싱글의 마지막 밤. 둘이서 술을 마시며 함께했던 추억을 어린 시절부터 차례대로 되새겨 보는 게 꿈이었다.

다이시가 어쩔 줄 모르고 난감해하는 사에의 안색을 살폈다.

"되도록 참석했으면 하는데…… 무슨 볼일이라도 있어?"

사에는 고개를 숙이고 낫 짱이랑, 이라고만 대답했다. 다이시는 아아, 하고 고개를 끄덕이더니 더 이상은 묻지 않았다.

결혼식 피로연을 마치고 손님들을 배웅할 때였다. 한 친척이 다이시가 결혼식 전날 밤 연회에 참석하는 친척들에게 일일이 전화를 걸어 사에가 책잡히지 않도록 두둔해 주었다는 사실을 알려주었다.

사에는 놀라서 다이시를 올려다보았다.

"그렇게 중요한 행사였어? 그럼 말해주지 그랬어."

"말했으면 연회에 참석하고 싶었을까?"

그건, 하고 사에가 대답을 머뭇거리자 다이시는 천천히 미소 지었다.

"어제 즐거운 시간 보냈지? 그럼 됐어."

다이시의 일가친척은 열여덟 명. 열여덟 명 모두에게 전화를 걸었는지, 전화를 걸어서 무슨 말을 했는지 사에는 모른다. 다만 연회에 불참한 사에를 나무란 사람은 아무도 없었다. 피로연 도중에 갈아입는 드레스 색깔에도 고개를 갸웃하며 불만을 드러낸 시어머니조차.

사에는 눈을 크게 뜨고 휴대전화를 내려다보았다.

다이시의 아이니까 가지고 싶었던 건데.

다이시를 좋아했다. 그래서 평생 같이 살고 싶었고, 다이시의 아이를 낳아 키우고 싶었다.

사에는 어금니를 악물었다.

그런데 어쩌다 이렇게 되어버린 걸까.

나지막하게 진동하는 소리가 귓가에 울려 퍼졌다. 사에는 흠칫 놀라 눈을 떴다.

허둥지둥 휴대전화 화면을 보자 낯선 번호가 떠 있어서 망설였다. 누구일까 생각한 순간, 다이시가 머릿속에 떠올랐다. 그러고 보니 다이시는 휴대전화 충전기를 가지고 나가지 않았다. 다이시가 누군가에게 전화를 빌려서 걸고 있다면. 생각하는 동안에도 휴대전화는 계속 진동했다. 휴대전화가 네 번 더 진동한 후, 사에는 마침내 화면 위를 두드렸다. 말없이 휴대전화를 귀에 댔다.

"여보세요?"

나지막하고 걸걸한 남자 목소리가 들렸다. 다이시가 아니다. 확실한 사실은 그것뿐이었다.

"이하라 사에 씨의 휴대전화 맞습니까?"

"네…… 그런데요."

"경찰서입니다."

목소리가 흐릿해서 알아듣기 힘들었다. 경찰서? 잠시 후에야 그게 뭘 가리키는지 알았다. 남자는 사에의 반응을 기다리지 않고 말을 이었다.

"확인해 주실 일이 있어서요…… 번거로우시겠지만 서에 한 번 와주셔야겠습니다."

확인, 사에는 얼떨떨한 기분으로 그 말을 되뇌었다. 무슨 말을 하는 건지 이해가 되지 않았다. 그저 찜찜한 예감만이 뭔가를 경고하듯 가슴 한복판을 강하게 두드렸다.

"그게 무슨 말씀이세요?"

사에는 힘이 들어가지 않는 입을 살짝 벌려 간신히 그렇게 물어보는 것이 고작이었다.

남자는 잠깐 뜸을 들이다 말을 꺼냈다.

"어제 오전 열한 시경에 이와세의 산길 부근에서 남자의 시신이 발견됐습니다. 신체적인 특징을 조회한 결과, 남편분이 아니겠느냐는 견해가 나왔거든요. 그래서 가족께서 확인해 주셨으면 해서요."

구로카와 아쓰미의 증언

네, 맞아요. 사에 씨는 전문대를 나왔으니까 나이는 같지만 제가 입사했을 때는 이미 3년 차 선배였죠. 선배라고 해도…… 기자가 아니라 보조였지만요.

타사 신문을 철하거나 기자가 지정한 기사를 복사하거나, 뭐 한마디로 말하자면 잡무가 중심이었어요. 하지만 처음에는 저도 잘 몰랐죠. 평범하게 채용된 나이 많은 선배인 줄 알았어요.

아버지 연줄이죠. 당연하잖아요. 우린 보잘것없는 지방 신문이지만, 4년제 대학교도 못 나온 사람을 채용하다니 말도 안 돼요. 이제는 그래도 시험 정도는 치게 하나 보지만, 당시는 면접만 보고 합격시켜 준 모양이에요.

뭐, 일단 아버지가 임원이니…… 끝내주는 기사를 쓰는 사람은 아니지만, 장기근속한 박힌 돌이라 사내에서 그런대로 힘이 있는 편이었을 거예요.

그건 아버지와 딸의 관계였느냐, 공사를 칼같이 구분했느냐를 물어보시는 건가요? 그렇다면 답은 앞쪽이죠. 애당초 회사에도 아버지 차를 타고 다녔는걸요. 저건 도를 넘지 않았느냐고 문제시하는 사원도 있었어요.

너무 터무니없지 않나요? 아니요, 사회인으로서는 물론이고…… 여기에는 차로 오셨나요? 그렇겠죠. 그럼 실례지만 가족 중에 차가 없는 분은 계신가요? 아아, 그렇군요.

아니요, 도쿄라면 그래도 상관없겠죠. 전철도 많고 막차도 늦게까지 있고요. 하지만 이 지역에서 차가 없다는 건 어떤 의미에서 치명적이에요.

예를 들어…… 이 가게, 꽤 근사하지 않나요? 그렇죠? 요 부근 가게치고는 나쁘지 않아요. 맛도 좋고요. 하지만 역에서 이 가게까지 올 수 있는 노선은 한 시간에 두 대밖에 없어요. 게다가 버스 정류장에서는 10분쯤 걸어야 하고요. 별것 아닌 것 같지만, 굳이 그렇게까지 해서 올 생각은 안 들잖아요? 바로 그거예요. 차가 없으면 선택지가 극단적으로 좁아진다고요. 남에게 의지하지 않는 한, 선택의 폭을 넓힐 수가 없어요.

그래서 이 지역 사람들은 보통 열여덟 살이 되자마자 운전면허 학원에 다녀요. 당연하게 일단 면허부터 따야 한다고 생각하죠. 한동안은 부모님 차를 빌려 타지만, 취직하면 대출을 받아서 자동차부터 사요. 그게 기본이에요. 물론 저도 그랬고요.

아니요, 면허 자체는 가지고 있는 것 같았는데…… 하지만 사에 씨가 운전하는 건 못 봤어요. 예전에 사고를 낸 적이 있다며…… 사고라고 해봤자 전신주를 스치고 지나가서 사이드미러가 떨어져 나간 정도인 모양이지만요. 하지만 그 후로 무서워서 운전을 하지 않기로 했다나 봐요. 부모님도 운전을 못 하게 말린 것 같고요.

처음에 그 이야기를 들었을 때는 깜짝 놀랐어요. 대체 그럼 어떻게 사나 싶어서요. 보조라지만 신문사에서 일하니까 꼭 버스가 있는 시간대에 퇴근하는 건 아니거든요. 하지만 얼마쯤 지나자 알겠더군요. 간단해요. 부모님에게 전화하는 거죠. 전화하고 기다리면 부모님이 데리러 오는 거예요. 뭐, 전용 택시 같은 느낌이죠. 저러면 차가 없어도 살 만하겠구나 싶었죠.

그 밖에 인상적이었던 일이요? ……한 가지 있네요.

사에 씨가 우리 회사를 그만둔 이유요.

요즘에 야마오 씨도 쌀쌀맞게 굴고, 안 되겠어. 사에 씨는 그렇게 말했어요.

야마오 씨는 사에 씨보다 두 살 많은 선배 사원이에요. 당시는 사회부 소속이었고 지금은 지방부에 있는데…… 사에 씨는 야마오 씨를 좋아했어요. 하지만 야마오 씨는 개가 우리랑 똑같은 월급을 받는다고 생각하면 속에서 열불이 난다고 투덜거렸죠. 아무리 그래도 대놓고 말하지는 않았겠지만, 그렇게 경멸하는 분위기를 사에 씨도 느낀 걸까요. 이제 됐다, 그만두겠다며 정말로 그만뒀어요.

기껏 정사원이 됐는데 아깝다는 둥, 아버지 연줄이 닿는 곳이 또 있는 거냐는 둥, 제 동기들 사이에서도 화제가 됐었는데⋯⋯ 누구였더라, 동기 중 하나가 그 사람은 일하러 온 게 아니니까 걱정할 필요 없다고 했어요. 결혼할 남자를 찾으러 왔을 거라고요.

그래서 시간이 지나 사에 씨에게 결혼한다는 연락을 받았을 때는 순수한 마음으로 잘됐다고 생각했죠. 아아, 무사히 골인했구나 하고요.

네, 사에 씨의 휴대전화 메일 주소를 아세요? 저도 정기적으로 메일을 주고받는 건 아니라서, 제가 알고 있는 게 최신 주소라는 자신은 없거든요⋯⋯ 사에 씨는 자주 메일 주소를 바꿔요. 스팸 메일 대책이나 그런 게 아니라요.

주소에 남자 친구 이름을 넣어요. 음, 그러니까 예를 들어 남자 친구의 이름이 '아키라'라면 'akira.sae.forever' 이렇게요. 예를 들자면 그렇다는 거예요. 아무튼 그런 식으로 남자 친구가 바뀔 때마다 메일 주소도 바꾸니까 주소를 자주 변경해요. ⋯⋯ 아, 역시. 보세요, 지금 주소에 'ambitious'라는 단어가 들어가 있죠? 이건 미국의 유명한 교육자 윌리엄 스미스 클라크가 남긴 말, "소년이여, 야망을 가져라."에서 따온 거예요.

이건 안 바꾸나. 아니면 저한테만 연락이 안 왔을 뿐 벌써 바꿨을까요.

아, 그런가요. 그대로. 흠…… 하지만 그건 그것대로 좀 무서운 이야기네요.

2

가시와기 나쓰코

다이시의 시체를 발견한 사람은 20대 중반에 접어든 청년이었다.

대학교 육상 동아리 선배의 결혼식 때 사용할 영상을 위해 장거리 릴레이를 하는 모습을 촬영 중이었다는 청년은 세 번째 주자로 그 길을 달렸다.

사회인 3년 차인 청년은 학교를 졸업한 뒤로는 육상과 멀어졌다. 그래서 맡은 구간을 다 뛰지 못하고 도중부터 걸었다. 그러다 이상한 냄새를 맡았다.

차를 타고 갔다면 그대로 지나쳤으리라. 혼자였더라도 찜찜함을 무시하고 그냥 지나갔을 것이다. 하지만 그때 청년은 촬영용 비디오카메라를 든 친구들과 함께였다.

이상한 냄새 나지 않아?

시체라도 있는 거 아니야?

그렇게 장난치며 수풀 너머를 들여다본 그들은 들개가 파헤쳐서 드러난 다이시의 다리를 발견했다.

참 싱겁다고 나쓰코는 생각했다.

그토록 용을 써서 간신히 아무에게도 들키지 않고 암매장했는데, 고작 2주 만에 이런 식으로 드러날 줄이야. 지인의 결혼식을 축하하기 위해 선의로 한 행동. 다이시의 시체를 앞에 두고 하늘의 계시 같다고 느꼈던 기분이 왠지 되살아났다.

사에가 시아버지에게 끌려가다시피 분향대로 향했다. 하지만 등을 떠밀어도 관만 올려다볼 뿐 말향에 손을 뻗으려 하지 않았다.

사에는 지금 무슨 생각을 하고 있을까.

"아가, 어서 분향해야지."

시아버지가 속삭이는 소리가 희미하게 들렸다. 그래도 사에는 두 팔을 축 늘어뜨린 채 가만히 있었다. 시아버지는 몇 초 기다리다가 분향대로 돌아서더니, 우두커니 서 있는 사이 옆에서 말향을 집어 이마에 대고 나서 향로에 넣었다.

나쓰코는 염주를 올려둔 손을 가만히 내려다보았다. 손끝을 구부리자 흙이 빠지지 않아서 바투 깎았던 손톱이 눈에 들어왔다.

느릿느릿 가슴 앞으로 팔을 뻗어 평영을 하는 요령으로 공기를 갈랐다.

옆에서 다카오가 깜짝 놀라 쳐다보는 걸 느끼며 나쓰코는 실눈을 떴다.

날 수 있다, 날 수 있다.

염원하듯 그 말을 되뇌며 몸이 떠오르기를 기다렸다.

하지만 아무리 기다려도 부유감은 느껴지지 않았다. 나쓰코는 양손을 무릎에 내려놓고 맥없이 눈꺼풀을 들었다.

바닥을 기듯이 나지막하게 이어지는 독경 소리, 치밀한 세공이 돋보이는 거창한 원목 제단, 하양, 초록, 보라, 노랑, 규칙적이라 모자이크 무늬처럼 보이는 공화 사이에 새 조문객 명판이 띄엄띄엄 빗처럼 꽂혀 있었다. 상주, 이하라 가즈코, 이하라 고헤이, 주식회사 히타치 은행, 주식회사 가이소

대표이사 다카이와 마사히코, 주식회사 데쓰만카이, 가시와기 다카오, 가시와기 나쓰코. 숨이 턱 막힐 만큼 굵은 명조체로 적힌 이름이 자기 이름이 아닌 것처럼 보였다. 자녀 일동, 손주 일동같이 여느 장례식에서 많이 보이는 표기는 어디에도 없었다.

왜 날 수 없는 걸까. 나쓰코는 힘없이 고개를 숙여 검은 스타킹에 감싸인 무릎을 내려다보았다. 그럼 하다못해 빨리 꿈에서 깨면 좋을 텐데.

어릴 적부터 자각몽을 꾸는 데 일가견이 있었다. 자각몽은 꿈인 줄 알면서 꾸는 꿈인데, 이건 꿈 아닐까 생각하며 팔을 휘저으면 몸이 공중에 붕 떠올라서 정말로 꿈이라는 걸 실감한다. 대개는 그 순간에 갑자기 주변이 흐릿해지며 잠에서 깨지만, 그걸 참아내면 꿈나라에 머물 수 있다.

전두엽이 반쯤 각성된 상태일 때 자각몽을 꾼다는 건 어른이 되어 꿈 관련 서적을 읽고서야 알았지만, 그 이전에도 나쓰코는 자각몽을 꾸는 방법을 감각적으로 알고 있었다. 몸에서 힘을 뺀다. 복잡한 생각을 하지 않는다. 그저 멍한 상태를 유지한 채 윤곽 없이 흐리멍덩한 세계로 자신의 존재를 천천히 가라앉힌다. 서두르지 말고 꿈속에 자신의 존재

가 정착하기를 기다렸다가 팔로 공기를 살며시 가르며 공중
으로 날아오른다.

그러니까 이건 꿈이라고 나쓰코는 생각했다. 악몽. 길고
심각하지만 깨어나면 금방 잊어버리는 덧없는 꿈이라고.

굳어버린 것처럼 뻣뻣한 목을 억지로 돌려서 곁에 있는
리리를 내려다보았다. 리리는 나쓰코와 눈이 마주치자 인상
을 찡그리고 나쓰코의 안색을 살피듯 눈을 치떴다. 그리고
결심한 듯 눈을 꼭 감고 숨을 크게 들이마셨다. 후에엥, 하고
말로는 다 형언하지 못할 법한 소리를 내더니 자기 목소리
에 자극을 받은 것처럼 다시 울음을 터뜨렸다.

경을 읊는 소리와 공명하듯 점점 높아지는 리리의 울음소
리를 들으며 응석을 부리는 거라고 나쓰코는 차분히 생각했
다. 정말로 아프거나 슬프거나 속상해서 울 때와는 확연히
다른 울음소리. 목소리를 내고 나서 눈을 연신 깜박여 쥐어
짜듯 눈물을 흘리는 리리에게 손을 뻗어 부드러운 머리카락
을 살살 쓰다듬었다.

"왜 그러니, 리리."

속삭이는 목소리가 묘하게 크게 들렸다. 하지만 나쓰코는
이미 답을 안다. 익숙지 않은 분위기에 기가 죽은 것이다. 계

속 울려 퍼지는 목탁과 독경 소리, 아무 말도 없이 한 방향을 보고 늘어선 사람들, 손안에서 잘가닥잘가닥 소리를 내는 투박한 염주. 리리가 처음 보는 광경뿐이다.

어린 리리는 대체 무슨 일이 벌어지는지 모르는 상황에서 뭘 어째야 하는지 짐작도 가지 않아 그저 울 수밖에 없는 것이리라.

깊은 기억의 바닥에서 아빠의 장례식을 치르던 때의 광경이 떠올랐다.

장례식장이 아니라 집이었다. 결코 넓지 않은 마루방에 제단을 설치했고, 평소 엄마가 이리저리 돌아다니던 부엌에는 하얀 요리복을 입은 근처 이웃들이 북적거렸다. 나쓰코, 거기 앉아 있으렴. 엄마가 시키는 대로 복도에 꿇어앉아 몹시 바쁘게 눈앞을 오가는 검은색 기모노 차림의 엄마를 눈으로 좇았다.

엄마, 하고 부르고 싶어서 입을 벌렸지만 목소리가 나오지 않아서 이를 악물었다. 몇 번이고 꾸벅꾸벅 머리를 숙이는 엄마 주변에서 이웃들과 검은색 옷차림의 낯선 사람들은 어째선지 시끄럽게 이야기를 나누고 있었다. 너무 갑작스럽네. 정말 가엾게도. 힘들겠어. 이럴 때야말로 자네가 정신 단단히 차려야 해. 나쓰코 짱도 아직 어리니까.

지금의 리리보다는 훨씬 커서 무슨 일이 일어났는지는 알고 있었지만, 그래도 뭘 어쩌면 좋을지는 전혀 몰랐다. 이렇게 멍청히 앉아 있으면 눈치가 없다고 수군거리지 않을까 싶었고, 그렇다고 나서서 척척 일을 도우면 아빠가 죽었는데 목석같이 군다고 수군거리지 않을까 싶기도 했다. 결국 아무것도 못 하고 엄마가 준 염주만 움켜쥐고 있었다.

그때 엄마와 눈이 마주쳤다면 나도 울면서 응석을 부렸을까. 나쓰코는 리리를 내려다보며 생각했다. 엄마와 눈이 마주친 기억은 없다. 하지만 분명 장례식이 시작될 무렵에는 울고 있었다. 무슨 계기로 울음을 터뜨린 걸까.

"리리."

작은 목소리가 들려 왼쪽을 보자 다카오가 엉거주춤 일어서 있었다.

"잠깐 밖에 나갔다 올까?"

흐느껴 울던 리리가 눈을 크게 뜨고 침을 꼴깍 삼켰다. 힉, 하고 들이마신 숨을 참는 듯한 침묵이 흘렀다. 울음을 그쳤나 싶었을 때 리리가 더 크게 울음을 터뜨렸다.

얼른 달래야 한다고 머리 한구석에서 생각했다. 하지만

이번에는 팔이 움직이지 않았다. 안아줘야 한다. 괜찮다고 말해줘야 한다. 머리로는 그렇게 생각하면서도 손가락 하나 까딱할 수 없었고, 입술도 딱 붙어버렸다.

다카오가 리리를 안고 일어섰다. 나쓰코는 초점이 맞지 않는 눈으로 그 모습을 올려다보았다.

이러는 동안에도 경찰은 부검을 진행 중이리라. 사인, 사망 추정 시각, 지문, 타이어 자국. 차례차례 떠오르는 단어가 묘하게 얄팍한 가공의 산물처럼 느껴졌다. 살인 사건을 수사하는 형사는 텔레비전 드라마와 추리소설로만 접했다. 그게 얼마나 현실에 충실한지, 이야기의 형편상 많이 각색했는지 나쓰코는 모른다.

마지막 한 명이 분향을 마치자 경을 읊는 목소리가 점점 잦아들었다. 장례식장 밖에서 리리의 울음소리가 문 너머로 희미하게 들렸다.

분향을 하기 위해 줄을 선 사람이 없는데도 사에는 마치 누가 있는 것처럼 거듭 머리를 숙였다. 멍하게 눈을 뜬 채 꾸벅꾸벅 조는 것처럼 규칙적으로 몸을 크게 앞뒤로 흔드는 사에에게 시선이 모였고, 장례식장에 웅성거리는 소리가 퍼져 나갔다.

사에. 나쓰코는 속으로 외치듯이 불렀다.

사에, 사에, 정신 차려.

사락사락 옷이 쓸리는 소리를 내며 승려가 물러갔다. 상주인 사에 대신에 장례 위원장인 다이시의 상사가 일어섰다. 다이시의 상사는 망가진 진자처럼 여전히 몸을 흔드는 사에의 팔을 세게 잡아당겨 억지로 일으켜 세워서 간신히 형식을 갖추고 인사말을 시작했다.

쉬게 하는 편이 낫지 않을까. 딱해라. 충격이 심하겠지. 살해당했다는 거 진짜야? 작게 소곤거리는 소리가 잔물결처럼 너울거리며 나쓰코의 귀에 와 닿았다.

"이로써 고인이 되신 이하라 다이시 님의 장례식 및 고별식을 마치겠습니다. 곧 출관하겠사오니 고인의 마지막 길을 배웅하실 분은 잠시만 기다려주시기 바랍니다."

사회자의 안내 방송과 함께 장례식장의 엄숙한 분위기가 풀어졌다. 나쓰코는 참지 못하고 일어섰다. 무표정하게 허공을 바라보며 몸을 흔드는 사에에게 냉큼 다가갔다.

"사에."

이름을 부른 순간, 드디어 정신이 번쩍 든 듯한 사에의 얼굴이 잔뜩 일그러졌다. 사에가 팔을 뻗어 나쓰코의 소맷자

271

락을 붙잡았다. 그대로 토해내듯 꺼이꺼이 울며 풀썩 주저앉았다. 나쓰코는 떨리는 팔로 사에의 머리를 끌어안고 힘을 주었다.

"괜찮아, 괜찮아."

나쓰코의 말에 안겨 있던 사에의 울음소리가 한층 높아졌다.

"낫 짱."

사에가 나쓰코에게 꽉 달라붙었다. 어린아이처럼, 온 힘을 다해.

나쓰코도 갑자기 울음이 북받쳐서 얼른 입술을 깨물었다. 오만상을 찌푸린 채 우는 사에, 온 힘을 다해 매달리는 팔, 낫 짱이라고 부르는 목소리. 나는 이 모습을 안다.

사에가 여섯 살 때 미토역 앞 백화점에서 캐릭터 쇼를 보고 돌아가는 길이었다. 엄마도 함께였는데, 백화점에 온 김에 사에의 생일 선물도 사려고 장난감 매장으로 향했다. 프랑스에서 수입한 귀여운 테디베어가 괜찮아 보여서 안아 든 순간, 나쓰코는 사에의 손을 잡고 있지 않다는 사실을 깨닫고 숨을 삼켰다.

"손을 꼭 붙잡고 있어야 할 것 아니야!"

고함을 지른 엄마는 나쓰코의 대답을 기다리지 않고 직원에게 달려갔다. 길 잃은 아이를 데리고 있지 않느냐고 묻자 직원은 즉시 내선으로 어딘가에 문의했다. 직원이 수화기에 "없다고요?" 하고 한숨을 섞어 말하는 것과 동시에 나쓰코는 혼자 뛰어나갔다. 아동복 가게를 돌고, 캐릭터 쇼를 했던 옥상을 확인하고, 예전에 사에가 소파 전시 코너에서 신이 났던 것이 떠올라 인테리어를 다루는 층에도 가봤다. 하지만 사에는 어디서도 찾을 수 없었다.

나쓰코는 엘리베이터 옆의 층별 안내판 앞에서 눈을 꼭 감았다. 사에, 사에, 어쩌지, 혹시 사에에게 무슨 일이라도 생기면.

그때 관내 방송이 흘러나왔다.

"고객 여러분께 안내 말씀 드립니다. 지금 여성복 매장 코미라주에서 여섯 살 어린이 사에를 보호 중입니다. 보호자께서는 즉시 4층 여성복 매장으로 와주시기 바랍니다."

여성복 매장? 코미라주? 나쓰코는 의아해하면서도 에스컬레이터를 뛰어 올라갔다. 매장 앞에 서 있는 너무 홀쭉한 마네킹이 보인 순간, 자기가 사에에게 여기서 잠시 기다리라고 말했다는 것이 생각났다.

"네가 사에 짱더러 여기서 기다리라고 했다면서? 사에 짱이 널 기다린다면서 꼼짝도 안 해."

시뻘겋게 달아오른 얼굴로 소리치는 엄마 뒤편에서 사에가 고개를 들었다. 무표정하게 허공을 쳐다보던 사에는 나쓰코를 보자마자 눈물을 펑펑 쏟았다. 그때까지 조용히 서 있었다는 것이 거짓말인 것처럼 큰 소리로 울면서 나쓰코에게 매달렸다.

"낫 짱!"

싸늘하게 식어버린 몸 한복판에 열기가 피어올랐다.

사에, 사에, 내 귀여운 사에.

내 소중한, 딸.

왜 지레 약한 마음을 먹은 걸까. 나쓰코는 사에의 등을 쓰다듬으며 눈을 꽉 감았다.

안 된다. 역시 안 된다.

사에만은 절대로 진실을 알아서는 안 된다.

다음 날 리리를 유치원에 보내고 집에 돌아오자 다다미방에 마리에의 장례식용 가방이 널브러져 있었다. 나쓰코는 그 옆에 등을 웅크리고 앉아 조용히 생각했다.

내내 엄마를 미워해 왔다고. 자신을 속박하고 지배하는 엄마를. 하지만 정말로 용서할 수 없었던 건, 엄마가 자신을 무조건 사랑해 주지 않는다는 사실이었다.

어릴 적에 나쓰코는 장래의 꿈을 물어보면 반드시 '피아니스트'라고 대답했다. 왜냐하면 엄마가 그러기를 바랐기 때문이다.

모두를 감동시킬 수 있는 피아니스트가 되고 싶습니다. 어려운 곡을 잘 쳤을 때가 제일 기뻐요. 힘든 점이요? 친구랑 같이 놀 때도 손가락이 멋대로 움직여서 창피한 거요.

인터뷰에 답하는 것처럼 할 말이 정해져 있었다. 그건 텔레비전의 취재에 응할 때 실제로 엄마가 준비한 말이었다.

거실의 업라이트 피아노로 연습하는 장면. 엄마가 평소 만들지 않는 맛있는 음식을 차리고, 그걸 먹으면서 연습 때 미흡했던 부분을 확인하는 장면. 인터뷰에 응답하는 장면. 엄마가 운전하는 차를 타고 피아노 교실로 이동하는 장면. 엄마에게 혼나면서 과장된 몸짓으로 피아노를 치는 장면. 그런 장면들을 몇 번이나 재촬영하느라 지쳐서 울자, 주의를 받고 자기 자신이 못마땅해서 우는 오기 있는 아이라는 이미지를 표현하는 장면으로 활용됐다. 하지만 몇 시간이나 들여서 촬영한 다른 장면들은 합쳐서 3분 정도밖에 나오지 않았다.

그 방송 출연자 중에 훗날 꿈을 이룬 아이가 있는지는 모른다. 적어도 나쓰코가 피아니스트라는 꿈을 포기한 건 방송이 나가고 고작 2년 후였다. 그것도 무슨 콩쿠르에 낙선해 좌절한 것이 아니라, 피아노 교실을 바꾸자 더 잘 치는 아이가 얼마든지 있었고 선생님도 엄격해서 대번에 꿈이 와장창 깨졌기 때문이다.

애당초 나쓰코가 방송에 출연한 것도 피아노 교실 선생님이 피디와 친구였고, 마침 그 피아노 교실에 나이가 방송에 적합하고 그럭저럭 그림이 나올 정도로 피아노를 칠 줄 아는 아이가 나쓰코밖에 없었기 때문이었다.

당시 올림픽에서 메달을 딴 선수가 어머니에게 스파르타 교육을 받았다는 것이 화제였는지라, 어린아이가 꿈을 실현하기 위해 노력한다는 방송의 이면에 '엄마와 아이의 이인삼각'이라는 주제가 숨어 있었기 때문인지도 모른다.

학교를 마치고 집에 오면 매일 세 시간씩 피아노 앞에 앉아 악보를 펼친다. 잘 치지 못하면 엄마에게 혼나고, 잘 쳐도 지금 무슨 생각을 하며 쳤느냐고 꼬치꼬치 캐묻는다. 네가

내는 소리를 제대로 듣고 있는 거야? 나쓰코가 내는 소리는
전혀 마음에 와닿지 않아. 그렇게 해서 피아니스트가 될 수
있겠니. 엄마는 나쓰코가 개인 교습을 받는 내내 뒤에서 기
다리며 선생님이 지적하는 사항을 자기 악보에 받아 적었
다. 그리고 집에서 그걸 참고삼아 설교를 했다.

왜 제대로 못 하니. 왜 엄마 말을 안 들어. 왜, 왜, 왜. 엄마
가 말하는 '왜'에 원인을 알려고 하는 의사는 눈곱만큼도 없
었다. 그러므로 되풀이할 때마다 나무라는 기운만 더 진하
고 깊게 스며든다. 왜 이런 애가 내 딸일까. 결국 엄마의 불
만은 거기에 있는 것 같았다. 왜까, 하고 나쓰코도 생각했다.
왜 제대로 못 할까. 왜 엄마가 시키는 대로 못 할까. 왜 이런
아이밖에 될 수 없을까.

늘 피아노 앞에서 기다리고 있는 엄마가 싫으면서도 엄마
를 실망시킬까 봐 무서웠다. 방송에 출연한 후로 한층 커진
엄마의 기대에 부응하기 위해 교습을 일주일에 한 번에서
두 번으로 늘렸고, 교습이 없는 날도 친구와 놀지 않고 연습
에 매진했다.

얼마 후 엄마는 "이 교실에서는 프로가 못 되겠어." 하며
차로 한 시간 반이나 걸리는 다른 교실에 등록했다. 하지만

거기서 나쓰코는 깨달았다. 자신은 피아니스트가 될 수 있는 사람이 아니라는 걸.

비유가 아니라 정말로 온몸이 덜덜 떨렸다. 창피하고 무섭고 아무 변명도 떠오르지 않아 이제 죽음밖에 이 비참한 괴로움에서 벗어날 방법이 없을 것만 같았다.

그래도 죽지 않은 것은 진심으로 죽으려 하기 전에 아빠가 돌아가셨기 때문이다. 높은 곳에서 작업을 하다가 떨어지는 사고였다. 산재 보험금은 나왔지만 갑작스럽게 가장을 잃자 금전적으로 더 이상 피아노를 계속할 여유가 없었다.

엄마는 아버지 동료의 부인이 소개해 준 화장품 외판원 일을 시작했고 피아노도 팔았다. 그 후로 엄마가 피아노 이야기를 꺼내는 횟수는 급격히 줄어들었고, 결국은 피아노라는 말 자체를 하지 않게 되었다.

나쓰코를 안아준 적도 몇 번 없을 만큼 엄격했던 아빠였다. 그래도 가족을 위해 일하다 돌아가신 걸 애도하는 마음보다 안도하는 마음이 앞설 만한 존재는 아니었다.

죄송했다. 그러자 돌아가신 아버지 앞에서 그런 생각밖에 못 한다는 슬픔에 잠겼다. 그러자 내게는 슬퍼할 자격이 없다는 생각에 또 죄송함이 더해졌다.

그 후에도 기술을 배우라는 엄마 말에 따라 미용 전문 학교에 들어갔지만, 엄마는 나쓰코가 입학한 지 얼마 지나지 않아 실은 쓰쿠바 대학교에 갔으면 했다고 말했다. 하다못해 전문대 정도는 나오는 게 어떻겠니, 그렇게 실속 없는 일에 매달리다가는 점점 시기를 놓칠 텐데. 엄마의 말에 망연자실한 상태로 있다가 쓰쿠바 대학교 축제를 구경하러 가서 만난 사람이 다카오였다.

엄마는 나쓰코의 남자 친구가 쓰쿠바 대학교 학생임을 알자 처음으로 나쓰코를 칭찬했다. 이야, 너치고는 괜찮은 남자를 건졌구나. 역시 남자는 학력이 좋아야지. 너희 아빠 가방끈이 길었으면 나도 이렇게 고생하지 않았을 텐데.

하지만 엄마는 나쓰코가 임신했다는 걸 알자 망측하다고 나무랐다.

엄마 같은 부모는 되기 싫었어.

나쓰코는 다다미 위에 널브러진 검은색 가방을 옆으로 끌어당겼다. 같이 쇼핑을 가고, 연애도 상담해 준다. 뭐든지 터놓고 이야기할 수 있는 친구 같은 엄마가 되고 싶었다. 그래서 덮어놓고 어떻게 하라고 야단치지 않도록 노력했고, 딸들에게는 자신을 '낫 짱'이라고 친구처럼 부르게 했다.

하지만 그게 다 뭐란 말인가.

나쓰코는 청바지 호주머니를 천 위로 꽉 붙잡았다. 손바닥에 딱딱한 금속의 감촉이 느껴졌다.

줄곧 부적처럼 가지고 다녔던 사에네 집 여벌 열쇠를 움켜쥐었다. 이 열쇠는 사에에게 받은 거라고 자기 합리화를 하듯 생각했다. 훔친 게 아니다. 그래도 자기 합리화를 할 수밖에 없는 이유는 훔친 거나 다름없음을 알기 때문이다.

사에가 이사하고 얼마 지나지 않았을 무렵, 집 열쇠를 잃어버려서 다이시에게 혼났다는 이야기를 들었다. 사에의 우울한 얼굴을 보았을 때 나쓰코는 좋은 생각이 번쩍 떠올랐다. 만약 열쇠를 한 번 더 잃어버리면 만일에 대비해 여벌 열쇠를 맡기지 않을까. 사에가 자신에게 비밀을 만들지도 모른다는 게 싫었다. 그래서 훔쳤다.

그래서야 나를 지배하려고 했던 엄마와 뭐가 다를까.

나른한 팔을 움직여 검은색 가방을 열었다. 속에서 염주를 꺼낸 순간, 염주에 엉켜 있었던 것처럼 40년이나 예전의 기억이 줄줄이 솟아올랐다.

어스름한 마루방에 가득 깔린 방석, 생활감을 가리는 것처럼 사방의 벽에 둘러친 구지라마쿠(흰 천과 검은 천을 이어서 만든 장례식용 포장막─옮긴이), 천장에 닿을 듯이 거창한 제단. 본가에서 본 광경이 오래된 영화를 보는 것처럼 머릿속에 되살아났다.

상복 위에 요리복을 껴입은 엄마가 굵은 기둥 뒤쪽에서 어른거린다. 종이봉투를 들고 왼쪽에서 오른쪽으로 갔다가, 쟁반을 들고 오른쪽에서 왼쪽으로 돌아온다. 몇 번이나 그 랬을까, 다시 나타난 엄마가 갑자기 나쓰코 앞에서 요리복을 벗었다. 평소 별로 볼 일이 없는 엄마의 기모노 차림을 나쓰코는 멍하니 올려다보았다. 다음 순간 엄마는 처음으로 나쓰코를 보고 말했다.

"꾹 참았구나. 장하다."

이를 악문 채 울음이 새어 나왔다. 맞다. 왜 잊어버렸을까. 그때 엄마는 칭찬해 주었다.

그래서 나는 장례식이 시작되었을 무렵에 울고 있었던 것이다.

"엄마."

나쓰코는 손을 뻗어 전화기를 끌어당겼다. 뚜, 하고 무미건조한 소리를 토해내는 수화기에 대고 울며 애원하듯 불렀다.

"엄마, 엄마, 엄마."

엄마에게 인정받자, 엄마가 실망할 일만큼은 하지 말자. 평생 그렇게 생각하며 살아왔다. 하지만 만약 내가 살인범으로 체포된다면, 엄마는 날 어떻게 생각할까.

용서할 리 없다는 대답이 금방 떠올랐다. 엄마는 분명 나를 미워하리라. 내게 실망해 나를 괜히 낳았다고 후회할 것이다.

나쓰코는 떨리는 손가락을 단축 버튼으로 뻗었다.

엄마와 이야기를 하고 싶었다. 경찰의 이야기가 엄마 귀에 들어가기 전에 전부 들려주고 싶었다. 왜 그러니, 무슨 일 있어? 그렇게 물어보는 엄마에게 모든 사실을 들려준 후, 나쓰코는 잘못하지 않았다는 말을 듣고 싶었다.

하지만 나쓰코는 그대로 수화기를 내려놓았다. 작은 전자음을 듣고 한숨을 내쉬었다.

나쓰코는 오열을 삼키며 초점이 맞지 않는 눈으로 허공을 바라보았다. 만나지 않은 지 수년, 수십 년이나 된 사람들이 자신의 사진이 비치는 텔레비전 화면을 가리키는 모습이 보이는 것 같았다. 그 가운데서 등을 웅크리고 있는 자신의 모습까지 눈꺼풀 안쪽에 떠올랐다.

만나지 않은 세월은 상상으로 메워지고, 살인범이 되기까지의 이야기는 날조되리라. 그러고 보니 옛날부터 좀 이상했다. 부부 사이가 좋지 못했던 것 아닐까. 자신의 비참한 삶이 드러날까 봐 그때 반창회에 참석하지 않은 건지도 모른다. 무서운 사람, 지독한 사람, 불쌍한 사람. 사람들이 뭐라고 한들 분명 반박조차 할 수 없을 것이다.

나쓰코는 멍하니 수화기를 내려다보았다. 그 순간 뭔가에 응답하듯 집 전화가 시끄럽게 울렸다. 나쓰코는 부리나케 수화기를 들어 귀에 댔다.

"네, 가시와기입니다."

"낫 짱."

머릿속까지 파고드는 목소리에 나쓰코는 얼어붙었다.

"사에."

"낫 짱, 나, 뭐가 뭔지 잘 모르겠어서…… 왜 낫 짱이."

사에의 힘없는 목소리가 주르르 녹아내리듯이 일그러졌다. 숨을 한 번 들이마시는 소리에 이어 훌쩍이는 소리가 들렸다. 나쓰코는 눈을 감고 사에의 말을 기다렸다. 사에는 속삭이는 듯한 목소리로 말했다.

"……낫 짱이 다이시를 파묻은 거지?"

하세가와 사치요의 증언

그런데 지금까지 누구한테 이야기를 듣고 왔어요? 뭐야, 잔 말 말고 얼른 대답이나 해요. 개인 정보 보호? 웃기고 있네. 당신 들이 제일 먼저 남의 정보를 까발리는 주제에. 정말 염치도 없 다니까. 아아, 알았어요. 어차피 나한텐 인권 따위 없다는 거겠 지. 그럼 이렇게 귀찮은 짓 하지 말고 마음대로 하면 되잖아요. 어차피 있는 일 없는 일 가리지 않고 멋대로 쓸 거면서.

나도 처음에는 말을 하나하나 잘 골라서 대답했어요. 거기서 운 것도 가짜로 운 게 아니고요. 그런데 결국 당신들은 자기들 입맛대로 편집해서 보여주고 싶은 부분만 보여주잖아요. 이제 와서 사과를 받은들 늦었어요. 난 평생 이 동네에서 고개를 들 고 돌아다닐 수가 없다고요. 평생.

이해한다고요? 뭘 이해한다는 거예요? 뭐요? 뭘 이해한다는 건지 말해봐요. 뭐라고요? 말 못 할 것 같으면 그딴 입에 발린 소 리는 꺼내지도 말아요. 아주 약아빠져 가지고.

보아하니 나쓰코의 동급생이며 근처에 살던 애며 온갖 것들 이 제멋대로 지껄이는 모양인데, 어떻게 다들 사정을 잘 안다는 듯이 입을 함부로 놀리는지 모르겠네요. 같은 학교에 다녔고 근처에 살았다는 이유만으로, 나쓰코의 뭘 안다는 건지 원. 전혀 상관없는 이야기를 억지로 갖다 붙여놓고 확실히 그런 면은 있었을지도 모른다, 이게 원인이 아닐까 운운하다니. 짜 맞추기 같은 비겁한 짓을 해놓고 부끄럽지는 않은지 물어보고 싶네요. 그냥 구경꾼이에요. 망측해라.

확실히 그쪽 부모님은 딱하지만요. 하지만 그렇게 따지면 나도 이미 벌은 받았다고요. 뒷손가락질을 당하는 걸로도 모자라 친척들에게도 의절당했다고요. 집에 낙서를 하질 않나 돌을 던지질 않나…… 시도 때도 없이 전화를 걸어대서 전화선도 뽑아놨어요. 철창신세를 지지 않았을 뿐 실제로는 죄인 취급을 받는다고요.

이봐요, 자식은 있어요? 몇 살? 아, 그래요. 그럼 묻겠는데, 아들이 장래에 범죄자가 되는 상상 해본 적 있어요? 나도 마찬가지예요. 당연하잖아요. 자기 자식을 범죄자로 키우려는 부모가 어디 있겠느냐고요. 그렇죠? 여자 혼자 힘으로 죽어라 키웠어요. 그야 호강은 못 시켜줬지만, 가정교육만큼은 똑바로 시켰다고요.

당신들이 하는 짓은 모순이에요. 그렇잖아요. 나쓰코가 그렇게 된 건 나 혼자만의 책임이 아닌걸요. 내가 평생 개를 집에 처박아 놓고 혼자서 키우다가, 집에서 내보낸 순간 죄를 지었다면 내 탓이겠죠. 하지만 아니잖아요. 당신들이 찾아가서 이야기를 들은 사람들 모두에게 책임이 있어요. 학교 선생, 친구, 그리고 나쓰코의 남편도 개한테 영향을 줬는걸요. 증언할 수 있다는 건 그만큼 관계가 있었다는 뜻이에요. 갖다 붙였든 말았든 그럴듯하게 들려줄 일화가 있다면, 적어도 그만큼은 나쓰코에게 영향을 줬다는 뜻이라고요. 그럼 왜 그 작자들은 나무라지 않는 거죠? 이상하잖아요. 이런저런 일이 있었다고 지껄이는 주제에, 막상 책임을 물으면 전부 부모 책임이라니 너무 뻔뻔해요.

나보다 나쓰코의 남편 책임이 더 크다고 생각해요. 그딴 놈과 사귀기 전까지는 착했거든요. 내가 일을 마치고 녹초가 돼서 돌아오면 "엄마, 피곤하지." 하며 다리를 주물러줬어요. 내가 시킨 게 아니에요. "엄마, 다리 주물러줄까?" 하고 자기가 물어봐요. 그리고 시원하게 다리를 주물러주면서 "미안해, 엄마. 빨리 기술 배워서 호강시켜 줄게." 하고 기특한 소리를 했죠. 뭐, 머리도 좋겠다, 나야 솔직히 말해 대학교에 갔으면 했지만요. 그렇지만 본인 마음이 그렇다면 본인의 의사를 존중하는 게 엄마잖아요. 학비도 장난 아니었지만 응원해 줬어요. 딸의 꿈이니까요.

그런데 뭐야. 졸업이 얼마 안 남았는데 청천벽력 같은 소리를 했어요. 아기가 생겼으니 학교를 그만두고 싶다는 거예요. 놀란 정도가 아니죠. 눈앞이 캄캄해졌다고요.

친구네 집에 자러 간다고 할 때도 딸이 하는 말이니까 믿었어요. 그런데 나쓰코는 친구 부모님께 욕먹을 짓 하지 말라고 신신당부하는 내 말에 겉으로는 순순히 고개를 끄덕이면서 속으로는 의심 한 번 하지 않는 엄마를 깔본 거예요. 얼마나 속상한지…… 매일 불단 앞에서 남편에게 왜 죽었느냐고 울면서 하소연했어요.

사에 짱과 만난 적 있느냐고요? 그야 있죠. 손녀니까. 네? 반대한 것도 아이를 낳기 전까지죠. 이미 낳았는데 끝도 없이 이러쿵저러쿵 불평한들 무슨 소용이겠어요.

친정에 와서 낳았어요. 한두 달쯤 있었죠. 기저귀를 갈아주고 안아주고, 나쓰코가 집에 돌아간 후에도 가끔 육아에 대해 상담해 줬고요. 미우나 고우나 가족이라고는 우리 둘뿐이었으니까요. 나쓰코도 엄마가 되어보니 내가 얼마나 고생했는지 알겠다고 했어요. 마리에 짱이 임신했을 때는 엄마랑 한잔하고 싶은 기분이라며 전화를 하더군요. 그래서 둘이서 아침까지 마셨죠.

사이는 좋았다고 생각해요. 그야 시집을 갔으니 툭하면 만날 수는 없었지만요.

학대? 나쓰코가 그러던가요? 누가 말했는지는 알려줄 수 없다니요? 얼른 말해요. 아무 근거도 없는 소리를 어디서…… 설마 그런 어처구니없는 소리를 믿는 건 아니겠죠? 아이를 사랑하지 않는데 누가 자기 인생을 몇십 년이나 희생해서 키울 수 있겠어요. 네? 희생이요. 그야 그렇죠. 하고 싶은 일도 못 하고, 돈도 들죠. 하지만 아이를 사랑하니까 감내하는 거라고요. …… 아아, 그래요, 알았어요. 그렇게 뭐든지 다 내 탓으로 돌리고 싶으면 그러든지요.

아, 진짜 허무하네. 세상만사가 다 싫어져요. 이 악물고 일해서 먹여 살린 결과가 이거라니. 정말이지 내가 죽고 싶을 지경이라고요.

제
6
장

1

이하라 사에

10분 후에는 낫 짱이 온다.

발을 어깨너비로 벌리고 허리를 낮추자 어중간하게 내린 속옷과 크롭 팬츠가 넓적다리를 파고들었다.

변기를 들여다보듯 등을 구부리고 미덥지 않게 느껴지는 가느다란 막대를 가랑이 사이에 댔다.

숨을 멈추고 아랫배에 살짝 힘을 주었다. 쭉 나온 오줌이 오른손 손바닥에 묻어서 서둘러 오줌을 멈췄다. 임신 테스트기의 위치를 주의 깊게 조정하고 다시 오줌을 누었다. 손끝에 반응을 느끼며 사에는 속으로 빌었다.

제발, 제발 이번에는 두 줄이 나오기를.

이제 됐다 싶어 손을 꺼냈지만 당장은 결과를 확인할 수가 없어 일단 막대의 뚜껑을 닫았다. 변기에 앉아 휴지걸이 위에 임신 테스트기를 놓고, 휴지를 잔뜩 뜯어 젖은 오른손을 꼼꼼히 닦았다.

작은 칸으로 구분된 천장을 올려다보고 숨을 가늘게 내쉬었다. 아직 알아보기에는 이른 시기니까, 하다못해 아침에 처음으로 누는 오줌이 아니면 농도가 너무 옅어서 반응하지 않을지도 모른다. 그렇게 미리 평계를 대면서도 검사를 해보지 않을 수 없었다.

만약 이번에 두 줄이 뜨면 분명 견딜 수 있다.

교도소에 가서 남은 평생을 살인범으로 살아야 하더라도.

그렇게 생각한 순간, 머릿속에 다이시의 목소리가 흐릿하게 울려 퍼졌다.

"정말 미안해. 나, 바람피웠어. 하지만 사랑하는 건 사에, 당신뿐이야. 그것만큼은 믿어줘."

"갑자기 왜 자백하는 거야?"

힘없는 목소리가 사에의 입에서 흘러나왔다. 입술을 깨물려다 그 모습이 다이시의 눈에 어떻게 비칠지 몰라 그만두고, 대신에 어금니를 꽉 깨물자 관자놀이가 욱신거렸다. 다이시는 검지에 생긴 거스러미를 가만히 들여다보다 못마땅하다는 듯이 잡아당겼다. 사에는 얼굴에서 표정이 사라지는 걸 느꼈다.

"난 전혀 몰랐으니까 입 다물고 있었으면 안 들켰을 텐데."

실은 눈치챘는데도 그렇게 말하려니 도중에 목이 메었다. 작게 헛기침을 하고 다시 입을 열었지만, 다음 말이 나오지 않았다.

"미안해."

"누가 사과하래?"

사에가 윽박지르듯이 대꾸하는데도 다이시는 다시 "미안해." 하고 사과했다.

"내 말은."

"아이가 생겼어."

언성을 높이는 사에를 막듯이 다이시가 말했다.

기억 속에서 검게 칠해져 있던 다이시의 얼굴이 천천히 선명해졌다. 귀울음이 심해지고, 손끝에서 불규칙적인 맥박이 느껴졌다.

다이시는 웃고 있었다.

웃어서는 안 된다는 걸, 그럴 상황도 입장도 아니라는 걸 다이시도 알고 있었을 것이다. 그런데도 솟아오르는 웃음을 참지 못해 얼굴이 확 풀어졌다.

그 얼굴을 본 순간 사에는 깨달았다.

다이시가 바람피웠다는 사실을 먼저 자백한 진정한 이유를.

"난 당신을 사랑하니까 헤어지고 싶지는 않아. 하지만 아기에게는 죄가 없잖아? 인지신고를 하고 싶어. 그걸 당신한테 허락받고 싶어서."

그 말 또한 진실이 아니라는 걸 사에는 대번에 알아차렸다.

다이시는 주장하고 싶었던 것이다.

아이가 생기지 않는 원인이 자신에게는 없다는 사실을.

사에는 어느 틈엔가 불끈 주먹을 쥐었던 손을 어색하게 펴고, 피가 몰린 손끝을 내려다보았다. 그 검붉은 색은 엄마의 산도(産道)에서 막 벗어나 탯줄을 끊은 아기의 색깔과 비슷했다.

죽이고 싶었던 건 아니었다.

다만 토해낼 수 없는 뭔가가 목구멍을 막아서 어떻게 숨을 쉬면 좋을지 몰랐다. 다이시도 괴로우면 좋겠다. 그렇게 생각하자 겨우 숨구멍이 조금 트이는 것 같았다.

사에는 말없이 침실을 나서서 주방으로 향했다. 다이시가 쫓아오지 않는 걸 확인한 후 발돋움해서 식료품을 넣어두는 수납 선반 제일 위쪽 문을 열었다.

손끝에 닿은 나무 상자를 잡아당겨서 끄집어냈다. 메밀국수와 우동 세트. 노시(축의금 봉투나 선물에 붙이는 장식. 원래는 얇게 펴서 말린 전복 껍질을 사용했으나 요즘은 종이로 대체한다─옮긴이) 한복판에 친구네 아이 이름이 적힌 상자를 사에는 몇 초 쳐다보았다.

가만히 뚜껑을 열자 메밀국수만 통째로 남아 있었다. 낫짱에게 주려고 했었다는 생각이 마비된 머리 한구석에 희미하게 떠올랐다. 다이시는 메밀 알레르기가 있어서 못 먹으니까.

사에는 초점이 맞지 않는 눈으로 허공을 바라보며 냄비를 가스레인지에 올렸다. 물이 끓기를 기다렸다가 메밀국수 봉지를 이로 뜯었다. 손가락으로 원을 만들어 1인분을 꺼냈다. 건면 끄트머리를 냄비 바닥에 대고 끓는 물을 휘젓듯이 펼쳐서 넣었다.

사라시나 메밀국수. 삶는 시간 3분. 포장지 뒷면에 적힌 글씨를 입속으로 중얼중얼 읽고 키친 타이머로 딱 3분을 쟀다. 1초씩 줄어드는 디지털 숫자를 바라보며 사에는 악몽 같은 상상을 했다.

다이시가 이걸 먹으면.

다 삶은 메밀국수를 싱크대 구석의 음식물 쓰레기를 모아두는 망에 버리고, 망을 정리해서 쓰레기통에 던져 넣었다. 남은 냄비 물에 보리차 팩을 넣었다.

가려워할까, 아파할까. 알레르기 반응이 오면 얼마나 괴로운지는 모른다. 하지만 적어도 웃지는 못할 것이다. 그렇다고 억지로 먹이겠다는 건 아니다. 다이시가 마시지 않을 가능성도 충분하다. 다이시가 제 손으로 마시고 괴로워한다면, 그건 천벌 아니겠는가.

그 후로 주방에 얼마나 서 있었는지 사에는 기억하지 못한다. 정신을 차리자 갈색 액체를 출렁거리며 병에 옮겨 담고 있었다. 냉동실에서 얼음을 한 움큼 꺼내서 김이 피어오르는 병에 넣었다. 뚜껑을 닫은 병을 냉장고 문에 달린 칸에 넣고서야 겨우 숨을 내쉬었다.

운명에 결과를 맡긴 기분이었다.

그렇다고 설마 죽을 줄은 상상도 못 했는데.

사에는 침을 꿀꺽 삼켰다. 고작 하루밖에 지나지 않았건만, 완전히 현실감을 잃은 광경이 연달아 머릿속에 떠올랐다.

자, 부처님이 두 손을 모으고 앉아 계신 것처럼 보이죠. 담당자가 마지막 뼈 하나를 젓가락으로 집으며 말하고 나서 단지 뚜껑이 천천히 닫혔다. 회색과 하늘색을 균일하게 섞어놓은 듯한 어두침침한 방에서 뿔뿔이 나가는 사람들을 사에는 조용히 바라보았다. 어깨뼈 사이를 툭 미는 듯한 느낌에 두 다리를 힘없이 내디뎠다. 열린 문을 통과하자 하얀 빛이 너무 눈부셔서 현기증이 났다.

"죄송합니다, 잠깐 괜찮으실까요."

후줄근한 양복 윗도리를 옆구리에 낀 남자가 기다렸다는 듯이 나타났다. 하필 이런 상황에 미안하다면서 사에의 대답을 기다리지 않고 말을 이었다.

"서둘러 확인해야 하는 일이 있어서요."

경찰이라고 신분을 밝힌 남자는 사에를 인적 없는 구석으로 데려갔다. 8월 18일에는 뭘 하셨습니까. 식사는 뭘 준비하셨습니까. 남편분이 못 드시는 음식은 없었습니까.

식사, 못 드시는 음식. 사에는 직감적으로 그 말이 의미하는 바를 알아차렸다. 그래서 보리차 이야기를 할 수 없었다. 형사는 시간을 들여 수첩에 뭔가 적고 나서 부검 결과를 말했다.

"남편분은 아마도 18일에 아나필락시스 쇼크로 돌아가신 걸로 추정됩니다."

역시 그랬구나, 라는 생각이 솟구쳤다. 역시 다이시는 그 보리차를 마셨다. 가슴에 파도치듯 충격이 밀려와 사에는 주먹을 꽉 쥐었다. 그리고, 죽고 말았다.

그제야 의문이 번쩍 떠올랐다.

그렇다면 왜 다이시는 집에 쓰러져 있지 않고 산속에 묻혀 있었을까.

짚이는 구석은 하나밖에 없었다. 여벌 열쇠를 가지고 있었던 사람은 낫 짱뿐이다. 낫 짱이 그런 것이다. 나를 보호하기 위해서.

사에는 머릿속으로 예순까지 헤아린 후 머뭇머뭇 임신 테스트기를 집었다. 감고 있던 눈을 천천히 뜨고 결과 표시창에 초점을 맞추었다.

참고 있던 숨이 새어 나오고 눈앞이 캄캄해졌다.

침침한 불빛에 몇 번이나 임신 테스트기를 비추어 보았

다. 하지만 아무리 각도를 바꾸어도 선은 보이지 않았다.

임신 테스트기를 내려놓은 후 무거운 허리를 들고 휴지로 사타구니를 닦았다. 속옷을 끌어 올리다가 움직임을 멈추고 파우치에 손을 뻗었다. 파우치에서 생리대를 꺼내 소리가 나지 않도록 조심해서 포장지를 벗겼다. 속옷 한가운데 붙이고 다시 입었다. 빳빳한 감촉이 느껴졌다. 그렇게 크게 기대한 건 아니다, 생리가 오든 안 오든 별 상관 없다고 스스로를 다독이듯 생각했을 때 초인종 울리는 소리가 어렴풋이 들렸다.

고개를 획 들고 급히 손을 뻗어 물을 내렸다. 문을 열고 복도로 나갔다가 화장실로 다시 들어갔다. 휴지걸이 위에 놓아둔 임신 테스트기를 집어서 쓰레기통에 버렸다.

재촉하듯이 또 초인종이 울렸다. 사에는 몸을 바짝 움츠렸다. 현관이 몹시 멀게 느껴졌다.

맨발로 현관 바닥에 내려가 자물쇠 손잡이를 돌렸다. 찰칵하는 소리가 나자 밖에서 당겼는지 문이 열렸다.

물어보아야 할 것은 얼마든지 있었다. 그러나 머릿속에 몇 번이나 떠올렸던 말들은 전부 어딘가로 빨려 들어가고 없었다. 남은 것은 잠긴 목소리로 꺼낸 낫 짱이라는 말뿐이었다.

"전화를 바로 끊어서 미안해. 하지만 역시 전화로 떠들 이야기는 아니잖아?"

나쓰코는 사에의 대답을 기다리지 않고 운동화를 벗었다.

"일단 들어가자."

나쓰코는 뒷걸음친 사에 옆을 지나쳐 거실로 향했다. 사에는 공허한 시선을 그 뒷모습에 던지다가 뒤따라갔다.

"사에, 밥은 제대로 챙겨 먹는 거니?"

나쓰코가 들고 있던 비닐봉지를 식탁에 내려놓으며 말했다. 사에는 분위기에 압도되어 눈을 내리깔았다.

"안 먹지? 살이 쪽 빠졌어. 그럼 안 돼. 잘 챙겨 먹어야지. 맞다, 사에, 뭐 먹고 싶은 거 없어?"

나쓰코는 연거푸 말하며 비닐봉지에서 식재료를 꺼냈다. 당근, 감자, 브로콜리, 토마토, 닭고기.

"봐, 재료를 이것저것 사 왔어. 밥맛이 없으면 소화가 잘되는 게 좋겠네."

"낫 짱."

"또 리소토 만들까? 아, 우동도 괜찮겠다."

"……왜 아무것도 안 물어봐?"

사에의 말에 나쓰코가 손을 멈췄다. 여운처럼 비닐봉지에서 작게 바스락거리는 소리가 났다. 그리고 침묵이 찾아왔다. 침묵을 지우려는 듯 토마토 팩을 집어 든 나쓰코가 손가락으로 비닐을 쿡 찔러서 찢었다.

"묻기는 뭘."

담담한 목소리로 대답하고서 토마토를 얼굴 앞으로 쳐들었다.

"이미 죽은 걸 뭐 어쩌겠니."

사에는 꺼칠한 입술을 벌렸다. 목구멍이 과도하게 떨리며 그게 무슨, 이라는 말이 나왔다. 나쓰코는 토마토를 식탁에 내려놓더니 사에를 돌아보고 미소 지었다.

"걱정 마, 전부 내가 어떻게든 해줄 테니까."

"전부라니…… 낫 짱, 어디까지 알고 있는 거야?"

사에는 꽉 잠긴 목소리로 물었다. 지끈지끈한 통증이 관자놀이 안쪽에서 물결쳤다.

"낫 짱, 언제 우리 집에 왔어? 그리고…… 다이시가 죽은 게 내 탓이라는 건 어떻게 알았어?"

"얘, 사에. 그딴 놈한테 넌 과분한 여자야. 그러니까 마음에 둘 것 없어. 바람을 피운 것도 모자라 아이까지 만들다니, 그딴 놈은 죽어도 싸."

"그게 무슨 소리야?"

사에는 눈살을 찌푸렸다.

"낫 짱이 어떻게 아이 이야기를 알아?"

잠긴 목소리가 입술을 타고 나왔다. 나쓰코가 냉큼 양손을 뻗어 사에의 손을 감쌌다. 비위를 맞추려는 듯 얼굴에 웃음을 띠고 치뜬 눈으로 사에를 보았다.

"일부러 엿보려고 했던 건 아니야. 그냥 네가 걱정돼서."

"어디서 봤어? 언제부터?"

사에는 나쓰코의 손을 뿌리치려고 팔을 잡아 뺐다. 다리를 활짝 벌리고 신음 소리를 내는 자신의 모습이 눈에 선해 피가 거꾸로 솟았다.

"그날 나는 다이시랑……."

더 이상은 말할 기분이 들지 않았다.

다이시가 그 이야기를 꺼내기 직전까지 우리는 뭘 했던가. 그 광경을 낫 짱이 보고 있었다?

눈을 흐리멍덩하게 뜬 채 주방으로 향하는 자신의 옆얼굴까지 떠올랐다. 냉장고 문을 닫고 집을 나서는 경직된 뒷모습, 이윽고 주방에 나타난 다이시. 사에는 화들짝 놀라 고개를 들었다.

"다이시가 보리차를 마시는 모습도 본 거야?"

"그러니까 엿보려고 했던 게 아니라."

나쓰코가 말을 하면서 사에 쪽으로 슬며시 다가왔다. 사에는 좁아진 거리만큼 뒷걸음쳤다.

"봤으면 왜 구급차를 부르지 않았어?"

목소리가 뒤집어졌다. 그 순간 나쓰코의 눈이 휘둥그레졌다. 동시에 기묘한 거리감이 느껴지는 침묵이 드리웠다. 나쓰코가 고개를 숙이고 시선만 들었다.

"그야 병원에 가면 독을 탔다는 게 드러나잖아. 어차피 살지도 못할 텐데."

"살았을지도 모르잖아! 금방 병원에 데려갔으면 무슨 수가 있었을지도 모르는데!"

사에의 고함 소리가 거실에 울려 퍼졌다.

억지를 쓰고 있다는 건 잘 안다. 메밀국수 삶은 물로 보리차를 만든 건 나다. 내가 그런 것만 만들지 않았다면 다이시는 죽지 않았다. 그런 줄 알면서도 말하지 않을 수 없었다.

다이시, 하고 속으로 외쳤다. 눈물로 흐려진 시야가 흔들렸다. 눈가에 맺혀 있던 눈물이 뚝 떨어졌다.

다이시는 이제 이 세상 어디에도 없다.

양손으로 얼굴을 덮고 껙껙, 거친 소리를 토해냈다. 다이시, 다이시, 다이시.

기나긴 꿈을 꾸는 것만 같았다. 지금 이렇게 울고 있는 것도, 다이시의 장례식을 치른 것도, 다이시가 죽었다는 연락을 받은 것도, 다이시가 영영 없어진 것도, 다이시와 마지막으로 나눈 대화도 전부 꿈. 하지만 그렇다면 어디까지는 꿈이 아니었던 걸까.

사에는 마룻바닥에 무릎을 털썩 꿇고 등을 들썩이며 오열했다. 나쓰코는 천천히 사에 앞에 쪼그려 앉았다.

"왜 이러니, 사에. 그게 아니잖아. 남편이 죽길 바란 거지?"

"아니야! 괜히 그딴 걸 만들었다고 바로 후회했어. 정말로 죽길 바란 게 아니었단 말이야. 일하는 내내 다이시가 그걸 마시면 어쩌나 걱정이 이만저만이 아니었는걸. 집에 돌아오자마자 버리려고……."

"나한테는 거짓말 안 해도 돼, 사에."

사에는 표정 없는 얼굴로 나쓰코를 보았다. 손끝이 떨렸다. 떨림이 손끝에서부터 온몸으로 퍼져 나갔다. 팔이 떨리고, 몸이 떨렸다. 사에는 갈 곳 없는 뭔가를 억누르기 위해 자기 몸을 꼭 끌어안았다.

"이것 봐. 이러니까 너한테도 비밀로 한 거야. 넌 기분이 얼굴에 드러나잖니. 진실을 알면 감추지 못할 것 같았어. 경찰에 행방불명자 신고를 하러 갔을 때도, 이미 죽었다는 걸 알았다면 그렇게 절박하게 남편을 걱정하는 척 못 했을걸."

나쓰코는 입꼬리를 일그러뜨리듯이 끌어 올려 웃음을 지었다.

"네가 만든 보리차로는 죽지 않을지도 모르니까 내가 다시 만들었어. 넌 마음이 여리니까 끝장을 못 보지 않을까 싶어서."

나쓰코의 말에 사에는 눈을 부릅떴다. 어, 라는 모양으로 벌어진 입에서는 목소리가 나오지 않았다.

"……낫 짱이 만들었다고?"

"그렇다고 억지로 먹인 건 아니야. 그저 목이 마른데 보리차 같은 건 없느냐고 물어봤을 뿐이지. 어때, 제법이지? 물론 나는 마시는 척만 했지만."

나쓰코가 다시 사에에게 손을 뻗었다. 사에는 붙잡힌 팔을 응시했다. 나쓰코가 손가락에 힘을 주었다.

"그러니까 넌 아무 잘못도 없어. 증거도 내가 챙겼어. 걱정마, 넌 의심받지 않을 테니까."

"왜……."

말을 이을 수 없었다. 뭘 묻고 싶은지조차 몰랐다. 왜 그런 짓을, 왜 다이시를, 왜 낫 짱이. 정리되지 않는 생각이 머릿속을 어지러이 돌아다녔다. 사에는 팔을 빼내고 바닥에 내팽개쳐 둔 가방을 끌어당겼다. "저기, 사에." 하고 나쓰코가 휘청거리는 발걸음으로 거리를 좁혔다.

"난 널 위해서 그런 거야."

"그만!"

사에는 자국이 남을 만큼 세게 붙잡혔던 팔을 가슴 앞에서 마구 내저었다. 상처 입었다고 주장하는 것처럼 흔들리는 나쓰코의 눈을 무시하고 몸을 획 돌려 일어섰다.

"사에?"

뒤에서 들린 목소리에서 달아나듯 사에는 가방을 움켜쥔 채 집을 뛰쳐나왔다.

경찰에 가려고 했지만 고작 며칠 전에 갔던 경찰서에 가는 법이 기억나지 않았다. 지난번에는 나쓰코가 차로 태워쳤다는 것이 떠오르자 말랐던 눈물이 또 차올랐다.

곤란한 일이 있을 때는 낫 짱에게 의지한다. 자신이 내내 그렇게 살아왔음을 새삼 깨달았다.

힘이 들어가지 않는 손으로 가방에서 휴대전화를 꺼내 가장 가까운 버스 정류장의 시간표와 노선도를 검색했다.

낫 짱이 다이시를 죽였다.

확인하듯이 한 마디 한 마디 곱씹어 생각했다.

내가 죽인 게 아니었어. 낫 짱이 나를 보호한 것도 아니고.

그래도 현실감은 조금도 솟구치지 않았다.

나한테는 거짓말 안 해도 돼, 사에. 넌 아무 잘못도 없어. 널 위해서 그런 거야.

나쓰코의 말이 차례차례 떠올랐다가 사라졌다.

그건 정말로 낫 짱이었을까.

그 사람이 자기가 알고 있는 낫 짱이라는 게 도저히 믿기지 않았다.

버스 정류장에 도착한 사에는 시간표를 들여다보았다. 휴대전화로 시간을 확인하고 도로를 보자 타야 하는 버스가 들어오는 참이었다. 결심을 촉구하듯 매끄럽게 정차한 버스에 올라타며 그것도 낫 짱이 그런 거구나, 하고 바둑에서 복기를 하듯이 생각했다.

실제로 다이시가 마신 보리차를 만든 것도, 마시도록 유도한 것도, 다이시를 산길로 옮겨서 묻은 것도, 다이시의 죽음을 감추기 위해 휴대전화로 메일을 보낸 것도 전부 낫 짱이었다.

좋은 아침. 고생 많았어. 또 연락할게. 다녀올게.
미안해, 잠시 거리를 두고 생각 좀 했으면 좋겠어.

한 글자도 틀리지 않고 외울 만큼 수없이 읽었던 메일. 낫짱은 무슨 생각을 하며 그 메일을 썼을까. 휴대전화 전원을 켠 순간 화면에 내 이름으로 떴을 수십 개의 수신 내역을 어떤 표정으로 바라봤을까.

"다음 정류장은 경찰서 앞, 경찰서 앞입니다. 내리실 분은 하차 벨을 눌러주시기 바랍니다."

흐릿해서 알아듣기 힘든 안내 방송이 나오자 사에는 눈을 감았다. 가려진 시야를 가득 채운 오렌지빛을 찢어발기듯이 벨 소리가 울렸다.

버스가 좌우로 크게 흔들리고 나서 멈췄다. 사에는 두 사람이 줄을 서 있는 하차 문으로 비틀비틀 걸어갔다.

낯익은 건물을 올려다보고 숨을 내뱉었다.

옳은 일을 하는 거라고 마음을 다잡자 꽉 조이는 것처럼 가슴이 아팠다. 지금 낫 짱을 버리려 하고 있다는 생각이 혼탁한 머릿속에서 고개를 쳐들었다.

발을 끌며 계단을 올라 입구 옆에 앞을 보고 꼿꼿하게 서 있는 경찰관에게 다가갔다. 혀로 몇 번이나 입술을 적셨다.

"저어…… 좀 말씀드려야 할 일이 있어서요."

"무슨 용건으로 오셨습니까?"

경찰관은 표정 변화 없이 흘기는 듯한 눈으로 사에를 내려다보았다. 사에는 고개를 숙인 채 입을 열었다.

"……요전에 남편의 시체가 발견된 일로요."

내뱉는 목소리가 떨렸다.

그럼 안으로 들어가서 말씀하시면 되겠습니다. 경찰관은 감정이 느껴지지 않는 목소리로 그렇게 말하더니 손바닥을 건물로 내밀었다. 사에는 돌아가고 싶은 마음을 참으며 현관에 깔린 털이 짧은 카펫에 발을 내디뎠다.

그 순간이었다.

사에는 몸 한복판에 찾아든 감촉을 느끼고 두 눈을 크게 떴다.

설마 그런.

어금니가 따닥따닥 신경질적으로 맞부딪치는 소리가 났다.

다리 사이에 벌써 몇백 번이나 매달 느껴온 감촉. 헛수고인 줄 알면서도 사에는 아랫배에 힘을 주었다. 하지만 그때 마지막 일격을 가하듯 걸쭉한 뭔가가 새어 나오는 것이 느껴졌다.

역설적인 부적처럼 하고 왔던 생리대가 존재를 주장했다.

다이시, 하고 사에는 속으로 부르짖었다.

나는 앞으로 평생 다이시의 아이를 낳지 못한다.

발밑에서 뭔가가 무너지고 카펫이 구불구불 뒤틀리는 듯한 느낌이 들었다.

가시와기 나쓰코의 증언

네, 정말 죄송하기 그지없습니다. 사에에게도, 이하라 집안 분들께도…… 돌이킬 수 없는 짓을 하고 말았어요.

왜 이런 짓을 저질렀느냐고요? ……저도 모르겠네요. 어디서 뭐가 잘못된 건지…….

아아, 네. 죽여야겠다고 마음먹은 건 사에네 집을 엿보던 걸 들켰기 때문이에요. 이대로 있다가는 사에도 알게 된다, 그러면 사에에게 미움받는다 싶어서…… 하지만 그 이전에 왜 집을 엿봤는지 묻는다면, 저도 잘 모르겠네요. 지배? 아니요, 그건 아니에요. 저는 우리 엄마 같은 짓은 안 해요. 엄마처럼은 되지 않겠다는 게 제 평생의 목표였으니까요.

엄마는…… 예를 들면 중학생 때, 엄마가 제 일기를 멋대로 읽은 적이 있어요. 학교에서 돌아오자 엄마가 울면서 화를 내더군요.

불효막심한 년이라고, 애써서 키워줬는데 이딴 소리나 하다니 인생 헛살았다고 마구 고함을 지르길래 처음에는 뭐가 뭔지 몰라서 얼떨떨했어요. 잠시 후에야 엄마가 내 일기장을 들고 있는 걸 보고 엄마 험담을 써서 이런다는 걸 안 순간, 눈앞이 새빨갛게 물드는 기분이었어요. 험담이라고 해봤자 통금 시간을 어겼다가 혼나서 불평을 늘어놓은 게 전부였는데…… 이제 네가 어찌 되든 모른다는 식으로 말하더라고요.

어찌나 창피하고 화가 나던지, 막무가내로 일기를 빼앗아 그 자리에서 찢어버렸어요. 엄마가 무슨 짓이냐고 더 화를 내면서 손을 뻗길래, 뿌리치고 책상에 뛰어올라…… 박박 찢었죠. 갈기 갈기, 다시는 원상 복구 할 수 없도록.

엄마에게 똑똑히 알려주고 싶었어요. 엄마가 무슨 짓을 한 건지 이해하길 바랐죠. 제가 얼마나 상처 입었는지를…… 하지만 엄마는 절대로 사과하지 않았어요.

엄마도 네가 이렇게 몹쓸 소리를 적는 아이가 아니라면 일기를 읽지 않는다고…… 순서가 이상하죠? 하지만 종잇조각을 덮어쓰며 소리 지르는 엄마를 보고 있자니 다 제가 잘못한 것 같은 기분이 들더라고요.

엄마가 나를 아끼니까 그러는 거라고 스스로를 달랬죠. 걱정되니까 화를 낼 뿐 나를 싫어하는 건 아니라고…… 하지만 정말로 그렇게 생각한다면 그런 식으로 달랠 필요 없잖아요.

엄마는 늘 뜬금없이 화를 내는 사람이라 대체 언제 스위치가 켜질지 알 수가 없었어요. 그래서 늘 엄마의 안색을 살피고 엄마에게 미움받지 않을 생각만 하며 살아왔죠.

제가 이런 짓을 저지른 것도 엄마에게 사랑받지 못한 탓이라고 생각해요. 저도 사에처럼 엄마에게 사랑받으며 소중하게 자랐다면, 성격이 이렇게 비뚤어지지 않았을 테고 이런 사건도 일으키지 않았을 거예요.

부럽냐고요? 그런 뜻으로 한 말이 아니잖아요. 제가 사에를 그렇게 키웠다는 거죠. 저는 내내 사에가 자랑스러웠어요.

저는 우리 엄마 같은 엄마는 되지 않았어요. 그래서 사에는 저와 달리 올바르고 착하게 자랐죠. 그건 제 훈장이에요.

사에는 정말 마음이 여린 아이예요.

어릴 적부터…… 마리에가 제 지갑에서 돈을 훔쳤을 때도 자기가 훔쳤다고 거짓말을 했죠. 자기 앞에서 누가 혼나는 걸 볼 수가 없는 거예요. 그럴 때 비난의 화살이 자기를 향하면, 자기가 혼나는데도 노골적으로 안심한 표정을 짓곤 했죠.

자기 탓이다 싶으면 특히 더 괴로웠던 모양이에요. 마리에는 사에의 생일 선물을 사려고 돈을 훔쳤거든요. 선물을 사고 싶으면 용돈을 가불하든지 제게 상의하면 됐겠지만, 아무튼 훔쳤어요. 그러니 사에 때문이기는 했죠. 사에는 그런 데 약했거든요.

그러니 만약 사에가 저를 감싸는 발언을 하더라도, 그건 거짓말이에요. 제가 사에를 위해서 그런 짓을 저질렀다고 했으니까 저를 감싸야 한다는 생각인 거겠죠.

2

가시와기 나쓰코

뻗으려던 손가락이 허공에서 멈췄다. 자잘한 떨림이 증폭되며 기어오르는 느낌이 들어 나쓰코는 얼른 주먹을 쥐었다.

"왜? 땡똥 안 해?"

뒤에서 들린 리리의 목소리에 흠칫 놀라 돌아보았다. 웬일로 유치원에서도 자꾸 칭얼거렸다는 리리는 부은 눈을 깜빡이며 나쓰코와 초인종 버튼을 번갈아 보았다. 그러다 아, 하고 목소리를 높이며 "리리가 누르고 싶어!" 하고 나쓰코의 파우치 끈을 세게 잡아당겼다.

나쓰코는 솟아오르는 눈물을 꾹 삼키며 고개를 숙이고 리리 앞에 쪼그려 앉았다. 리리의 겨드랑이 아래에 양손을 넣고 반동을 주어 안아 올렸다.

"닿아?"

리리의 조그마한 뒤통수에 내뿜는 숨결이 불안정하게 흔들렸다. 리리는 나쓰코가 평소와 다르다는 걸 모르는지, 나쓰코의 품에서 몸을 쭉 빼서 초인종에 손을 뻗었다.

"안 닿아."

"이제 어때?"

나쓰코가 한 발짝 앞으로 내딛는 것과 동시에 딩동 하고 흐리터분한 초인종 소리가 문 안쪽에서 울렸다.

네, 하고 대답하는 익숙한 목소리를 듣고 나쓰코는 무심코 두 발짝 물러났다. 이대로 어딘가로 도망치고 싶다는 마음이 가슴속을 채웠다. 하지만 갈 곳은 어디에도 없다. 리리를 데려가도 될 리 없다. 그렇게 생각하며 리리를 안은 팔에 힘을 주었다.

드디어 약간 이상하다는 걸 알아차린 듯 리리가 고개를 돌렸을 때 문이 열렸다.

"낫 짱?"

문틈으로 내다본 마리에가 휘둥그레진 눈으로 리리를 보았다.

"리리 짱까지…… 어쩐 일이야?"

"일하는 중에 미안해."

"지금은 환자가 없으니까 잠깐이라면 괜찮지만…… 무슨 급한 일이라도 생겼어?"

마리에가 그렇게 말하며 리리에게 손을 뻗었다.

"엄마!"

리리는 신났다기보다 어쩐지 절박한 목소리로 부르며 마리에에게 안겼다. 나쓰코는 멀어지는 리리의 체온을 느끼며 눈을 살며시 내리떴다.

"사에는?"

"언니? 집에 없어?"

"……여기 없으면 됐어."

"전화도 연결 안 돼?"

마리에의 표정이 흐려졌다. 나쓰코는 오열이 새어 나올 것 같아서 대답하려고 벌린 입을 도로 다물고 그냥 고개를 끄덕였다. 하지만 아래쪽 눈꺼풀을 밀어내며 맺힌 눈물이 뚝 흘러 떨어졌다.

"낫 짱? 우는 거야?"

마리에의 목소리에 놀라움이 서렸다. 당황한 듯 리리를 땅에 내려놓고 나쓰코의 얼굴을 들여다보았다.

"왜 그래? 무슨 일 있었어?"

나쓰코는 숨을 후 내쉬고 여세를 몰아 단숨에 말했다.

"미안해, 마리에. 이제 더는 리리를 봐줄 수 없어."

마리에가 어, 하고 잠긴 목소리를 내뱉은 후 침묵이 드리웠다. 그 위에 덧씌우듯 으아앙, 하고 리리가 울음을 터뜨렸다. 제 나름대로 뭔가 느낀 건지 울음을 멈추고 치뜬 눈으로 상황을 살피다가 다시 울음을 터뜨렸다.

마리에가 망설이듯 시선을 이리저리 돌리다가 리리를 다시 안아 올렸다. 리리는 더 크게 울면서 마리에의 목에 매달렸다.

나쓰코는 어금니를 꽉 깨물었다. 내가 지금 뭘 하는 걸까. 왜 리리를 데려온 걸까. 리리 앞에서 할 이야기가 아닌데. 나중에 마리에가 데리러 가면 될 것을 가지고.

하지만 이제 지금밖에 시간이 없다. 마리에에게는 직접 말해야 한다는 마음만 우선시했다.

"지금 여기에 리리를 두고 갈게."

317

"왜 그래, 갑자기."

마리에가 당황한 듯 나쓰코와 리리를 번갈아 보았다. 나쓰코는 침을 꿀꺽 삼켰다.

"너희 형부 시신이 발견됐잖아? 그거 내가 그런 거야."

눈이 동그래진 마리에에게서 얼굴을 돌리고 싶었지만 꾹 참았다.

"……난 이제 경찰에 체포될 거야. 분명 오랫동안 못 돌아오겠지."

나쓰코는 시야가 흐려지는 걸 느꼈다. 현실을 받아들인 줄 알았다. 하지만 실은 받아들이지 못했다는 걸 말로 표현해 보고 나서야 깨달았다.

"그게 무슨…… 어째서."

"너한테 피해를 끼치겠구나…… 리리에게도."

나쓰코는 손톱이 손바닥을 파고들 만큼 주먹을 꽉 쥐었다.

나만 없었다면 이런 꼴은 나지 않았을 텐데.

다이시는 살아 있고, 마리에도, 리리도…… 사에도 괴로움을 맛보지 않았을 텐데.

"할머니?"

리리가 마리에의 품속에서 나쓰코를 올려다보았다. 나쓰

318

코는 말문이 막혔다. 목구멍이 불룩거리며 부풀어 올랐다. 흐느끼듯이 숨을 크게 들이마시고 코 속이 찡한 걸 참으며 숨을 내쉬었다. 등을 구부려 머리를 숙이고 눈을 꼭 감았다.

"미안해."

사과한다고 될 일이 아니라는 건 알고 있었다. 두 사람은 앞으로 세상 사람들의 눈총에 시달릴 것이다. 피해자의, 그리고 동시에 가해자의 가족으로서. 사생활이 폭로되고, 평소 범인과 어떻게 지냈는지 힐문을 받고, 무례한 의혹에 휘말린다. 비극을 막지 못했다는 이유로. 범죄자와 한 핏줄이라는 이유로.

두 사람은 아무 잘못도 없는데.

나쓰코는 눈을 살짝 떴다.

"너무 일방적으로 구는 건 알지만…… 리리가 날 잊도록 해줘. 면회는 안 와도 되니까."

"낫 짱."

리리를 안은 마리에가 어쩔 줄 모르겠다는 듯 인상을 찡그렸다. 나쓰코는 시야가 흐려지는 가운데 딸과 손녀를 바라보았다.

나는 계속 엄마를 미워하며 살아왔다. 하지만 정작 내가 엄마가 되자 엄마를 미워할 수가 없었다.

괴로운 입덧, 고통스러운 출산, 그 후로도 끊임없이 계속되는 육아. 하나하나 경험할 때마다 무한정 강해질 수는 없다는 걸, 이상적인 엄마는 될 수 없다는 걸 속절없이 깨달았다.

그래서 마리에가 리리를 낳았을 때는 기뻤다. 마리에도 제 엄마를 용서해 줄 것이라 믿었기 때문이다.

딸에게 미움받고 싶지 않았다. 용서받으며 살고 싶었다. 하지만 그렇게 염원할 필요가 어디 있단 말인가.

"딸은 엄마를 용서하지 않아도 돼."

싫어하고 미워해도 되니까, 딸이 행복하기만을 바란다.

왜 사에에게도 그 마음을 좀 더 일찍 전하지 못했을까.

나쓰코는 미련을 떨치듯 발걸음을 돌렸다. 리리의 울음소리만 쫓아왔다.

경찰에 연행될 때는 좀 더 시끌벅적할 줄 알았다.

수갑을 찬 채 경찰차에 태워지고, 옷에 달린 모자를 푹 덮어쓴 채 고개를 숙인 얼굴이 카메라 플래시 불빛에 드문드문 드러난다. 텔레비전에 나오는 범인 체포 영상만 보고서

막연히 그런 이미지를 품고 있었음을 깨닫고 나쓰코는 힘없이 차창에 시선을 주었다.

흰색 승용차 밖에는 인기척이 없었다. 모서리가 녹슨 우편함, 사에와 마리에의 이름이 나란히 새겨진 돌 문패, 흙먼지로 범퍼가 더러워진 감색 데미오. 익숙한 풍경을 멍하니 바라보고 나서 눈을 감았다.

초조하거나 슬프지는 않았다. 그저 몹시 피곤했다. 이제 나는 어떻게 되는 걸까 생각하자 내장을 밑으로 잡아당기는 듯한 감각이 강해졌다.

임의동행이라고는 하나 무사히 방면시켜 주지는 않을 것이라고 묵묵히 생각했다.

사에가 아까 들은 이야기를 알렸으니까 경찰이 찾아왔으리라. 그렇다면 그 이야기를 전제로 사정을 물어볼 것이다.

나쓰코는 숨을 가늘고 길게 내쉬었다.

"난 당신을 사랑하니까 헤어지고 싶지는 않아. 하지만 아기에게는 죄가 없잖아? 인지신고를 하고 싶어. 그걸 당신한테 허락받고 싶어서."

알몸으로 허리에 수건만 감은 다이시가 눈치를 살피듯 웃던 모습이 되살아났다. 사에가 고개를 숙이자 침묵이 흘렀다.

정적이 얼마나 계속됐을까. 말을 하고 있는데 목소리가 안 들리는 건가 싶어 나쓰코가 실내로 시선을 모았을 때 사에가 중얼거리듯이 입을 열었다.

"하지만 불임의 원인이 내게 있다고 판명된 건 아니잖아."

그 후에 익숙지 않은 단어들이 튀어나와 나쓰코는 눈이 휘둥그레졌다.

"자궁경관 점액 검사, 호르몬 분비량 검사, 그리고 자궁난관 조영 검사에서도 내게는 아무 문제도 없었는걸."

나쓰코는 허공의 한 점을 바라보았다. 자궁경관 점액 검사, 호르몬 분비량 검사, 자궁난관 조영 검사. 발음만 되뇌다가 뒤늦게야 떠오른 검사라는 단어의 뜻이 불임이라는 단어와 연결되었다. 그 순간 얼마 전에 자신이 사에에게 한 말이 차례차례 떠올랐다.

사에는, 아이는 언제?

하지만 언제까지 일만 할 수는 없잖아.

어차피 낳을 거면 빠른 편이 좋은 거 알지? 역시 나이를 먹으면 그것만으로도 여러모로 힘들거든.

사에가 실은 아이를 가지고 싶어 했다면. 그래서 병원에도 다녔지만 아이가 생기지 않아 고민하고 있었다면.

그런 사에에게 내가 무슨 망발을 했단 말인가.

역시 아이를 낳는 게 여자의 가장 큰 행복이야. 요즘 더 절실히 느낀다니까.

마리에도 아이를 낳고 변했잖아. 아이를 키우면 인생을 다시 살아가는 기분이 들어. 자기도 지나온 길을 따라가는데도 새로운 점을 수없이 발견한다니까. 부모가 되면 인간적으로 크게 성장하는 법이지.

사에의 아이가 리리와 함께 노는 모습을 보는 게 내 꿈이야. 어때? 슬슬 이루어줄 마음은 없어?

이렇게 보람 있는 일은 또 없을 거야. 엄마라는 존재는 아무도 대신할 수 없으니까.

그뿐만 아니라 아주 오래전부터 사에의 마음속에 새겨 넣듯이 해온 말이 있었다.

"저기, 사에. 태내 기억이라는 말 알아? 아이는 부모를 골라서 태어난대."

텔레비전 다큐멘터리 방송에서 다룬 주제였다.

"태어나기 전에는 어디에 있었니?"

"엄마 배 속에."

"어떤 곳이었는지 기억나?"

"따뜻해서 기분 좋았어."

"그럼 그 전에는? 엄마 배 속에 오기 전에는 어디 있었어?"

"어, 하늘. 아 짱하고 같이 있었어."

세 살쯤 된 여자애가 더듬더듬 설명한다. '하늘'에서는 어떤 남자애와 같이 놀았다는 것. '아 짱'이 먼저 가야 해서 외로웠다는 것. 하지만 얼마 후에 '아 짱'이 돌아와서 더 이상 엄마 배 속에 머무를 수가 없게 되어서 돌아왔다고 말했다는 것. 하지만 아주 상냥한 엄마였다기에 자기가 엄마한테 가기로 했다는 것.

방송에는 그 여자애의 엄마가 한 번 유산했으며 딸에게는 그 이야기를 한 적이 없다고 나왔다.

나쓰코는 사에가 고등학생, 마리에가 중학생 때 그 방송을 보았다. 나쓰코는 두 딸에게 방송의 취지를 설명하고 태어나기 전의 일을 기억하느냐고 물어보았다.

사에는 "자세하게는 기억 안 나지만 어쩐지…… 따뜻했던 것도 같고."라고 대답했고, 마리에는 "어차피 다 유도신문이야. 엄마 배 속은 따뜻했니? 하늘에서 아빠랑 엄마가 보였니? 그렇게 물어보니까 그런 식의 대답이 나오는 거지." 하고 툭 내뱉었다.

나쓰코는 어느 쪽 대답도 불만스러웠지만, 그래도 태내 기억에 관한 이야기는 마음에 들었다.

나 같은 엄마의 아이로 태어나다니 불쌍하다고 생각해 왔다. 아이들에게는 선택권이 없었다고.

하지만 만약 이 아이들이 나를 선택한 거라면?

그렇게 생각하자 딱딱하게 굳은 어깨가 가벼워지는 듯한 기분이라 나쓰코는 걸핏하면 '아이가 부모를 선택했다'는 표현을 사용하게 되었다.

자기가 해왔던 말들이 머릿속을 빙글빙글 맴돌았다. 사에는 어떤 기분으로 그 말들을 들었을까.

하지만 깨달았을 때는 이미 늦었다.

눈을 꼭 감은 순간, 어린 사에를 앞에 두고 되풀이한 소원이 갑자기 머릿속에 울려 퍼졌다.

이 아이의 앞길에 행복만 있기를.

나쁜 것이 오지 않기를.

진심 어린 소원이었다. 그런데 그러기를 바란 자신이 사에를 몰아붙이고 행복을 빼앗은 장본인일 줄이야.

'그만!'

사에가 그렇게 외쳤을 때의 표정이 떠올랐다. 가슴이 세게 쥐어짜는 것처럼 아팠다.

'딱히 엿봤던 건 아니야. 그냥 네가 걱정돼서.'

'난 널 위해 그런 거야.'

자신이 내뱉은 말과 함께 물결치듯 밀려오는 슬픔을 나쓰코는 미간에 힘을 주고 흘려보냈다.

감상에 젖어 있을 때가 아니다. 지금은 뭘 어떻게 설명할지 생각해야 한다.

방금 경찰관이 한 말이 떠올랐다.

"이건 사고가 아니라 살인입니다. 당신, 사위가 메밀 알레르기인 줄 알면서 메밀국수를 삶은 물로 보리차를 만든 거 잖아요."

그 사건이 일어난 날, 무슨 일이 있었는가. 경찰서에 가면 그걸 세세하고 집요하게 물어볼 것이다. 나는 질문에 조금의 모순도 없이 대답해야 한다.

눈꺼풀 안쪽에 그날 본 광경을 그려나갔다.

사에가 천천히 일어나서 추리닝 바지와 티셔츠를 입고 침실을 나섰다. 사에의 모습을 쫓아 정원을 돌아가자 거실 너머로 시스템키친에 있는 사에가 보였다.

처음에는 저녁을 준비하는 줄 알았다. 화를 가라앉히기 위해 그저 묵묵히 손을 놀리는 거라고. 하지만 사에는 식칼을 쥐지 않고 보리차 팩과 물병을 움켜쥔 채 우두커니 서 있었다.

잠시 후 사에가 보리차를 다 끓였다. 물병을 얼굴 앞으로 들어 올리고 잘 섞이라는 듯이 흔들흔들 돌렸다. 물병을 냉장고에 넣더니 무표정하게 주방에서 나왔다. 나쓰코는 허둥지둥 커튼 뒤편에 몸을 숨겼다. 그 움직임이 시야 가장자리로 보였을 텐데도 사에는 나쓰코가 있다는 걸 알아차리지 못했다. 발을 질질 끄는 듯한 걸음걸이로 거실을 나서는가 싶더니 페이즐리 무늬 원피스를 입고 돌아왔다. 그리고 거실 소파에 널브러져 있던 가방을 들고 현관으로 향했다.

나쓰코는 한동안 꼼짝도 하지 않고 가만히 있었다. 어찌해야 할지 몰랐다. 다음에 사에를 만났을 때 어떤 표정으로 무슨 말을 하면 좋을까. 아무 일도 없었다는 듯이 웃을 수밖에 없다는 걸 알지만, 그러기가 몹시 어렵게 느껴졌다.

그러다 부지불식간에 초인종을 눌렀다.

'저어…… 사에는 방금 일하러 나갔는데요.'

대놓고 곤혹스러운 티를 내던 다이시에게 어떻게 대답했더라.

　있었던 일을 하나하나 더듬어서 기억해 내고, 머릿속으로 말을 정리했다.

　나쓰코는 천천히 눈꺼풀을 들어 올렸다. 정면에 있는 백미러로 시선을 돌리자 조수석에 앉은 경찰관과 눈이 마주쳤다.

　"뭐, 하실 말씀이라도?"

　경찰관이 날카로운 말투로 물었다. 나쓰코는 아니라고만 답하고 다시 눈을 감았다.

　"피곤하신 모양이군요."

　그 말에는 아무 대답도 하지 않았다. 나쁜 인상을 주었을지도 모른다고 어쩐지 남의 일처럼 생각했지만, 그래도 뭔가 말할 기분은 들지 않았다.

　'왜 구급차를 부르지 않았어?'

　'정말로 죽기를 바란 게 아니었단 말이야. 일하는 내내 다이시가 그걸 마시면 어쩌나 걱정이 이만저만이 아니었는걸.'

　사에의 말을 곰곰이 곱씹었다.

　그리고 다이시의 휴대전화에 있던 수십 건의 수신 내역을.

사에는 남편을 좋아했다. 너무 미워서 한 번은 살의마저 품었을지언정 남편이 진짜로 죽자 넋이 나갔을 만큼.

나쓰코는 입가에서 살짝 힘을 뺐다.

내가 한 일은 틀리지 않았다.

이하라 사에의 증언

지금요? 글쎄요, 겨우 이쪽에 자리를 잡았다고 할까요.

뭐랄까, 그렇게 도쿄에 가보고 싶었는데 막상 나와보니 별것 아니라고 할까…… 뭐, 상황이 상황이라 그런지도 모르지만요. 어쨌든 아무런 변화도 없어요. 결국 내게는 아무것도 없구나 싶네요.

……조산원은 그만뒀어요. 그 동네에 계속 살 수도 없고 어쩐지 저도 지쳐서요…… 아니요, 동생은 아직 일하고 있을 거예요. 이쪽으로 이사 오기 직전에 한 번 연락은 해봤는데 바쁜 것 같아서…… 그 후로는 마리에와 연락을 안 했어요.

아니요, 일단 아르바이트 정도는…… 반찬 가게요. 팔다 남은 걸 먹으라고 주거든요. 저 혼자 먹으려고 이것저것 차릴 생각은 안 들고, 외식은 아무래도 남의 눈이 신경 쓰여서요.

구설수에 올랐달까, 무슨 일이 있었던 거냐고 사람들이 물어 봐서…… 도쿄로 나온 데는 그런 이유도 있어요. 이쪽에 온 후로도 괜한 소리를 했다가 무슨 소문이 퍼질까 봐 아무 말도 못 하겠더라고요……. 아무도 믿을 수가 없어요.

사건 후, 아니지, 지금 생각하면 사건이 일어나기 전부터 친구는 별로 없었던 것 같아요. 저한테는 낫 짱이 전부라…… 네, 충격이었죠.

쭉 낫 짱을 정말 좋아했어요. 어렸을 때부터 낫 짱과 똑같이, 낫 짱이 말하는 대로 살아왔고…… 망설여질 때는 낫 짱이라면 이럴 때 어떻게 할까 생각하곤 했죠.

낫 짱에게 인정받고 싶었던 걸 거예요. 낫 짱에게 칭찬받으면 기쁘고 사에는 대단하다는 말을 듣고 싶고……. 그렇다고 낫 짱이 뭔가를 강제로 시킨 적은 없었어요. 하지만 낫 짱은 예를 들면 "난 쟤 좀 별로다."라는 식으로 말해요. 그런 말을 들으면 그럴지도 모르겠다는 생각이 들어서…… 지금 생각하면 전부 낫 짱의 마음에 들도록 살아온 것뿐이 아닐까 싶네요.

조종이랄까…… 아아, 하지만 그럴지도 모르겠네요. 친구하고든 연인하고든 관계가 꼬이고는 했거든요.

맞아요. 빼앗겨 왔어요. 지금까지 낫 짱에게 여러 가지를 받았다고 생각했지만…… 아니었어요. 낫 짱이 반대하니까 도쿄에도 나올 수 없었고, 그래서 일도…… 적성에 맞지 않는 일밖에 할 수가 없었죠.

네? 낫 짱한테 가셨다고요? ……이거, 정말로 낫 짱이 한 말인가요? 아니요, 마음에 걸린다고 할지, 여기 "사에는 저와 달리 올바르고 착하게 자랐죠. 그건 제 훈장이에요."라는 부분이 좀…… 그래요, 역시 저는 낫 짱에게 조종당하고 있었는지도 모르겠어요.

내내 낫 짱이 지향하는 이상적인 딸이라는 잣대에 휘둘리며 살았던 것 같아요. 천진난만해서 누구나 호감을 보이는 착한 아이…… 그래서 친구와 싸웠을 때도 낫 짱에게는 말할 수 없었어요. 뭐랄까, 실망시키고 싶지 않아서…… 늘 낫 짱이 기뻐하고 자랑으로 삼을 만한 아이로 지내야 한다는 강박관념이 있었어요.

그러게요. 확실히 좀 더 일찍 의문을 가졌어야 했어요. 그랬다면 이런 일은 일어나지 않았을지도 모른다고 생각하면…… 견딜 수가 없어요.

낫 짱이 다이시에게 그 보리차를 먹이려고 하지 않았다면, 다이시가 제 손으로는 마시지 않았을 수도 있고…… 그랬다면 다이시는 지금도 살아 있겠죠. 저를 용서해 주지 않았을지도 모르지만, 적어도 대화는 해볼 수 있잖아요.

다이시와 바람을 피웠다는 여자도 사실은 임신이 아니었대요. 아이가 생겼다고 하면 우리가 헤어질 거라 생각했던 모양인데…… 그러니 처음부터 다시 시작할 수도 있지 않았을까 싶어요. 저는 다이시와 화해할 기회도 낫 짱에게 빼앗긴 거예요.

……그러게요. 미워하는 건지도 모르겠어요.

안심되는 것과는 뭔가 다른데…… 잘 모르겠네요. 느닷없이 지금부터 마음대로 살아도 된다고 해도…… 30년간 정말 좋아했고 줄곧 함께 있었던 사람에게 배신당했는데, 앞으로 어떤 사람과 만나 뭘 해도 다 부질없지 않겠느냐는 생각이 들어서요.

낫 짱에게요? 지금은…… 뭘 물으면 좋을지 잘 모르겠어요.

에필로그

서문

"왜 이런 남자와 결혼했을까 후회했어요."

딱 달라붙어서 몸매가 고스란히 드러나는 티셔츠에 스키
니진을 맞춰 입어 목 아래부터는 30대 초반으로도 보이는
그 여성은 자기 손톱을 다른 손으로 쓰다듬으며 그렇게 말
했다.

미토시에서 발생한 사위 살해 및 유기 사건의 용의자로

체포돼 기소된 피고인 가시와기 나쓰코(당시 49세)다.

2013년 8월 18일, 나쓰코는 딸의 집 부근에 위치한 코인 주차장에 차를 대고 걸어서 딸의 집으로 향했다. 집 앞에 주차 공간이 없었던 건 아니다. 실제로 평소는 집 앞에 차를 댔다고 한다.

왜 나쓰코는 그날 굳이 코인 주차장에 주차했을까. 남의 눈에 띄지 않도록 주의를 기울였다고 한다면 계획적인 범행이었던 셈이다. 필자가 그 점을 파고들자 경찰에서도 여러 번 확인한 사항인 듯, 나쓰코는 "또 그 이야기인가요?" 하고 인상을 찌푸리며 이렇게 말했다.

"처음부터 죽일 생각은 아니었어요. 하지만 차를 타고 집 앞까지 가면 딸에게 들키니까요."

딸의 집에 가는데 왜 그런 걱정을 한단 말인가. 의아한 독자도 많을 것이다. 하지만 나쓰코에게는 바로 이 점이 절실한 문제였다. 딸을 만나러 간 것이 아니라 숨어서 딸의 동태를 엿보기 위해서였기 때문이다.

사건이 발생한 그날도 나쓰코는 그러한 이유로 딸의 집을 방문했다. 평소처럼 정원으로 들어가 침실을 엿보다 딸과 사위가 육체관계를 맺는 장면을 목격한다.

그리고 나쓰코는 동요한 마음이 가라앉기도 전에 사위의 놀랄 만한 고백을 듣는다. 불륜 상대가 임신을 했으니 인지 신고를 하게 해달라. 그 말을 들은 순간 비로소 사위를 죽이고 싶다는 마음이 고개를 살짝 내밀었다고 한다.

"내 소중한 딸에게 상처를 주다니, 용서할 수 없었어요."

나쓰코는 그 말을 되풀이했다. 다만 이 시점에서는 아직 뚜렷한 살의를 품은 것은 아니었다. 이혼시켜야 한다는 생각에 딸이 집을 나간 틈을 타 사위 혼자 있는 집을 방문했다.

"어떻게 된 거냐고 그놈한테 따져 묻자 벌써 들으셨냐면서 허둥대더군요. 하지만 위자료에 대해 상의해야 하니 당장 사돈댁에 전화를 걸라고 닦달하자, 무슨 소리냐며 도리어 화를 내더라고요. 그리고 가에(가명)에게 부탁받았느냐, 그런 점이 싫은 거라고 지껄여 댔어요."

그런 점이 뭐냐고 필자가 묻자 나쓰코는 코를 씩씩 불며 대답했다.

"어린애도 아니면서 왜 뭐든지 다 어머니한테 일러바치느냐고…… 별 트집을 다 잡죠? 가에는 그저, 괜스레 숨기지 않고 있는 그대로 말해줬을 뿐인걸요. 그런데 면전에 대고 욕하니까 저도 화가 나서 그만 말해버리고 말았어요. 가에에게 들은 게 아니라고. 그랬더니 그럼 어떻게 아는 거냐고 따져서…….”

피해자인 사위는 이윽고 장모가 집을 엿보고 있었다는 사실을 알게 된다. 사위가 아내에게 말하겠다고 했을 때 나쓰코가 품은 살의는 비로소 명확한 형태를 갖춘다.

즉, 직접적인 살해 동기는 ‘입막음’이었던 셈이다. 자기가 집을 엿보았다는 사실을 딸에게 들켜서는 안 된다. 나쓰코는 그러한 일념으로 메밀 알레르기가 있는 사위에게 독극물이나 다름없는 메밀국수 삶은 물로 보리차를 만든 것이다.

“마음을 진정시키고 차분하게 이야기하자면서 냉장고에서 보리차가 든 물병을 꺼냈어요. 벌레가 들어 있다는 핑계로 보리차를 버리고, 새로 끓이는 척하며 몰래 메밀국수를 삶았죠.”

약간 궁색한 연기로도 느껴지지만 사위 입장에서도 주방에 선 장모를 억지로 말릴 수는 없었으리라. 그리고 사위는 장모가 준비한 보리차를 마셨다…….

보리차에 들어 있던 것은 즉시 효과가 나타나는 독극물이 아니다. 사위는 한동안 나쓰코의 눈앞에서 괴로워했을 것이다. 그때 피해자가 도움을 요청할 수 있었는지 없었는지는 별개로 두더라도, 나쓰코가 도중에 살해 행위를 중지하고 구급차를 부를 만한 시간은 얼마든지 있었으리라. 하지만 나쓰코는 그러지 않았다.

"만약 그랬다가 살아나면 제가 그런 걸 먹였다는 사실도 딸이 알게 되잖아요."

나쓰코는 사위가 숨진 후에도 생각을 바꾸지 않았다. 지인에게 차량을 빌려 시체를 산속으로 옮기고, 그날 밤에 동거하는 남편과 작은딸, 사위, 손녀의 눈을 속이고 외출해 시체를 파묻었다.

사건의 상세한 경위에 대해서는 본문에서 다루도록 하고, 이 사건을 고찰할 때 제일 먼저 주목하고 싶은 부분이 바로 첫머리에 인용한 증언이다.

"왜 이런 남자와 결혼했을까 후회했어요."

사위가 불륜을 저질렀다는 사실을 알자 기분이 어땠느냐는 필자의 질문에 나쓰코는 이렇게 대답했다. 이 부분만 떼어놓으면 마치 딸이 한 말처럼 보인다. 그리고 '면전에 대고 욕하니까 저도 화가 나서'라는 표현. 여기에도 위화감이 느껴진다. 피해자는 나쓰코를 욕한 것이 아니다. 어디까지나 아내를 비난했을 뿐이다. 그런데 나쓰코가 자신을 향한 말이라고 느낀 이유는 뭘까.

필자 생각으로는 일란성 모녀라는 병리적 현상이 영향을 끼친 것 아닐까 싶다. 딸을 자신과 동일시하는 '어머니'의 왜곡된 자아가 느껴진다.

따라서 이 책에서는 이러한 왜곡이 발생한 배경에 대해 미토시 사위 살해 및 유기 사건을 바탕으로 분석해 나가고자 한다.

1장에서는 딸에게 의존하는 심리, 2장에서는 어머니에게 지배당한 과거, 3장에서는 부부 사이의 갈등, 그리고 4장 이후에서는 핵가족화와 격차사회화, 부권의 쇠퇴 등 사회 환경의 변화라는 시점에서 이 문제를 다룰 예정이다.

'참된 어머니'가 되지 못하는 어머니와 어머니에게서 독립하지 못하는 '딸'. 일란성 모녀는 아주 현대적인 주제다.

한 명이라도 많은 여성이 오롯한 삶을 살아가기 위한 방법을 모색하는 데 이 책이 다소나마 도움이 되기를 바란다.

심리상담사 구마가이 사토코

                  * * *

한숨이 새하얬다. 살을 에는 추위에 코트 옷깃을 누르며 사에는 연립주택 바깥문을 열었다.

무표정한 얼굴로 우편함 앞에 서서 익숙한 손놀림으로 자물쇠의 번호를 돌렸다. 찰칵하고 반응한 다이얼 자물쇠를 당기자, 쓰러진 봉투의 무게 때문에 우편함 문이 저절로 열렸다.

반사적으로 손을 뻗어 받아 든 봉투는 묵직했다. 같이 쏟아진 광고지 몇 장을 우편함에 밀어 넣은 후 봉투만 들고 안쪽으로 나아갔다.

엘리베이터 버튼을 누르고 서둘러 봉투를 뜯었다. 띵, 하는 경쾌한 소리가 머리 위에서 울리고 책갈피처럼 가늘고 긴 종이가 손으로 미끄러져 나왔다.

'증정본. 이하라 사에 님께. 요전에는 바쁘신 와중에도 협력해 주셔서 감사합니다. 덕분에 책이 무사히 출판되었으니, 한번 살펴봐 주시면 감사하겠습니다.'

유려한 글씨를 보고 사에는 숨을 삼켰다. 엄지와 검지로 집어 들자 얇고 부드러운 종이가 흐느적흐느적 흔들렸다.

머리 위에서 다시 전자음이 울려 사에는 종이를 책 표지와 먼지 사이에 끼웠다.

바쁘게 걸음을 옮기며 열쇠를 꺼냈다. 봉투와 책을 겨드랑이에 끼고 재빨리 현관문을 열었다. 집에 들어가자 현관 바닥에 신발을 벗어 던지고 짧은 복도를 지나 침대와 가전 제품 몇 개만 있는 세 평짜리 방으로 뛰어들었다.

침대에 털썩 주저앉아 책을 손에 들었다. 시선을 떨어뜨리자 눈부터 위쪽이 잘린 여자의 사진 위에 하얀 글씨로 적힌 제목이 눈에 들어왔다.

《'참된 어머니'가 되지 못한 어머니들―미토시 사위 살해 및 유기 사건의 진실》

크고 굵직하게 강조한 글씨체를 물끄러미 바라보았다. 세상에서 다이시가 죽은 사건을 그렇게 부른다는 건 알고 있었다. 그래도 역시 자신의 삶 속에서 일어난 일이라고는 느껴지지 않았다.

사에는 진실이라는 글씨를 손끝으로 힘주어 문지르고 나서 페이지를 넘겼다.

'왜 이런 남자와 결혼했을까 후회했어요.'

첫 문장을 보자 맨손으로 움켜쥔 것처럼 내장이 쪼그라들었다. 후, 하고 짧게 숨을 내뱉고 고개를 들었다. 허리를 구부리며 바닥에 손을 뻗어 내용 확인용으로 받은 원고를 집었다.

책과 원고를 비교하며 글씨 위로 시선을 옮겼다.

정말로 사전에 보내준 원고 그대로 출판했을지 걱정됐다. 멋대로 내용을 바꾼 것은 아닐까. 덮어두겠다고 약속한 실명을 언급한 것은 아닐까. 등을 웅크려 얼굴을 가까이 댄 채 뚫어져라 첫 문장을 본문에서 찾았다.

하지만 어느덧 눈앞에는 '후기'라는 글씨가 있었다. 허둥지둥 목차로 페이지를 넘겨 그 외에 그런 문장이 실렸을 가능성이 있는 곳은 없을까 살펴보았다. 애타는 마음으로 끝까지 대충 훑어보고 나서 손가락을 멈췄다. 침이 꿀꺽 목구멍을 넘어갔다.

페이지를 되짚어 다시 '서문'을 펼치고 이번에는 순서대로 쭉 읽어나갔다. 초조함이 밀려 올라왔다.

확실히 자신의 증언은 실려 있었다. 확인용 원고와 완전히 똑같지는 않고 군데군데 발췌한 형태지만, 원고와 다른 표현은 없었고 실명도 언급하지 않았다.

하지만 사에는 어안이 벙벙했다.

이건 뭘까.

도무지 낫 짱에 대해서 쓴 것 같지가 않았다. 피고인 가시와기 나쓰코, 분명 낫 짱의 성명이 적혀 있었지만 글씨로 접하자 생판 모르는 남처럼 보였다.

'냉장고에서 보리차가 든 물병을 꺼냈어요. 벌레가 들어 있다는 핑계로 보리차를 버리고, 새로 끓이는 척하며 몰래 메밀국수를 삶았죠.'

나쓰코를 마지막으로 만났을 때 나눈 이야기가 문득 떠올랐다.

'네가 만든 보리차로는 죽지 않을지도 모르니까 내가 다시 만들었어. 넌 마음이 여리니까 끝장을 못 보지 않을까 싶어서.'

낫 짱은 내가 먼저 보리차를 만들었다는 사실은 말하지 않았어. 그렇게 생각하자 뱃속이 근질거렸다. 고맙지도 않은 선심은 받고 싶지 않았다. 그렇다고 이제 와서 경찰에 사실을 밝힐 기분은 들지 않았다.

그랬다가 만약 모두에게 질타를 당하게 된다면? 지금은 낫 짱만을 향하고 있는 비난의 화살이 내게도 향한다면?

이걸로 된 거라고 스스로를 설득했다. 이제 와서 그런 소리를 해봤자 어차피 아무것도 바뀌지 않는다고.

마른 입술을 몇 번이고 핥으며 문장을 눈으로 좇았다.

'어른이 된 딸이 저에게서 점점 멀어지려 하는 게 무서웠어요.'

나쓰코의 말을 인용한 문장 뒤에는 사에가 친정에서 조금 떨어진 곳으로 이사했을 때의 이야기가 이어졌다. 고등학생 때 사귀었던 남학생과 헤어졌을 때의 이야기, 다이시와 결혼하게 되어 양가가 상견례를 했을 때의 이야기. 각각의 일화를 다 기억하는데도 읽으면 읽을수록 위화감이 강해졌다.

사에는 어금니를 꽉 깨물었다.

나쓰코가 체포된 직후, 수많은 주간지와 정보 방송에서 사에와 나쓰코의 관계를 그저 흥미 위주로 각색해서 그려냈다. 이웃 사람들이 기이한 눈으로 쳐다보고 친척들에게도 욕을 먹어 사에가 그저 막막하기 짝이 없었을 무렵에 찾아온 사람이 이 책의 저자 구마가이 사토코였다.

평소 도쿄의 클리닉에서 심리상담사로 일한다는 구마가이 사토코를 사에도 텔레비전에서 몇 번 보았다. 놀랄 만한 사건이 일어날 때마다 패널로 출연해 사건 이면의 어둠을 분석하는 구마가이 사토코가 이번 사건의 진실을 알고 싶다, 이번 사건은 재판원 제도로 재판이 치러질 테니 어떻게든 판결이 나오기 전에 진실을 밝히고 싶다고 말했을 때, 사에는 이것으로 오해가 풀리겠구나 싶어 안도했다.

왜 이 사람만은 다를 거라고 생각했을까.

사에는 탁 덮은 단행본을 힘없이 바라보았다. 아직 1장도 다 읽지 않았는데 눈이 몹시 피곤했다. 몸속에 콜타르가 가득 찬 것처럼 온몸이 무겁고 나른했다.

그래도 어떻게든 스스로를 채찍질하며 굳은 손가락을 움직여 다시 페이지를 넘기려 했을 때였다.

초기 설정 그대로 두어 단조로운 수신음이 하얀 형광등 불빛이 비치는 공간에 묘하게 높이 울려 퍼졌다. 사에는 깜짝 놀라 현관으로 달려갔다. 바닥에 내팽개쳐 둔 가방을 열고 반짝반짝 빛나는 휴대전화를 움켜잡았다.

가시와기 마리에.

옛날 성으로 등록해 둔 이름이 화면에 나타나서 숨이 턱 막혔다. 동생과 연락을 하지 않은 지 몇 달이나 지났다. 그런데 갑자기 왜? 휴대전화를 몸에서 떼어내듯이 팔을 뻗으면서도 응답 아이콘을 손가락으로 눌렀다.

"여보세요, 언니?"

휴대전화 스피커에서 오랜만에 듣는 동생의 목소리가 튀어나왔다. 사에는 누가 들어도 칼칼하다고 느낄 목소리로 "응." 하고 대답했다.

"언니, 책 읽었어?"

마리에는 사에의 대답이 끝나기 무섭게 물었다. 반사적으로 "책?" 하고 되묻자 답답해하는 듯한 목소리가 이어졌다.

"왜, '참된 어머니'가 되지 못한 어머니들이라는…… 혹시 언니한테는 아직 안 왔어?"

"지금 마침 읽고 있는 참이었는데."

사에는 당황하면서도 뒤를 돌아보았다. 전화에 놀라 침대에 내려놓은 책은 뭉쳐진 이불 속에 파묻혀 있었다.

"어디까지 읽었어?"

"아직 1장을 읽는 중이야…… 왜?"

침대로 돌아가 책을 집어 들었다. 좀 마음에 걸리는 점이 있어서, 라는 마리에의 조급한 목소리가 귀에 들어왔다.

"6페이지를 봐봐."

반박이나 의문을 용납하지 않는 말투라 냉큼 휴대전화를 어깨와 귀 사이에 끼웠다. 침대에 무릎을 대고 책을 이불에 받친 상태로 페이지를 넘기자 펼쳤느냐고 묻는 목소리가 들렸다. 아직 다 펼치지 못했지만 "응." 하고 대답했다.

"거기에 구급차를 부르지 않았다고 적혀 있지?"

급하게 서두르는 목소리에 또 "응." 하고 대답했다.

"그게."

"아, 잠깐만 있어봐."

말을 이으려는 마리에를 만류하고 비스듬히 위쪽에 적힌 숫자를 보며 페이지를 넘겼다. 3, 4, 5, 6.

'도중에 살해 행위를 중지하고 구급차를 부를 만한 시간은 얼마든지 있었으리라. 하지만 나쓰코는 그러지 않았다.'

일곱 번째 줄에 해당하는 문장을 확인하고 "아아." 하고 목소리를 흘렸다.

"읽었어?"

사에는 응인지 으으응인지 모를 목소리로 답하면서 다음 문장으로 시선을 옮겼다. 만약 그랬다가 살아나면 제가 그런 걸 먹였다는 사실도 딸이 알게 되잖아요. 일단 거기까지 읽고 나서 "읽었어." 하고 말했다.

"이게 어쨌는데?"

"언니, 시노다 씨를."

마리에는 말을 한 번 끊었다가 "낫 짱의 변호사하고도 안 만났지?"하고 낮은 목소리로 말했다.

"몇 번을 전화해도 다 거절하더라고 시노다 씨가 그랬어."

비난하는 듯한 마리에의 말투에 사에는 작게 중얼거렸다.

"넌, 만났구나."

비틀린 웃음이 입가에 맺혔다. 마리에는 낫 짱을 감싸려고 한다. 내 남편을 죽인 낫 짱을. 그러자 어린아이같이 유치한 생각이 들었다.

마리에는 나 말고 낫 짱을 선택한 거야.

마리에가 한숨을 쉬는 소리가 들렸다.

"그야, 낫 짱을 설득해 달라고 부탁받았으니까."

거북한 듯이 목소리의 톤을 낮추어 툭 대답하고 나서 말을 이었다.

"시노다 씨가 기껏 낫 짱의 죄가 가벼워질 수도 있는 증거를 찾아냈는데, 낫 짱이 인정하질 않아서 말이야."

"그게 무슨 소리야?"

사에는 미간에 주름을 잡았다. 마리에는 몇 초 뜸을 들이다가 그때, 하고 말을 꺼냈다.

"낫 짱은 구급차를 부르려고 했었대."

사에는 뭐, 라는 모양으로 입을 벌렸다. 하지만 공기 덩어리가 목구멍에 부딪쳤을 뿐 목소리는 나오지 않았다.

마리에가 소곤거리는 목소리로 말했다.

"아무 말도 하지 않고 끊어서 장난 전화로 처리된 모양이야…… 하지만 소방지령센터에 남아 있는 기록을 시노다 씨가 찾아냈어."

사에는 넓적다리 위에 올려둔 책에 손을 뻗었다. 뻣뻣한 손가락으로 거칠거칠한 종이를 만지작거렸다.

'만약 그랬다가 살아나면 제가 그런 걸 먹였다는 사실도 딸이 알게 되잖아요.'

사에는 꼼짝도 못 하고 책을 들여다보았다. 글씨가 점점 흐릿해졌다.

마지막으로 만났을 때 내가 뭐라고 했더라? 낫 짱은 뭐라고 대답했고?

'봤으면 왜 구급차를 부르지 않았어?'

'그야 병원에 가면 독을 탔다는 게 드러나잖아. 어차피 살지도 못할 텐데.'

그때 왜 낫 짱은 그런 소리를 했을까. 그런 거짓말을. 그렇다, 낫 짱은 거짓말을 한 것이다.

사에는 눈을 부릅떴다. 낫 짱이 거짓말을 했다? 소방지령

센터에 기록이 남아 있다면 틀림없을 텐데도 믿기지 않았다.

예의범절에 엄격한 사람은 아니었다. 하지만 낫 짱은 거짓말을 몹시 싫어했다.

마리에, 넌 왜 거짓말로 엄마를 속이려고 하니. 아무리 사소한 일이라도 마리에가 거짓말을 하면 그렇게 다그치며 화를 냈고, 사에가 혼날 짓을 해도 솔직하게 말하고 사과하면 일절 화를 내지 않았다.

지금까지 낫 짱이 내게 거짓말을 한 적은 단 한 번도 없었는데.

그렇게 생각한 순간이었다.

사에는 머릿속 한구석에 가시가 박힌 듯한 작은 위화감을 느끼고 시선으로 허공을 더듬었다.

'병원에 가면 독을 탔다는 게 드러나잖아.'

방금 되새겨 보았던 말이 다시 머릿속에 울려 퍼졌다.

왜 낫 짱은 독이라는 표현을 사용했을까.

나쓰코가 한 말이 연이어 생각났다.

'그렇다고 억지로 먹인 건 아니야. 그저 목이 마른데 보리차 같은 건 없느냐고 물어봤을 뿐이지. 어때, 제법이지? 물론 나는 마시는 척만 했지만.'

그때 낫 짱은 왜 그런 말을 했을까. 보리차에 들어 있던 것은 메밀국수를 삶아낸 평범한 물이었다. 알레르기가 있는 다이시에게는 독이지만, 낫 짱은 마셔도 아무 문제 없었을 텐데.

생각해 보면 다이시에게 메밀 알레르기가 있다는 이야기를 낫 짱에게 한 적은 없었다. 다른 사람에게 들었을지도 모른다는 생각으로 넘어갔지만, 만약 다이시에게 메밀 알레르기가 있다는 사실을 낫 짱이 몰랐다면.

느닷없이 암흑 속에 나타난 빛이 이쪽으로 힘차게 다가오는 듯한 감각에 손끝이 바르르 떨렸다.

'증거도 내가 챙겼어. 걱정 마, 넌 의심받지 않을 테니까.'

낫 짱이 회수한 증거란 뭘까.

메밀국수 삶은 물로 보리차를 만들고 그다음 날 아침, 철야 근무를 마치고 퇴근했을 때가 떠올랐다. 다이시가 쓰러져 있으면 어쩌나 걱정하며 머뭇머뭇 집 안을 둘러본 후 아무도 없다는 걸 알고 긴장이 탁 풀렸다. 그래도 좀처럼 진정되지 않는 마음을 달래며 냉장고의 보리차를 전부 버리고, 새로 보리차를 끓이려고 수납 선반에서 보리차 팩을 꺼냈다. 그때 뭔가 없어진 게 있었던가.

삶은 다음에 버린 메밀국수는 쓰레기통에 들어 있었다. 씻은 컵은 식기 건조대에 거꾸로 놓여 있었다. 사에는 허공을 바라보며 주방의 광경을 카메라 렌즈로 좇듯이 떠올렸다. 싱크대, 수납 선반, 쓰레기통, 거기서 숨을 헉 삼켰다.

그러고 보니 재활용 쓰레기 내놓는 날에 버리려고 쓰레기통 옆에 세워둔 빈 제초제병을 버린 기억이 없다.

목구멍에서 뀨룩, 하고 소리가 났다.

만약 내가 제초제를 보리차에 탔다고 낫 짱이 착각한 거라면.

'남편분은 아마도 18일에 아나필락시스 쇼크로 돌아가신 걸로 추정됩니다.'

경찰이 알려준 부검 결과, 그건 무엇을 의미하는가.

사에는 양손으로 입을 틀어막았다.

"그래서 이 책을 읽다가 역시 이상하다 싶어서 언니한테……."

"미안, 나중에 다시 걸게."

황급히 말하고 전화를 끊었다. 두 눈을 감고 둔한 통증이 느껴지는 눈구석을 손가락으로 세게 눌렀다.

"낫 짱."

입술에서 떨리는 목소리가 새어 나왔다.

낫 짱은 다이시를 죽이지 않았다.

사에는 움켜쥔 손을 이마에 댔다.

이 손안에는 아무것도 없다고 생각했다. 내 피를 물려받은 아이도, 보람 있는 일도, 뭐든지 털어놓을 수 있는 친구도 내게는 없다고 생각했다. 하지만 정말로 그랬을까?

내게는 다이시가 있었다. 낫 짱이 있었다.

그 소중한 존재를 망가뜨린 건 나 자신 아닐까.

'낫 짱이 다이시에게 그 보리차를 먹이려고 하지 않았다면, 다이시가 제 손으로는 마시지 않았을 수도 있고…… 그랬다면 다이시는 지금도 살아 있겠죠.'

자기가 한 말이 머릿속에 울려 퍼졌다.

"사에, 오랜만이네."

두꺼운 아크릴 판이 침침하고 좁은 방 한복판을 막고 있었다. 사에가 아크릴 판을 양손으로 짚고 구멍이 뚫린 부분에 코끝을 대자 나쓰코는 접의자 등받이에 등을 댄 채 "그럼 아크릴 판이 흐려지잖아." 하고 웃었다.

몇 달 만에 듣는 나쓰코의 목소리는 기억 속 목소리와 다름없이 느껴졌다. 하지만 겉모습은 다른 사람이라고 해도 될 만큼 달라졌다. 비쩍 마른 허리, 쑥 들어간 눈, 어깨 위로 가지런하게 자른 짧은 머리. 두꺼운 아크릴 판 너머로도 정수리에 집중된 흰머리가 두드러져 보였다.

사에는 가슴을 때리는 충동을 참지 못하고 몸을 내밀었다.

"낫 짱, 나……."

"사에, 또 밥 제대로 안 챙겨 먹는구나. 그럼 못써. 살이 쪽 빠졌네."

나쓰코가 인상을 찌푸렸다. 나쓰코가 끼어들어 말문이 막힌 사에는 아크릴 판에 손톱을 세웠다. 끼익, 하고 아크릴 판이 긁히는 소리가 나자 위팔에 소름이 돋았다.

"낫 짱, 묻고 싶은 게 있어."

"응? 뭔데?"

나쓰코가 고개를 살짝 기울였다. 사에는 말라붙은 목구멍에서 목소리를 짜냈다.

"왜…… 그날 보리차를 안 마셨어?"

그 순간 나쓰코의 얼굴이 확연히 굳었다. 사에, 하고 나무라는 목소리로 부르며 상체를 투명한 판에 가까이 댔다.

"여기서는 사건 이야기 하지 마."

"부탁이야, 다른 건 안 물어볼 테니까 대답해 줘."

"변호사님도 절대로 안 된다고 하셨어."

나쓰코는 목소리를 낮추고 인상을 썼다. 사에는 고개를 내저었다.

"낫 짱이 마시지 않을 이유는 없었잖아. 메밀 알레르기가 있는 건 다이시인데."

"사에!"

"왜 안 마셨어?"

사에는 아크릴 판에 양손을 댄 채 나쓰코를 똑바로 바라보았다. 고함을 지를 기세로 다시 입을 열려던 나쓰코가 망설이듯 시선을 이리저리 돌렸다. 몇 초 지나서야 나지막하게 말을 꺼냈다.

"그냥. 별다른 이유는 없어."

겁먹은 것처럼 나쓰코의 눈동자가 흔들렸다. 몸은 돌리지 않고 눈으로만 입구에 서 있는 경찰관을 힐끗 쳐다봤다.

"사에, 오늘은 이만 돌아가렴."

"메밀국수 삶은 물로 보리차를 끓였다는 걸 몰랐던 거지?"

"사에."

"실은 구급차를 부르려고 전화를 걸었지? 그런데 인정하지 않는 건."

"멋대로 이상한 상상 하지 마."

나쓰코는 윽박지르는 목소리로 대꾸하고 사에를 노려보았다. 그 두 눈을 보고 역시 그렇다는 걸 알아차렸다.

역시 낫 짱은 다이시를 죽이지 않았어. 그런데도 다이시의 시체를 파묻고 자기가 죽였다고 했다.

'네가 만든 보리차로는 죽지 않을지도 모르니까 내가 다시 만들었어. 넌 마음이 여리니까 끝장을 못 보지 않을까 싶어서.'

'그러니까 넌 아무 잘못도 없어.'

나쓰코의 목소리가 되살아났다. 사에는 바들바들 떨리는 입술을 꼭 깨물었다.

그저 날 감싸려고 했을 뿐이라면, 내게는 솔직하게 말해도 됐을 텐데.

집을 엿보았다는 사실 자체는 그때 이미 밝혀졌으니까.

사에는 아크릴 판과 이어진 흰색 받침대에 푹 엎드렸다. 받침대에 팔꿈치를 세게 부딪쳐 쿵, 하고 큰 소리가 났다.

"사에."

당혹감과 걱정스러움이 담긴 나쓰코의 목소리가 정면에

서 들렸다.

다이시가 쓰러졌을 때 사실 낫 짱은 몹시 놀랐을 것이다. 허둥지둥 구급차를 부르려 했지만, 다이시가 마신 보리차를 내가 만들었다는 사실이 생각나서 전화를 끊었다. 그대로 사망한 다이시를 산속으로 옮겨서 묻고, 다이시의 휴대전화 를 이용해 아직 살아 있는 것처럼 내게 메일을 보냈다.

그래서 나는 지금까지 내가 죄를 저지른 줄도 모르고 지냈 다. 그래서 나는…… 죄책감에 짓뭉개지지 않을 수 있었다.

'난 널 위해서 그런 거야.'

그건 분명 진실이었으리라.

하지만 동시에 그건 낫 짱의 본심이 아니었다. 왜 낫 짱은 굳이 선심을 쓰듯이 말했을까.

내게 미움을 받기 위해서 그랬다면.

현기증이 몰려와 사에는 눈을 꼭 감았다.

그러자 문장 하나만 인쇄된 하얀 종이가 사진을 전송한 것 처럼 머릿속에 번쩍 나타났다. 취재를 받은 날, 구마가이 사 토코가 나쓰코의 증언 내용 중 일부라며 보여준 복사 용지.

저도 사에처럼 엄마에게 사랑받으며 소중하게 자랐다면, 성격이 이렇게 비뚤어지지 않았을 테고 이런 사건도 일으키지 않았을 거예요.

낫 짱이 그렇게 증언한 걸 알고 충격을 받았다. 내가 올바르게 자란 건 전부 자기 덕분이라고 강조하는 것만 같아 기분이 나빴다.

하지만 그 말에도 다른 의미가 있었던 건 아닐까.

내가 사람을 죽일 리 없다는 걸 강조하기 위해.

다리에서 힘이 빠져나갔다. 다른 말도 생각났다.

'사에가 저를 감싸는 발언을 하더라도, 그건 거짓말이에요. 제가 사에를 위해서 그런 짓을 저질렀다고 했으니까 저를 감싸야 한다는 생각인 거겠죠.'

왜 눈치채지 못했을까. 그 말도 이상했는데.

낫 짱은 알고 있었을 것이다. 내가 새삼스레 낫 짱을 감싸는 말을 할 리 없다는 걸.

그 말은 예방책이었다.

내가 언젠가 진실을 알아차리고 죄를 자백했을 때에 대비한.

"사에."

나쓰코가 갑자기 부드러운 목소리로 불렀다.

"나 말이야, 붙잡혀서 다행이야. 감추고 지냈어도 어차피 못 견뎠을걸. 네가 아무 말 안 했더라도 조만간 자백했을 거야. 그러니까 마음에 담아두고 끙끙 앓을 것 없어."

"낫 짱."

"넌 예전처럼 살면 돼. 아무것도 바꿀 필요 없어."

사에는 넘쳐흐르는 눈물을 더는 참을 수 없었다. 이를 악물어도, 울음소리가 새어 나왔다. 숨이 가빠졌다. 왜 우는지는 자기 자신도 몰랐다. 정리할 수 없고 이름도 붙일 수 없을 만큼 격한 감정에 사로잡혔다.

"고마워, 사에. 만나러 와줘서 정말 기뻤어."

사에는 고개를 홱 들었다.

"낫 짱."

아크릴 판에 양손을 댔다. 하지만 나쓰코는 몸을 쓱 빼듯이 한 발짝 물러났다.

"하지만 다시는 오지 마. 알겠지? 난 잊어버리고 새로운 인생을 사는 거야. 걱정 마, 넌 분명히 할 수 있어."

얇은 막에 덮인 것처럼 목소리가 웅웅 울렸다.

고작 몇 미터 앞에 있는 나쓰코의 얼굴이 윤곽을 잃고 흐려졌다.

사에는 낫 짱 탓으로 돌리고 싶었다는 것을 깨달았다. 낫 짱은 착한 나밖에 인정해 주지 않는다고, 낫 짱의 마음에 들도록 행동하지 않으면 미움받는다고 믿어왔다. 그래서 다른 선택지는 고를 수 없었다고, 선택지를 통째로 빼앗겼다고.

하지만 그건 낫 짱 탓이 아니다. 그러는 편이 편했기 때문이다. 그래서 나는 낫 짱에게서 벗어나려 하지 않았다. 낫 짱 탓이 아니라면 전부 내 탓이 되어버리니까.

보람 있는 직업을 가지지 못하는 것도, 뭐든지 털어놓을 수 있는 친구가 없는 것도, 다이시와의 부부 관계가 삐걱거린 것도, 아이가 생기지 않는 것도.

우느라고 불규칙하게 들썩거리는 등을 펴고 천장을 올려다보았다. 목구멍에서 끅, 하고 작은 소리가 났다. 열기를 띤 왼손의 맥박이 팔꿈치를 거쳐 어깨로 기듯이 뻗어나갔다.

"사에."

"시간 다 됐습니다."

나지막하고 탁한 경찰관의 목소리가 나쓰코의 말을 막았다. 나쓰코는 휙 돌아보았지만, 더는 아무 말도 하지 않고 일어섰다.

"잠깐만요!"

사에는 참지 못하고 아크릴 판에 달라붙어 외쳤다.

"제가 그랬어요!"

나쓰코가 화들짝 놀란 표정으로 고개를 돌렸다.

"얘가 지금 무슨 소리를, 사에!"

"낫 짱은 아무 잘못도 없어요. 제가, 제가 다이시를."

"사에, 입 다물어!"

사에가 경찰관에게 지른 소리를 지워 없애려는 듯 나쓰코는 아크릴 판을 마구 두드리더니, 경찰관에게 고개만 돌려 "죄송해요, 이만 면회 끝낼게요!" 하고 소리쳤다. 그대로 대답을 기다리지 않고 출구로 달려갔다.

"이제 됐어. 이제 그만하라고."

사에는 눈물에 젖은 얼굴을 아크릴 판에 댔다.

실은 내가 메밀국수 삶은 물로 보리차를 끓였다고 실토하면, 이번에는 내가 지탄을 받는다. 낫 짱에게 그랬던 것처럼 과거를 파헤치고 멋대로 상상하리라. 친구, 친척, 지인 그 누구도 편을 들어주지 않을 것이다.

그렇게 생각하자 입술이 견딜 수 없이 덜덜 떨렸다.

하지만 그건 전부 처음부터 내가 받았어야 할 벌이다.

사에는 목소리를 토해냈다.

"엄마."

나쓰코가 바닥에 들러붙은 것처럼 걸음을 멈췄다. 딱딱하게 고개를 돌린 나쓰코의 얼굴이 어린아이처럼 무방비하게 일그러졌다.

사에는 투명한 판 건너편에 대고 입을 열었다.

"진실을 말할 거야."

"사에."

떨리는 목소리였지만 책망하는 낌새는 조금도 없었다. 나쓰코는 쓰러지듯 무릎을 꿇었다.

사에는 망연하게 서 있는 것이 고작이었다. 처음으로 듣는 엄마의 울음소리였다.

옮긴이 김은모

대구에서 태어나 경북대학교 행정학과를 졸업했다. 일본어를 공부하다가 일본 미스터리의 매력에 빠져 출판 번역의 길에 들어섰다. 국내에 아직 소개되지 않았거나 너무 이른 시기에 절판된 작가들의 명작을 소개하고 있다. 옮긴 책으로 우타노 쇼고의 '밀실살인게임' 시리즈를 비롯, 고바야시 야스미의 《앨리스 죽이기》, 《클라라 죽이기》, 《도로시 죽이기》, 미야베 미유키의 《비탄의 문》, 이마무라 마사히로의 《시인장의 살인》, 《마안갑의 살인》, 미치오 슈스케의 《투명 카멜레온》, 《달과 게》, 《기담을 파는 가게》, 소네 케이스케의 《지푸라기라도 잡고 싶은 짐승들》, 야쿠마루 가쿠의 《우죄》, 이케이도 준의 《변두리 로켓》, 히가시노 게이고의 《사이언스?》, 아시자와 요의 《아니 땐 굴뚝에 연기는》, 《죄의 여백》 등이 있다.

나쁜 것이 오지 않기를

1판 1쇄 인쇄 2023년 7월 3일
1판 1쇄 발행 2023년 7월 17일

지은이 아시자와 요
옮긴이 김은모

발행인 양원석
편집장 김건희
디자인 최승원, 김미선
영업마케팅 양정길, 윤송, 김지현, 정다은, 백승원

펴낸 곳 ㈜알에이치코리아
주소 서울시 금천구 가산디지털2로 53, 20층 (가산동, 한라시그마밸리)
편집문의 02-6443-8902   **도서문의** 02-6443-8800
홈페이지 http://rhk.co.kr
등록 2004년 1월 15일 제2-3726호

ISBN 978-89-255-7626-8 (03830)

※ 이 책은 ㈜알에이치코리아가 저작권자와의 계약에 따라 발행한 것이므로
　본사의 서면 허락 없이는 어떠한 형태나 수단으로도 이 책의 내용을 이용하지 못합니다.

※ 잘못된 책은 구입하신 서점에서 바꾸어 드립니다.

※ 책값은 뒤표지에 있습니다.